# 楽しめるイギリス文学

## ―その栄光と現実―

中岡　　洋
宇佐見太市　編著
岸本　吉孝

金星堂

# まえがき

文学はまるで魔法の宝石だ。世界のいたるところで人びとの心を慰め、励まし、支え、養い、飛翔させる。各国の文学はそこに住む人びとの魂の結晶であり、心の宝石である。今日、文学を通して世界の人びとが理解しあえるのは、なんという幸せであろう！

かつて私がまだ学生であったころ、恩師たちの姿はなんと神々しく見えたことであろう。あのころ先生方の文学は、ほんとうの意味で魂の学問であったような気がする。洋の東西を問わず、文学とはいかなるものかということをよく承知しておられた。それをいやしくも職業とするからには、命がけの真剣さがあった。このごろはどうであろうか。いま、文学研究は人間の存在をどこかに置き忘れてしまったような、打算的な作業に堕してはいまいか。特に外国文学において、論文の点数主義が横行し、継ぎはぎだらけのパッチワークでも、印刷物として数と量がそろえば、周囲の者はろくに読みもしないで驚愕の声を賛辞に変える。そのようにしてわれわれは、若い研究者に上手に世渡りしていく術を身につけさせている。われわれの文学論がどこまで真摯なものであるか、見直さなければならない。外国文学研究は翻訳文学だと喝破した、大先生がおられた。国文学研究とイギリス文学研究のレベルの落差は、当然のことながら歴然としている。翻訳、つまり日本語化する作業を余計に負いもつわれわれとしては、二倍の努力が必要なのだ。わが国から発信する新しい文学理論が世界の市民権を十分には得ていない現状のなかで、外国生まれの文学理論を振り回して人を煙に巻くのは、止めてもらいたい。論文に書き込まれる専門用語がやたらと難解で、もうそれだけで拒絶反応を起こしてしまう。たとえ外国生まれの理論であっても、本当に自家薬籠中のものとしているのであれば、わかりやすい日本語で、読む者のこころのなかに素直に染み入ってくるはずである。ありもしない「エクスキャリバー」を振り回すのは危ない。

「某は研究に耐える作家である」という発言を私はかつて聞いて、驚いた経験がある。私は自分の好きな文学対象が「研究に耐えるかどうか」、畏れ多くて考えることもできなかった。研究を真に研究たらしめるのは、研究に対する研究者自身の態度如何にあるのであって、直接的見返りがほしいならば、効率の悪い文学研究など初めからやらないほうがよい。若い研究者は、流行作家の華やかさに目を奪われそうになるかもしれない。しかし、人間として真に好きな作家、作品に出会い、そのために一生を思いのままに費やすことが許されるのならば、最高の幸せではあるまいか。

そのような意味で、文学研究は愛情の告白、あるいは信仰の告白のようなものだと私は思っている。まるで初恋の告白をするごとく赤面し、息を詰まらせ、思いのたけを言い尽くすべきものだと思っている。場合によっては「踏み絵」を強制されるかもしれないが、その場合には潔くいのちを賭ければよいのである。以下、真摯な愛情告白、信仰告白が並んでいるので、ぜひお読みいただきたいと願う次第である。

平成一四年七月三〇日

編者　中岡　洋

# 楽しめるイギリス文学——その栄光と現実《目　次》

目　　次

## 第三部　ブロンテ姉妹とジョージ・エリオット



## 第四部　ハーディからコンラッドへ

# 序

㈠

日本の大学・大学院における、いわゆる「外国文学研究」、とりわけ「西洋文学研究」が、おびただしい数の「英文学科」や「仏文学科」や「独文学科」等の存在にもかかわらず、いまひとつ活況を呈していないように思えてならないのは、ひとり私のみであろうか。

かつては、「文学テクスト解読」を堂々と前面に押し出した「文学研究法」こそが正統派学問の王道といわんばかりに、文学部や文学研究科の西洋文学専攻は、何のためらいもなくそれを中心に据え、かつ実践し、常に他専攻関係者を羨ましがらせるほど多くの優秀な志願者を、一手に集めてきた。西洋文学専攻は、落語に喩えて言うならば、年季の入った師匠が弟子に口移しで懇切丁寧に噺を教えるように、文学テクスト解読の秘策をひたすら学生に伝授するという、まさにその徒弟的営為だけで、明治初年の文明開化以来の花形学問たりえたのだ。

明治からはるか遠く離れた昭和四〇年代末に、英文学研究に憧れて日本の某大学院に入学した私なども、いまから思えばその種の学問的風土に、まだどっぷりと浸かっていた節がある。修士課程のときも博士課程のときも、教授の名人芸ともいえる文学作品の読みの極意を体得することこそが、大学院生の務めだと固く信じていた。だからであろう、学問研究の本場、たとえば英米に「留学」して基礎から鍛え直すという発想は、当時の私にはまったく無かった。

「日本における」英文学研究という括弧付きのものに、何の躊躇も疑念も感じない、あきれかえるほどに能天気な若者だった。あの頃、その括弧付きを取り払うべく努力をなぜ惜しまなかったのか、いま、悔やまれてならない。

日本の英文学研究界が、いま、ほんとうに不振に陥っているのかどうかの判定はさておくとしても、「英文学研究」の今日的意義の考究は、もはや避けては通れないだろう。その際まず、宮崎芳三の説に私は謙虚に耳を傾けたいと思う。彼は『太平洋戦争と英文学者』[1]のなかで、学問としての英文学研究の始祖・齋藤勇の仕事の中味を徹底的に吟味・検証した結果、日本の英文学研究は本来的に脆弱なものであり、そこに見られるのは「勤勉」だけで、自分自身を見失った国籍喪失の傾向が顕著だ、と裁断するに至る。また、『反文学論』[2]の著者柄谷行人は、英文学畑では三人の批評家（福田恆存、江藤淳、吉田健一）は別として、その他のほとんどの英文学者に接するとすぐに愛想が尽きた、と正直な告白をしている。福原麟太郎はといえば、彼は英文学研究が本来的に包含しているこの種の脆さを、おそらくしんから熟知していたに違いなく、それゆえに表現の底にある言霊の域にまで達するよう努力しさえすれば、夏目漱石がかつて英文学に対して抱いたような不満は解消されるのだと強く主張し[3]、かつみごとに自らそれを実践した。この点を踏まえてであろう、上記の宮崎芳三は、福原麟太郎を「自己の尊厳を保ち得た英文学者」と高く評価した。

対象学問が本来的に有する脆弱さを感取してしまったとき、人は福原麟太郎のように、己れ独自の境地を切り開いていこうと必死にもがくにちがいないが、そのこととは別に、あくまで怜悧な頭脳で富山太佳夫は、日本の英文学者は英文学研究の本場が英米にあるというしごく当たり前の事実を直視し、英米の国文学者と堂々と向かい合わざるをえないのだ、とさらりと言う[4]。これまでは誰もがそうだとわかりつつも、あえて口に出しては言おうとしなかった富山太佳夫のこの正論が、いまの時代においては黙殺しえないものであることを私たちは辛いながらも認めざるをえない。

しかしこれは、考えようによっては明るい未来の始まりと言えなくもない。なぜなら、明治以降長きにわたって続いた啓発・啓蒙の時代もやっと終息し、これからがある意味でほんとうの「研究」の時代の到来かもしれないからだ。助走に要した時間があまりに長かっただけに、満を持しての「研究」の幕開けとなりえるかもしれない。現に、文部科学省が提唱する大学院重点化の流れに添い、若い研究者人口がここ数年で飛躍的に増加したし、その彼らの多くが、かつてとは比べものにならないほど自在に英語を操ることができるようになったのだから、まさに機が熟したと見てよいだろう。こう考えると、英文学研究界にも少しは明るい兆しが見えてくる。

ところでいまさら言わずもがなかもしれないが、「英文学」という学問形態自体に潜む特殊性に、ここで少しふれておきたいと思う。「英文学」という学問領域は、文字通り「英」と「文学」とが合わさったものであり、「英」、すなわち「英国」や「英語」にだけいくら関心があってもそれだけでは不十分であり、もう一方の「文学」のほうにもある程度の興味や造詣がなければならない。換言すれば、「外」のまぎれもない物的現実とは違う、もう一方の「内」なる心のなかの現実への志向が、英文学研究には必然的に求められるということである。このように、「英語・英国」と、そして「文学」という、二つの異質のものが同時に要求されるとき、ややもすれば片方の「外」の現実にのみ関心を向けがちないまの若者にとって、その負担たるや並大抵のものではない。「英語・英国」と「文学」の両者をバランスよく扱うことは、学生のみならず研究者にとっても至難の業である。この点こそがまさしく、「英文学研究」が本質的に内包する難問であるが、しかし前述したように、新進気鋭の若い学徒たちを取り巻く学問的環境がかなり変わったようで、何不自由なく英語を駆使し、軽やかに英米のみならず世界中を飛び回っている彼らの勇姿を日ごろ見るにつけ、これまでとは違う新たなる明るい展望をそこに見出したい気持ちに私は駆られる。

㈡

文学研究の対象には、当然「外面世界」と「内面世界」とが含まれるけれども、従来の文学研究の真骨頂は、人間の内面に深く踏み込むことであるように一途に信じられてきた。テクストとじっくり向き合い、そこから作者の声にじっと耳を傾けるという文学研究法である。しかし他方で、人間の「精神」や「魂」へとストレートに赴く前に、「モノ」への思索を巡らしてみようとするアプローチもある。英文学者でこそないが中沢新一は、新著『緑の資本論』[5]のなかで、非人格的なモノへの愛、広々としたモノの領域へのあくなき探求なくして、はたして人間の「精神」や「魂」のありかを云々しうるのか、といった想いを吐露している。これと同種の信念を持つ英文学研究者たちも存在するだろう。

実際、「外面世界」と「内面世界」のどちらに比重をかけようが、それはそれでよい。ただし、どの立場をとるにせよ、いまの英文学研究界にとって必要なのは、英文学研究者一人ひとりの真摯な「思索」の披瀝である。私が修士課程に入ってこの世界を知るようになってから、かれこれ三〇年になるが、たとえば同業者同志で、会田雄次の『アーロン収容所』[6]や虎岩正純の『イギリスの中から――異文化としての英国発見』[7]などが話題になったことは、思いだすかぎり皆無である。もちろん、いつまでもこの種のレベルにとどまっていること自体がナイーブすぎると言われることは百も承知だが、しかしいやしくも、西洋の、そしてイギリスの文化や文学に日本人として取り組もうとするとき、会田雄次や虎岩正純の呟きをも肚のなかに入れて臨みたいと思うのは、一日本人の感性としてひっきょう自然ではないだろうか。

実は、会田雄次や虎岩正純の呟きだけではない。前述の宮崎芳三や、『戦勝国イギリスへ――日本の言い分』[8]の著者マークス寿子や、『日本がアメリカを赦す日』[9]を書いた岸田秀の呟きなども、同様である。あらゆる先入見から脱して事態の本質を見抜く洞察力を持ちえた、これら識者の書物にふれるだけで、日本の英文学研究界は瞬時にして瓦解してしまう恐れがあるのであろうかと、つい邪推してみたくなるほど、こういった類の著書にはほとんど目もくれず、知らぬ存ぜぬを決め込み、あくまでも自分は英米の研究者と同じ視点に立って研究をしているのだとひたすら思い込み、引用するのは横文字のものばかり、それも誰もが引用しそうないかにも学術的な装いのもののみといった性向の英文学徒が、身辺にいかに多いことか。彼らの仕事ぶりは、なるほど宮崎芳三も言うように「勤勉」ではあるが、それはあくまでも「お勉強」にすぎないのであって、うがった見方をすれば、そこには現実の直視に向かう真面目な姿勢が希薄に感じられてならない。ただでさえ浅薄な一面をもつかに見える日本の英文学研究界にとって、この風潮が命取りにならないことをいまは祈るのみである。

㈢

『私小説 from left to right』[10]で、英文混じりの独特の小説世界を展開した水村美苗は、エッセイ「エミリー・ブロンテの冷笑を微笑に」[11]のなかで、ものを書くという行為は、「目に見えない世界」に向かおうとする人間の精神の挑戦である、と言う。もちろんこれはエミリ・ブロンテに託しての発言ではあるが、実はこのこと自体が水村美苗の作家的資質にも繋がることを、青柳悦子は私たちに教示してくれる[12]。青柳悦子は、書くという行為に対する尋常ならざる決意を水村美苗のなかに読み取り、精神世界の探求を担う専門の言語たる文学言語の獲得は、水村美苗の場合、日本語のなかにおいてなされたのだ、と断ずる。アメリカの大学で教鞭もとり、イギリスの舞台女優が吹き込んだディケンズ作品のテープを普段気楽に楽しむことができる、そんな抜群の英語力を有する水村美苗の精神が真に救いを求めるのは、実は「英語」ではなく、「日本語」の世界なのだ、と青柳悦子は力説する。それも、日常言語ではなく、主体形成に大きくかかわる文学言語なのだ、と。

一二歳で家族とともにアメリカにわたり、向こうの大学・大学院を出た水村美苗の日本語と日本文学への耽溺の度合いは、実際、知れば知るほど並外れたものである。水村美苗自身、「言葉こそ、極限的な状況に救いをもたらしうるものだと思っています。事実、アメリカに連れてゆかれた時、言葉もわからぬ異国で私を人間として生かしてくれたのは、日本の本と日本語という言葉だったのです。私は文学に恋をしたのです」と述懐する。[13]このように「文学に恋をした」水村美苗は、やがて作家の道を歩むことになったが、現在の日本で「英語」や「英文学」の研究にこれから立ち向かおうとしている英文学徒たちは、はたして水村美苗と同様の、言語や文学に対する凄まじいまでもの「恋をした」経験があるのだろうか。いくら時代が変われども、いやしくも言語や文学と対峙せんとする人たちの心の奥底には、それらに対する深い敬意が秘められていると信じたいのだが。

水村美苗の言語や文学に対する惑溺ぶりをあえてここで紹介したのは、現代の若者たちが「外面世界」にばかり目を奪われ、「内面世界」にはなかなか関心を抱いてくれないという一般的風潮に、一石を投じたかったからである。とにかく言語や文学が、実利性とは別の次元で、その人の自己形成を支え、精神世界の構築にも寄与しうるということを実例をもって示したかったのだ。しかしこれに関しては、他のところでも書いたことがあり重複するが、過度に内なる現実に引きこもり、ディスコミュニケーションの状態にすっかり陥ってしまっている若者たちも少なからずいる、という現実を私たちは知っておかねばならない。この種のテーマを追求している作家のひとりに中島梓がおり、彼女の一連の著作、たとえば『コミュニケーション不全症候群[14]』や『タナトスの子供たち――過剰適応の生態学[15]』などは、そのテーマを深く掘り下げたものであるが、その著者中島梓は、「コミュニケーション」をめぐっての西島建男との対談のなかで、「引きこもりが新しい何かを生み出す力になるかもしれない」と語る。[16]

これを読んだとき私がすぐに思い浮かべたのは、エミリ・ブロンテである。彼女こそがその最たるものではないか、と。外界との接触を嫌って三〇年の短い生涯のほとんどを、故郷のヨークシャーの荒野に繋がれて過ごした彼女こそが、いまで言う「引きこもり」のなかからみごとな芸術作品を生み出した典型である。だからこそ、水村美苗はこんなエミリ・ブロンテに、しんそこ自然な形で共感を覚えたにちがいないのだ。両者に共通するのは、非現実の、目に見えない内面世界へのたえまなき凝視である。人間のみに許された、精神世界への崇高な挑戦、と言い換えてもいいだろう。文学と言語の力によって、はるか時空を越えたところで水村美苗がエミリ・ブロンテに共鳴したように、願わくば英文学専攻の若者たちもシェイクスピアやディケンズに等しく共感してほしいものである。

(四)

川勝平太は、「学問を外から取り入れるということにもまして、学問を内発的におこす時代」の到来を告げる。[17]学問研究のありようをめぐっての彼の一連の言説が、低迷する今日の日本の英文学研究界にとっての曙光にもなりえるのではないかと思われる。

欧米的文明への追随の時代、すなわち洋学の受容の時代はすでに終わり、身のたけに応じた学問を立てるべく洋学の土着化時代が始まった、と明快に断ずる川勝平太は、それゆえに従来の洋学の学問体系の組み換えの必要性を説き、彼の考案する「地域学」を私たちに提唱してくれる。彼は「地域学」のイメージを、「グローカル」(Glocal)という新語で説き明かす。「地域の中に地球が入りこんでおり、地球の中に地域がある。両者は多即一、一即多の関係にある。グローバルな視野で考え、ローカルに行動する」、そんなイメージの「グローカル」な学問をこれからの新しい「地域学」として川勝平太は想定し、さらに「グローカロジー」(Glocalogy)という造語でもって、受信段階から発信段階になった今後の「地域学」のありようについて詳述する。「日本は学ぶ立場から学ばれる立場になっている。自己を知るために地域に根ざした地域学が生まれてくるのはそうした潮流のしからしむるところである」と言う川勝平太の率直な表白に、私はまったく同感である。蛇足ながら、川勝平太は、小渕恵三元首相の私的諮問機関「二一世紀日本の構想」懇談会（河合隼雄座長）の『報告書』[18]のなかに盛り込まれた英語の第二公用語化論に、メンバーの一員でありながら堂々と反対し、憤慨した人であることを知って以来、[19]私は彼の発言により一層注目するようになったことを白状しておこう。

たまたま私の手元に、最近出たばかりの第一線で活躍する邦人英文学者の論考がある。それは、時代の先端を行くかに見える文化研究的側面を前面に押し出した秀逸なものではあるが、最後の結論部分に至っていくらか私は落胆させられた。「多声的な文化のイメージ」とか「多声的なもの」の大切さを指摘するのみで筆を措いてしまっており、それはそれでなるほど啓蒙的な役割を果たしうるかもしれないが、「ポリフォニー」(polyphony) という英語に端を発するであろうこの言い回しは、実はけっして目新しいものでも何でもなく、私の記憶にまちがいがなければ、たとえば作家の大江健三郎などかなり前からこの言葉を好んで使っていたと思う。発想が偶然重なり合うことは往々にしてありがちだが、この最近出たばかりの一編のみならず、実は同類のものが少なからずこの業界には存在するようで、このような安直な流れが続くかぎり、日本の英文学研究界が先細っていくのは致し方ないだろう、と思う。そんな意味で、川勝平太が説くように、私たちはめいめい自分たちの「地域学」を真摯に模索してゆくべきだろう。このことを抜きにして英文学研究の発展はありえないということを、しっかりと肝に銘ずるべきである。

要するに、西洋の目新しいものをしゃにむに追いかける時代は終焉したのだ。もちろんこれは、洋学を否定することではけっしてない。川勝平太の言葉を借りれば、「洋学を消化して、学問を発信することが時代の要請」となったということだ。『ジャングル・ブック』でお馴染みのラドヤード・キプリングの日本旅行記を、一四年の歳月をかけて全訳した加納孝代の仕事[20]などが、今後の日本の英文学研究界にとってのひとつのお手本となるだろう。

どう訳してよいかわからないところは現地に出かけて調査する主義の加納孝代は、たとえば "I ... first ran along a boulevard by the side of the river" という箇所についても、実際に大阪の造幣局の桜の通り抜けに足を運ぶことによって、ran along とは「通り抜け」のことだと悟るのである。このような徹底した現地主義の手法で謎を一つずつ解きほぐしていった加納孝代の仕事は、これまで翻訳がないために「幻の旅行記」などと呼ばれていたものを、少なくとも日本人のために形あるものにしたのであり、この業績は何物にも換えがたい貴重なものである。英文学研究の活路は、こうした地味な翻訳作業のなかにも見出しうるのだ。

　最新の『戦争とプロパガンダ』[21]とまではいかなくとも、いまや古典ともなりえたエドワード・W・サイードの代表作『オリエンタリズム』[22]を通じて、これまで西洋が東洋をヨーロッパ優位の思想で見てきたさまを確認し、今後「西洋」と「東洋」の両者の相互のまなざしのありようを、英文学徒も真面目に追求してゆくべきだと思う。「相互の」まなざしを通じて世界を見ていく姿勢である。西洋文化の上澄みだけを、要領よくうまくすくいとることに専念できた時代は、終焉した。浅薄な「異文化理解」の時代も終わった。かつて伊藤整が、西洋と日本双方の「愛」の捉えかたに見られる人間認識の差異について深く考究したように[23]、日本の英文学徒は、西洋と日本のそれぞれの人間観の基本の特質を押さえることにも、もっと精を出すべきだと思う。

　さらにこれからは、文学以外の諸領域にも及ぶ仕事をめざすべきだろう。手前味噌で恐縮だが、ディケンズの『鐘の音』[24]の作品論を書いたとき、実際はさらりとふれたにすぎないが、もっと突っ込んで書きたかったことは、大人たちによって虐待されている現代の子供たちが陥っている不幸と同種の不幸を、主人公が背負っているのではないかということである。あまりの辛さゆえに、虐待する側の人間を責めるのではなく、あえて自分が悪いと思うことによってしか自分を救えない、そんな現代の子供たちの精神構造との類似性を、主人公トビー・ヴェックのなかに見出してしまったのだ。このことをもっとふくらまして書きたかったのだが、そのときの私はやはり学術書という体裁のことを考慮して、自己規制してしまった。いまから思えば、もともと私の書くものは学術的ではないのだから何ら心配はいらなかったのだ。

　閑話休題。五十歳代の私の場合は、正直もうどうでもいい。幸せなことに、これまでたっぷりと英文学界の恩恵に浴してきた。もうこれ以上望むと、ばちが当たるほどだ。二五年前、渡航経験など皆無で、英語も必ずしも流暢に喋れるわけでもないのに、英語の教師として大学に就職ができた。そして「英語の教師」であるにもかかわらず、実際は「文学三昧」の毎日であった。卒論と修論以外の書くものはといえば、すべて日本語で平気だった。そのことに何の疑問も感じなかった。「留学」等はいっさい眼中になかった。こんなことで通用した、おそらく最後の世代だろう。

生来の小声・悪声のため、師匠から舞台に立つことさえなかなか許してもらえなかった竹本政太夫（二代目義太夫、一六九一―一七四六）が、やがて自己の声量に合う個性的な芸風の確立に腐心し、真実味あふれた語りを確立したように、短所よりは長所を伸ばすべく、若い英文学徒には期待したい。そのためには、自分自身の工夫によるしかない。のたうち回ってでも、それを会得してほしい。そうすることによって、凛然たる気概と態度、そして鋭い眼力とを養い、それらを武器にこれからの英文学界で大いに活躍してもらいたい。

かつてフォークソング『戦争を知らない子供たち』で一世を風靡した北山修は、現在九州大学大学院教授で、精神科医だが、精神分析学における「言葉」の役割の重要性を認識し、臨床体験を重ねるなかで、特に自国語である日本語で考えることの必要性にこだわるようになる[25]。それに対して、生身の人間ではなく基本的には文学作品を研究対象にするであろう英文学徒たちは、研鑽を積みつつ、日常言語とは一味ちがう文学言語の存在意義に気づくことになるであろうが、そのとき、ちょうど北山修に「言葉」と向き合わせしめた日々の臨床体験に相当する、英文学徒たちにとっての日々の体験とは、具体的に何を指すのであろうか。これは各自がそれぞれ見つけださねばならないだろう。

今回、金星堂のこの企画にたくさんの新進気鋭の若い学徒に加わってもらった。いまはまだ蕾状態かもしれないが、将来きっと花開くであろう兆しの見える前途有望な人たちばかりである。江藤淳や福田和也のような、華麗なる文芸批評家に育つ人もいるかもしれない。あるいはアカデミックな場で、やがて後進を育てる中心的な役割を担う人も出るだろう。本場の英米で堂々と渡り合って活躍することになる人もいるだろう。いずれにせよ、意識しようがしまいが、明治以来連綿と続いてきた英文学研究という貴重な文化遺産を、後代にまでしっかりと伝えていこうとする私たち全員の意志は、強い。少子化で不況の時代を迎えたいま、これまでの伝統ある「英文学専攻」はいくぶん翳りをみせてはいるが、それでもひたすら「知」の探求を目指す学問領域が、一方でますます受験生の脚光を浴びているのも事実である。先人たちによって育まれてきた文化遺産に畏敬の念を抱き、「学問をすること」自体に喜びを見出す、そんな若人たちが文学や芸術系の学部に集い、研究成果を後代に伝えるべく「知」の探求に励んでいる。これまで日の当たる花形選手であり続けた「英文学専攻」にとっては、他専攻にいくらか水をあけられたようで辛いが、長かった西洋文物の紹介と啓蒙の時代がやっと終わり、むしろこれからが真の研究の始まりなのだという気概で、ことに当たってゆこうではないか。

必要に迫られたなりふりかまわぬ最近の日本の英語教育のおかげで、若い人たちの英語運用能力は目をみはるばかりである。これこそ鬼に金棒、これを武器にして、日本のみならず、世界の英文学研究界に積極的に飛翔すべきである。跳躍に至るまでの助走距離は十二分にあったはずだ。あとは飛び立つのみ。この本を手にとった人たちも、これを機に精気を取り戻し、私たち同様、英文学研究に再び奮い立とうではないか。

平成一四年七月三〇日

編者　宇佐見　太市

〔注〕

(1) 研究社、一九九九。
(2) 冬樹社、一九七九。
(3) 『福原麟太郎著作集　10　英文学評論』研究社、一九七〇。
(4) 「闇の中の遊園地」、『文学』岩波書店、第一巻第三号、二〇〇〇年五・六月合併号。

(5)　集英社、二〇〇二。
(6)　中央公論社、一九六二。
(7)　研究社、一九八三。
(8)　草思社、一九九六。
(9)　毎日新聞社、二〇〇一。
(10)　新潮社、一九九五。
(11)　辻邦生・水村美苗『手紙、栞を添えて』朝日新聞社、一九九八。
(12)　土田知則・青柳悦子『文学理論のプラクティス』新曜社、二〇〇一。
(13)　前掲『手紙、栞を添えて』。
(14)　筑摩書房、一九九一。
(15)　筑摩書房、一九九八。
(16)　『論座』朝日新聞社、二〇〇〇年一〇月号、一八四ページ。
(17)　武者小路公秀編『新しい「日本のかたち」』藤原書店、二〇〇二。
(18)　平成一二年一月一八日。
(19)　松本健一「国民憲法と連動する教育改革を」、『産経新聞』二〇〇〇年四月一四日。
(20)　ラドヤード・キプリング著、ヒュー・コータッツィ／ジョージ・ウェッブ編、加納孝代訳『キプリングの日本発見』中央公論新社、二〇〇二。
(21)　みすず書房、二〇〇二。
(22)　平凡社、一九七八。
(23)　「近代日本における「愛」の虚偽」、『近代日本人の発想の諸形式』岩波文庫、一九八一。
(24)　一八四四。
(25)　北山修『幻滅論』みすず書房、二〇〇一。

# 第一部　エリザベス朝からの栄光と現実

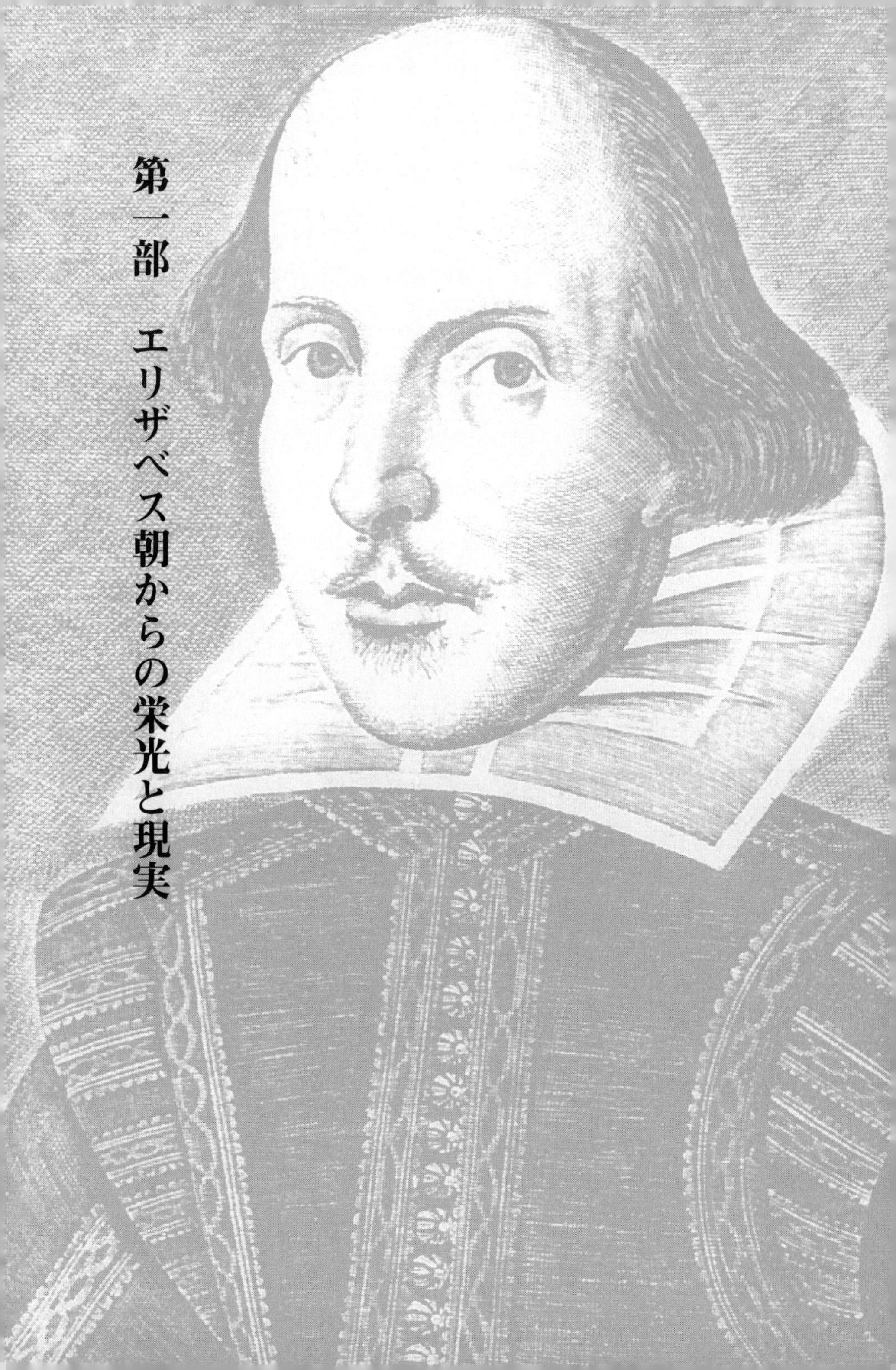

# 第一章　シェイクスピアの『ソネット集』
## ——青年に対する詩人の姿勢——

岸本吉孝

### 序

シェイクスピア（William Shakespeare, 1564-1616）は劇作家であるが、詩人でもある。彼の書いた詩のうち特に『ソネット集』（*The Sonnets*, 1609）は、言葉の多義にわたる曖昧性と言葉遊びに特色がある。だが本論ではどちらかと言えば、青年に対する詩人の姿勢に焦点を置くことにする。

『ソネット集』は二つの部分、つまり前の部分と後の部分に分けられている。前の部分は青年に語りかけた第一番から第一二六番まで、後の部分はダークレイディに語りかけた第一二七番から第一五二番までと、それに第一五三番、第一五四番である。

前の部分においては、詩人が青年に語りかけるところにダークレイディとのかかわりがあり、後の部分においては、詩人がダークレイディに語りかけるところに青年とのかかわりがある。本論では彼らのそういう三角関係を詩的展開として捉えつつ、そこに青年に対する詩人の姿勢を見ようとするのである。そこで検討の対象となるのは、第二〇番と、第四〇番から第四二番まで、および第一三三番から第一三六番までとなる。

ではまず第二〇番から入ってみよう。

## ㈠「男の恋人」の意味と青年に対する詩人の姿勢

第二〇番は次のとおりである。

きみの顔は自然がみずからの手で描きあげた女の顔だ、
わが情念をつかさどる男の恋人よ。
女のやさしい心根はあるが、不実な女どもの習いでもある
移り気などはついぞあずかりしらぬ。きみの眼は
女のよりもずっと明るい光をはなち、見つめる相手を
金色に染めるが、あちこちに不実な流し目をくれはせぬ。
姿かたちは男だがすべてのかたちをうちに従えている。
だからその姿が男の眼をうばい、女の魂をまよわせる。
じっさい、きみははじめは女として創られたのだ。
だが、自然の女神が、きみをつくっているうちに恋におちて、
よけいな物をくっつけて、きみを私から奪ってしまった、
私にはゼロでしかない一物をくっつけてさ。
　だが彼女は女の楽しみのためにきみを選んだのだから、

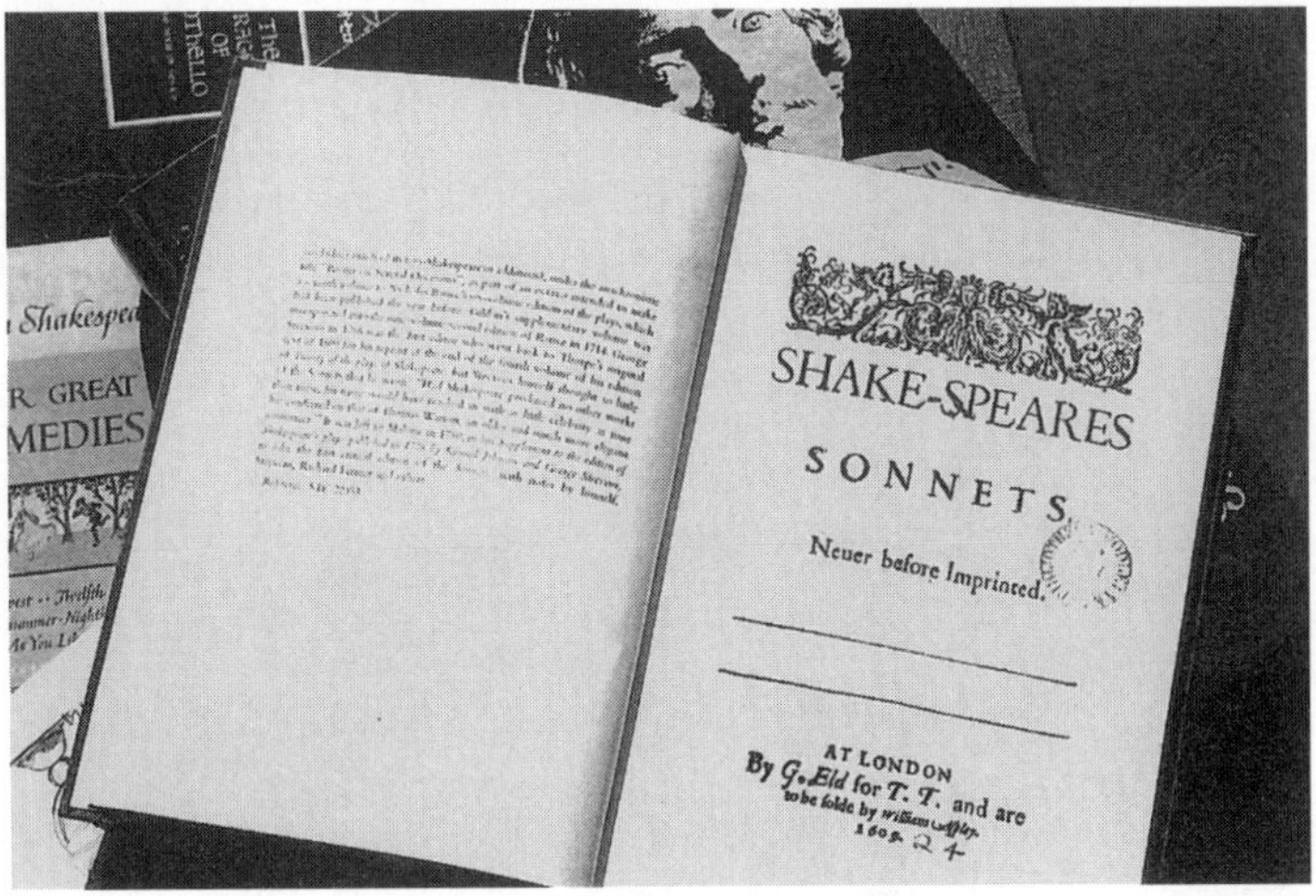


シェイクスピアの『ソネット集』

私の楽しみはきみの愛情、愛の実習が女たちの宝だ。

詩人が青年に語りかけるこの第二〇番で特に問題となってきたのは、「男の恋人」（“the master-mistress”）である。この言葉には以前から同性愛の意味がこめられており、[1] 現在でもそういう意味を認める論があり、[2] 後者の論のリチャード・ジェイコブズ（Richard Jacobs）はまず、青年をペンブルック伯（William Herbert, third Earl of Penbroke）と想定し、彼がジェイムズ一世（James I）に親しくする様子を取り上げて、そういう状況がシェイクスピアとペンブルック伯（『ソネット集』の生みの親）にも適用されると見なしている。さらに「女のやさしい心根はあるが……移り気などついぞあずかりしらぬ」における「ついぞあずかりしらぬ」（“not acquainted”）という語が、“quaint”（女性の体の一部分）をそなえていないという言葉遊びになっており、また「男の眼をうばい」の「うばい」（“steels”）が“steels”（「かたくする」）を、「女の魂をまよわせる」の「まよわせる」（“amazeth”）が性的意味の膝をふるわせることを、また「ゼロ」（“nothing”）が女性の体の一部分をさすという言葉遊びが成立すると考えるのである。

このような説明から、「男の恋人」という言葉には、同性愛の意味があるように思えるが、第二〇番の意味の流れを素直に読んで内面のイメージをつかめば、「男の恋人」は詩人が青年を献身の対象としていると見なしてよいであろう。[3]

まず「男の恋人」は、宮廷風恋愛のように女性を献身の対象とする以上に、青年に対して献身の気持ちをいだくことを意味すると考えたほうがよい。なぜなら、青年の顔は「自然がみずからの手で描きあげた女の顔」であり、青年の心は「女のやさしい心根はあるが……移り気などはついぞあずかりしらぬ」ものであり、同時に、青年の眼は「女のよりもずっと明るい光をはなち……あちこちに不実な流し目をくれはせぬ」からである。これは、“the master-mistress”という語を、“mistress”への献身の気持ちを“master”（他動詞ととる）することだと見なせば理解できよう。[4]

また、自然の女神が青年を創るうちに恋におち、女には余計な物をつけて男にしたことから、女への献身の気持ち以上のものがうかがえるのである。

さらに、詩人は青年に対し、「愛の実習」は女と行ない、自分の楽しみは「きみの愛情」と言うのである。この「きみの愛情」には、詩人の青年に対する献身の意味が含まれていると見なしてよい。

このように、第二〇番には、詩人の青年に対する力強い献身の意味が内面のイメージとして全体に流れており、そこに青年に対する詩人のやさしい気持ちがうかがえるであろう。しかし、「きみの眼」は女ほどには「あちこちに不実な流し目をくれはせぬ」とは言うものの、女ほどではないにしても「不実な流し目」がまったくないとは言えないのである。[5]ここには青年に対する詩人のきびしい気持ちがこめられているのである。しかし、その気持ちは表面には出ず、内にこもっていると考えたほうがよい。なおここで「女」が比較の対象として使用されているが、これは詩的展開から見れば、後に出てくるダークレイディとかかわる伏線と見なしてよいであろう。

また青年を「女のやさしい心根はあるが、不実な女どもの習いでもある／移り気などはついぞあずかりしらぬ」と見なして、移り気がないと言っているものの、「不実な流し目」と同じようにまったくないとは言いきれないであろう。ここにも青年に対する詩人のきびしい気持ちが内にひそんでいると見なしてよいであろう。さらにここでも「不実な女ども」が比較の対象となっていることから、これはダークレイディとかかわる伏線だと考えてよいであろう。

では次に、第四〇番から第四二番までの検討に移る。

## (二) 三角関係における青年に対する詩人の姿勢（1）

まず第四〇番から見てみると、一―二行の、

愛するものよ、私の愛も、恋人も、一切合切《いっさいがっさい》奪うがいい、
それでこれまでよりも物持ちになったのかね。

ここでは、青年に対して詩人がきびしい姿勢を示していることがわかる。というのは青年が、詩人の「恋人」であるダークレイディを奪ったからである。このことははっきり言っているわけではないが、ダークレイディが暗示されているから、ここに三角関係が成立すると言えよう。

そういうきびしい姿勢は、どのように変わっていくのだろうか。まず五行から一二行までは、青年に対する詩人のやさしい姿勢ときびしい姿勢が交互に示されており、終りの一三行と一四行では、初めはきびしいが次にはやさしい姿勢となって終わっている。

具体的にはこうである。詩人が青年に「私の女と寝たと言って、きみを咎めるわけにはいくまい」（六行）と言って許すのには、「私を愛しているから私の女を受け入れたのなら」（五行）という前提がある。つまり、青年が詩人を愛しているのならよいというのである。ここに青年に対する詩人のやさしい姿勢が見られる。一方、青年が「無理をして嫌いなものを」（七行）味わうという、詩人の女に愛のない行為をして詩人を裏切ることに対しては、詩人はきびしい姿勢をとらざるをえなくなるのである。

次の、青年が詩人の「乏しい……財産の一切」（九行）を盗んでも、それを許すと言って、「やさしい盗人よ」（"gentle thief"）と撞着語法[6]を使用するところは、青年に対する詩人のきびしい姿勢とやさしい姿勢とが入り交じっていると言ってよい。

また、終りの二行では青年に対して、詩人は「色好みの美男子さんよ」（"Lascivious grace"）と撞着語法[7]を使用して、きびしい姿勢とやさしい姿勢とを同時に示しつつ、「きみはどんな悪《わる》さをしてもよく映る。／だから酷《むご》い仕打で私を殺せ。でも二人は敵にはなるまい」と、きびしさとやさしさの姿勢を出しているのである。ここにはそういう二つの姿勢が、はっきり区別して示されている。

では、第四一番ではどうであろうか。

時おり、私がきみの心のそばを離れているすきに、気随気儘な
放蕩《ほうとう》に引きずりこまれて、ちょいとした過ちを犯すのは、
きみの美貌と若さにはまことに似つかわしい、
どこへ行ってもつねに誘惑がつきまとうのだからね。
きみはやさしいから、口説きにおちやすい。

　　きみは美しいから、攻撃の的になりがちだ。
　　それに、男たるもの、女に言いよられて、
　　征服もせずにおめおめ引きさがれようか。

ここにあげた第四一番の一行から八行までには、一見して青年に対する詩人のやさしさ[8]があるように思える。「ちょいとした過ちを犯すのは、／きみの美貌と若さにはまことに似つかわしい、／どこへ行ってもつねに誘惑がつきまとうのだからね」と、青年の過ちは美貌と若さによるのであって、誘惑はつきものだと言って、詩人は青年を責めてはいない。だから詩人は青年に、「きみはやさしいから、口説きにおちやすい。／きみは美しいから、攻撃の的になりがちだ」と言うのである。これは、誘惑が具体的にどのようなものかを述べていると言ってよい。つまり「口説きにおちやすい」し「攻撃の的になりがち」なのである。ここに、青年に対する詩人のやさしさを見ることができる。

　たしかに、そこに詩人のやさしさが見られるのだが、考え方によっては、そういう傾向に落ち入りがちな青年を責めているように思える。つまり、一行から八行までは、表面では青年に対する詩人のやさしさを示しているが、内面ではきびしさを秘めている[9]と考えたほうがよい。

　このように、詩人の表面上のやさしさに潜むきびしさが、九行から一四行で表面化することになる。「ああ、だが、私の席には手をつけずとも、／きみの美と、若さの迷いを叱りつけてもよかったろうに」(九―一〇行)と、詩人は青年を責めるというきびしい姿勢になるのである。ここで言う「私の席」とは当然、詩人の女であるダークレイディの占有するところ(性的なニュアンスを持つ)を示す[10]。それからたたみかけるように、詩人は青年が「二重の真《まこと》」を破ると見なし、「まず、きみの美貌は女を誘惑して彼女の真を破り、／つぎに、きみの美貌は私を裏切ってきみの真を破るのだ」(一三―一四行)と言う。ここには、はっきりと青年に対する詩人のきびしさがある。だが第四一番の一行から八行までは、詩人の青年に対する表面上のやさしさとは裏腹にきびしさを内に秘めるという、やさしさときびしさとを区別した第四〇番とは異なる点に注意しなければならない。

次に第四二番を考えてみよう。第四二番は、初めの四行は別として、六行から一四行までのところは第四〇番と第四一番で取り扱われた状況を証明しており、[11] あるいは詭弁でもって詩人が自分自身を納得させようとしている。まず初めの四行のうち、「きみが彼女を手に入れたのが、わが悲しみのすべてではない」(一行)と詩人が述べるところでは、詩人が青年を責めているのではなく、やさしさがある。だが「彼女がきみを物にしたこと、これが私の第一の嘆き、／このほうがずっと骨身にこたえる愛の損失だ」(三―四行)と詩人の述べるところには、青年に対する詩人のきびしさが見られる。これは、詩人の女が青年を愛するには、青年がその女を愛するという前提があると示唆されているからである。

だから、そのきびしさを押えるために詭弁が成立する。この詭弁はわかりにくいが、詩人と青年とダークレイディの三角関係を図式化すればわかりやすくなる。つまり、青年は、詩人が女を愛しているのがわかったから、自分も女を愛する。一方、女は、詩人が青年を愛しているから、自分も青年を愛すると同時に青年も自分自身を愛するようにしむける。次に、詩人が青年を失えば女の得になり、詩人が女を失えば青年の得になり、さらに詩人が青年と女を失えば、その二人が互いに相手を見出すことになり、とうとう詩人は苦しみに落ち入る。しかし、青年と女が互いに相手を愛していても、青年と詩人が一つであるかぎり、女は詩人を愛することになる。

このことは、一行と三―四行までの詩人のやさしさときびしさのうち、きびしさが示されている「彼女がきみを物にした」結果、「わが友と私は一つ。／甘美な幻惑よ、ならば彼女は私一人を愛しているのだ」(一三―一四行)ということになると言えよう。これは、詩人が詭弁でもって青年に対するきびしさを自己に向かって納得させつつ、そのきびしさを押さえているように思える。

では次に、三角関係の詩的展開から見て、第一三三番から第一三六番までの検討に入ろう。

## (三) 三角関係における青年に対する詩人の姿勢 (2)

第一三三番は、詩人から青年を奪った女、つまりダークレイディに対して、詩人がきびしい姿勢で語りかけたものである。そのため、一見して詩人の青年に対する姿勢がないように思えるが、そうではない。二行から六行で詩人は次のように言う。

私ひとりを痛めつけるだけでたりずに、
わが優しき友まで奴隷の身におとさねば気がすまぬのか。
その残酷な眼は私自身から私を奪いとり、そのうえ
なお無情にも、第二の我なる友を虜《とりこ》にした。

詩人は青年に対して「わが優しき友」とか「第二の我なる友」と述べているから、ここに青年に対する詩人のやさしい姿勢があることに気がつく。またA・D・カズンズ (Cousins) はここに青年に対する献身が見られると言う[12]が、それには詩人のやさしさが伴なうと見なしてよい。

また九行から一二行では牢のイメージを使って、詩人は、自分の心が女の鉄の胸の牢獄に入れられても、友の心は自分の心の中に入れて、女の鉄の胸から守ると述べている。ここに、青年に対する詩人のやさしい姿勢がある。だがこれも一三―一四行では、友の心を守る詩人の心も女のものであるという、あきらめがあることを付言しておこう。

では第一三四番ではどうであろうか。

　　さて、彼がおまえの所有となったのも認めたし、
　　私自身、おまえの思いのままになる抵当物件なのだから、
　　私は自分を没収されてもいい、第二の私を
　　返してもらって、いつまでもわが慰めになしうるのなら。

この一―四行では、経済上の所有関係による、金銭と抵当物件のイメージが使われている。つまり、抵当物件の「私」＝詩人を差し出すから、金銭にあたる「第二の私」＝青年をいただきたいと詩人は言うのである。この「第二の私」という言葉に、青年に対する詩人のやさしい姿勢を見ることができる。

しかし、五行から一四行までは、人のよい青年が詩人という抵当物件の証文に署名したものだから、高利貸の女は権利書をたてにとって、債務者の青年に金を払うよう要求する。そのため、青年は全額を支払ってことをすませ、詩人は後に取り残された感じがする。しかし、ここには詩人のために保証人となり債務者になってしまった青年に対する、詩人のやさしい心遣いが感じられる。そういえば五―六行の「でも、おまえはそうするまいし、彼も自由を望むまい。／おまえは貪欲《どんよく》だし、彼は気のいい男だから」に、詩人の青年に対するやさしい姿勢があったのである。

では次に、第一三五番と第一三六番を簡単に見てみよう。ここではウィル（“will”）という語が大文字と小文字で示され、その意味が多義にわたる[13]のが特色であるが、青年に対する詩人の姿勢はどうなっているのであろうか。

第一三五番では、詩人はダークレイディに自分を見捨てないでくれと嘆願するが、「おまえも豊かな心《ウィル》の持主だが、その心《ウィル》に私の心《ウィル》を／ひとつ加えて、おまえの大いなる心《ウィル》をもっと増やしてくれ」（一一―一二行）には、詩人だけで

なく青年の心《ウィル》も含まれていて、ここにはこれまでのような青年に対する詩人の姿勢が見られないにしても、青年を無視したわけではない。この点において詩人が青年とかかわっていると言えるのである。

また第一三六番にしても、「ウィルがおまえの愛の宝庫をいっぱいに満たしてやる。／そうとも、数多の思い《ウィル》をつめてやる。私の思い《ウィル》はその一つだ」（五―六行）は、少なくとも青年と詩人がダークレイディに取り込まれているのであり、そういう意味でまた詩人が青年とかかわっているのである。

## 結　論

以上、シェイクスピアの『ソネット集』における、青年に対する詩人シェイクスピアの姿勢を、ダークレイディとからめた詩的展開のなかで検討してきた。

第二〇番は三角関係の伏線ではあるが、青年に対する詩人のやさしさのなかにきびしさが暗示され、第四〇番から第四二番ではそのやさしさときびしさが交互に見られたり、やさしさにきびしさが秘められたり、きびしさが押さえられたりしていた。ここには、青年に対してそのどちらかの姿勢をはっきりさせるようなことはしなかったと言える。それが第一三三番から第一三六番では、青年に対する詩人のやさしさのみが見られたり、青年とのかかわりのみに終わり、やさしさときびしさのどちらかという詩人の姿勢は消えていった。

であるから、青年に対する詩人の姿勢は、物事を荒立てない、言い換えれば物事に決着をつけない優柔不断なところがあると考えられるであろう。しかしそこにこそ、バランスのとれたある種の中庸の精神が存在するのである。

〔注〕

※　テクストには G. Blackmore Evans (ed.), *The Sonnets* (The New Cambridge Shakespeare, Cambridge : Cambridge University Press, 1996) を用い、詩の引用などの訳は高松雄一訳『ソネット集』(岩波書店、一九八六) を用いた。

(1)　Joseph Peguigney, *Such Is My Love: A Study of Shakespeare's Sonnets* (Chicago and London: The University of Chicago Press, 1985), pp. 30-41.

(2)　Richard Jacobs, *A Beginner's Guide to Critical Reading: An Anthology of Literary Texts* (London and New York: Routledge, 2001), pp. 35-37, 40-41.

(3)　Katherine Duncan-Jones (ed.), *Shakespeare's Sonnets* (The Arden Shakespeare, Third Series, London: Thomas Nelson and Sons, 1997), p. 150.

(4)　*Ibid.*

(5)　A. D. Cousins, *Shakespeare's Sonnets and Narrative Poems* (Harlow, England: Person Education, 2000), p. 153.

(6)　Rex Gibson (ed.), *The Sonnets* (Cambridge School Shakespeare, Cambridge: Cambridge University Press, 1997), p. 49.

(7)　*Ibid.*

(8)　Rex Gibson (ed.), p. 50.

(9)　A. D. Cousins, pp. 157-58.

(10)　G. Blackmore Evans (ed.), *The Sonnets* (The New Cambridge Shakespeare, Cambridge : Cambridge University Press, 1996), p. 151.

(11)　G. Blackmore Evans (ed.), p. 152.

(12)　A. D. Cousins, p. 200.

(13)　G. Blackmore Evans (ed.), p. 253.

# 第二章　ジョン・ダンの『唄と小曲』
## ——横溢する理知性——

赤木邦雄

### 序

ジョン・ダン (John Donne, 1572-1631) は形而上派 (Metaphysical poets) を代表する形而上詩人である。彼は『エレジー』(*Elegies*) や『唄と小曲』(*Songs and Sonnets*) といった恋愛詩集や宗教詩集など、さまざまな作品を残している。『エレジー』は、詩人の詩情よりも知性が強く反映されすぎているきらいがあるが、『唄と小曲』は、詩人の詩的技巧と詩情、知性が、もっとも理想的なかたちで結実した恋愛詩集であり、小論では『唄と小曲』を取り上げる。

『唄と小曲』には、五五篇の恋愛詩がおさめられている。恋愛詩という視点に立てば、五五篇の詩すべてが同様なテーマで書かれているということになる。しかし、五五編の詩では、恋愛に関するさまざまな感情、すなわち、愛を渇望する焦燥、愛を失うことへの不安、恋人との死別の恐怖、女性に対する不信などが表現されている。そうしたさまざまな感情は、形而上詩を形而上詩たらしめている独特な比喩である、コンシート (conceit) を用いて詩に描かれているのだが、この比喩には、詩人の鋭敏な知性により比喩と本義の間に存在する類似性を見出し、それを手掛かりに両者を結びつけるウィット(1)が必要不可欠なのである。

詩人は詩を介して、意中の思想、概念あるいは感情を発信し、伝えようとする。小論では、何かを伝え、理解に導こうとする詩人の意識に潜む理知性に焦点を定め、『唄と小曲』の「恍惚」('The Extasie')と「聖列加入」('The Canonization')に着目する。なぜなら「恍惚」と「聖列加入」には、『唄と小曲』の他の詩には認められない、通常の理知性以上の説得力をもつ特異な理知性が認められるからである。小論では、それがいかなるものであるのかを論じていく。

ジョン・ダン

理知性を論じる前に、ダンの詩に見られる知性と理知性がまったく同質のものではないことを断っておきたい。つまり、さきにふれたコンシートは、詩人の知性に基づくものである。たとえば「別れ（嘆くのを禁じて）」('A Valediction: forbidding mourning')では、恋人同士が離ればなれであっても二人の関係はコンパスのようなもので、二人の魂は「コンパスの二本の脚《あし》のように二つだ。／君の魂は固定された脚、もう一方が／動かなければ不動、動けば共に動く」（二六―二八行）と言ってお互いの絆を謳う。そして信頼しあっていれば「君が不動であるなら、僕の描く円は／正しく閉じて、僕は原点に立ち返る」（三五―三六行）と再会を誓うのである。二人の地理的隔たりをコンパスの先端に見なし、互いの精神的絆をコンパスの脚に喩えるところに、ダンの知性が光るのである。こういった知性はコンシートにのみ反映されているわけだが、小論で扱う理知性は知性と比較すると、より広範な意味合いをもつものであることを確認しておきたい。

## ㈠『唄と小曲』における通常の理知性

特異な理知性を論じるうえで、その比較対象となるのは、「特異」ではない通常の理知性である。ここでは「蚤」('The Flea') を取り上げ、通常の理知性について論じていく。

「蚤」はダンの詩のなかで、もっとも知られたものの一つと言えよう。この詩は貞操にこだわる女性に対し、男性が「蚤は先ず僕の血を吸い、今度は君の血を吸う。／この蚤の中では、僕達二人の血が混ざり合うのだ」(三―四行) と、「僕」である語り手と女性の関係が、もはや他人とは言えないものだという既成事実を作り上げ、ウィットにより蚤の吸血行為と男女の性行為を強引に結びつける。続く一一―一三行では、吸血の果てに懐胎した女性の腹部のごとくに、二人の血液によってふくよかな丸みをたたえる蚤の腹部に女性の注意をうながし、「ここで僕達は結婚した。いやそれ以上と言える。／この蚤は、君でもあり、僕でもある。それは／僕達の新床《にいどこ》でもありまた、婚礼の御社《みやしろ》でもある」と、蚤の丸い腹部、二人の血液の混合という二つのキーワードにより、語り手と女性の結婚はおろか性的交渉までも既成事実化し、聖なる婚姻と俗なる性的交渉を同義化している。そして女性に対して、蚤をつぶす行為が「でも、習わしに従って、君は僕を殺すだろう。／だが、それに加えて、自分までも殺すことはない。／三人殺せば、三つの罪で神を冒涜することになる」(一六―一八行) と説く。つまり、語り手である男性と女性はいうまでもなく蚤の体外にいるのだが、二人の血をキーワードに蚤に吸われた血を二人の生命の縮図とし、綱渡り的な論理の遊びで、二人の生命と蚤の体内にある二人の血を結びつけているのである。やがて女性は蚤をつぶすのだが、男性は一九行から二七行にかけて次のように女性を戒めている。

残酷な慌て者よ、僕が止めたのに、君は早や、
罪のない者の血で、爪を赤く染めてしまったのか。
一体、この蚤がどんな罪を犯したと言うのか。
君から一滴の血を吸い取った、それだけのことだ。
だが、君は大威張り、蚤は死んでも一向に、
君も僕も、弱くなってはいないと、言い張るのだ。
　その通り。だが、それなら恐れることはない。
たとえ、君が僕に身を任せても、君からこの蚤が、
　奪った命ほどにも、失われるものはないのだから。

女性としては、「新床《にいどこ》でもありまた、婚礼の御社《みやしろ》でもある」蚤の存在を消し去ったことで、男性が女性に関係を求めて説得するための材料を抹消したつもりであったのだろう。だが、蚤を殺しても二人の間に何ら変化が訪れないことを、逆手に取られてしまう。すなわち、蚤が犯した罪は「一滴の血を吸い取った」ことにすぎず、またその命もとるに足りないものだと女性に告げ、そして女性の貞節が蚤の命ほどの価値すらないと断言するのである。こうして女性は、自家撞着的な男性の言動に翻弄され、蚤を殺すという行為で、みずから貞節であることの価値を結果的に否定してしまったのである。

蚤は一六世紀のヨーロッパでは、エロティックな詩によく用いられた題材であった[2]。使い古された題材を用いていながら、「蚤」ではダンのウィットが冴えに冴え、矛盾を孕んだ論理のすり替え、論理の展開が特徴的な作品となっている[3]。では、この詩に見られる通常の理知性とはいかなるものだろうか。

この作品は蚤を題材にしたことで、ある意味、現実的な雰囲気を醸しだしている。また、詩は男女二人の間で展開し、詩人、もしくは語り手が伝えようとしていることは貞節であることの無意味さでしかない。われわれは、目まぐるしく展開の場をかえる劇的な理論に眩惑されてしまい、この詩に込められた通常の理知性さえもが複雑なもののように考えてしまうかもしれない。しかし、蚤という題材にふさわしい、卑近なテーマに対する理知性しかこの詩には存在しないのである。換言するならば、「蚤」のような詩に見られる通常の理知性とは、劇的に展開する論理に裏打ちされたものであり、鋭敏なウィットやコンシートに侵食され、作品の終焉とともにそれは説得力を失うものだと言える。

この通常の理知性は、「夢」('The Dream') などといった多くの作品に見受けられるが、紙数にかぎりがあるため、ここではそれらについて論じることは割愛する。

では次に、特異な理知性についてふれていく。

## (二)　『唄と小曲』における特異な理知性

特異な理知性が「恍惚」、「聖列加入」に見られることは、序ですでに述べたとおりであり、まず「恍惚」を見ていく。

「恍惚」では、恋人たちが小高い土手に腰掛け、互いに手をつなぎ見つめ合う状況が五連までに描かれている（四連では二人の魂は肉体から抜け出している）。六連では「愛の純化を受け、魂の言葉の／理解ができ、愛の力によって、／精神だけになった人がいたら」と架空の人物が設定される。その人物は七連で「僕達の魂の浄化作用によって、／更に純粋になって帰るだろう」と、自分たちが特別な存在であることをほのめかしている。八連では、自分たちが愛していたものは性以外のものだと恍惚が解き明かし、九―一二連においては、自分たちの魂が「多くの要素からできた混合物」だと言い、愛により「混合物」である魂を再び混ぜ合わせることで恋人たちの生命力は強まり、孤独はおろか「どんな変化」をも克服しうると述べるのである。一三―一五連では、今まで抜け出ていて半ば放置していた肉体に意識を向け、自分たち（魂）を「天使」、肉体を「天球」と喩え、肉体が「滓《かす》ではなくて合金だ」と述べ、「天の力」が「大気に伝わ」った後に「人に及ぶもの」であることを引き合いに出し、「魂は魂に、流入できるはずだ」からと、肉体への復帰を誘いかける。

続く一六―一七連でも恋人に対して同様な誘いを行ない、一八―一九連でも次にあげるように、語り手は肉体への回帰を主張するのである。

だから、僕達は肉体へ戻ろう、
　弱い者にも愛を教えるために。
愛の神秘は、魂の中に育つが、
　肉体は、その教本なのである。

誰か、僕達の如き恋人の耳に、
　この一人の対話が聞こえるなら、
見て欲しい、肉体に赴いても、
　殆ど変質しない、僕達の姿を。

これらの二連からは、恋人たちがあたかも究極の、もしくは理想的な愛を育むことを欲しているかのごとき印象を受ける。

「恍惚」に関してはさまざまな評価が加えられており、グリアスン（Herbert J. C. Grierson）は霊肉（魂と肉体）の相補的依存を示唆し、パウンド（Ezra Pound）はこの詩がプラトニズムの詩だと言い、ルグイ（Pieere Legouis）はパウンドとは対照的に、女性を誘惑する詩だと言っている[4]。

すでに取り上げた「蚤」との比較を通して、「恍惚」の特異な理知性をとりまく環境に眼を向けると、「蚤」で見てきた通常の理知性をとりまくそれとの明らかな違いが見出される。「蚤」では、語り手の興味は肉欲に向けられるが、「恍惚」では（ルグイが指摘するように、語り手の性的欲求を否定してしまうことはできないが）恋人との関係をより高いレベルで結実させることに語り手の興味はある。また「蚤」に見られる語り手の興味が刹那的な性格を帯びるのに対して、「恍惚」のそれは自分たちの愛を「弱い者」に「教えるため」の、いわば規範と見なすとともに、「僕達の如き恋人」に「僕達の姿」を「見て欲しい」とも述べている。そして「弱い者」、「僕達の如き恋人」がいつの時代に存在するのかを敢えて曖昧なままにしていることなどから、語り手は時間を超越して語りかけねばならず、特異な理知性は永続的性格を帯びると言える。これに加えて、「蚤」の論理が劇的に展開するのに対し、「恍惚」のそれでは、論理の飛躍のない粛々とした展開が見受けられる。そして、「蚤」では語り手が語りかける対象は女性のみなのに対し、「恍惚」では女性以外にも架空の傍聴者、「精神だけになった人」や「弱い者」、「誰か、僕達の如き恋人」といった、自分たちの規範的愛を伝えるべき第三者が設定されていることから、語り手の興味は自分たちの愛が普遍たるべきだと志向しているものと言えよう。

では、これらの「蚤」と「恍惚」の違いを踏まえたうえで、「聖列加入」を見ていこう。

頼むから、口をつぐんで、僕に恋をさせてくれ。
僕の中風《ちゅうふう》や、通風を責めたてるのも、
五本だけ残った白髪や、破産をなじるのもよい。
財を築いて地位を買い、学芸で心を養い、
出世街道を選んで、職に就き、
お偉方や、お坊様に頭を下げ、
王様の玉顔を拝し、金貨に刻まれたその写しを
眺める、やりたい放題やるのは君の勝手。
でも、僕には恋をさせてくれ。

やれやれ、僕が恋をしても、困る人はあるまい。
僕の溜息で、商船でも沈んだのかね。
僕の涙で、誰かの土地が冠水したと言うのかね。
僕の塞《ふさ》ぎの冷風で、早春が逃げたのかい。
僕の血管に溢れる熱で、誰か、
黒死病の名簿に加わったのか。
軍人は戦にこと欠くまい、弁護士も喧嘩早い
訴訟好きな人を探すのに困るはずがない。
たとえ彼女と僕が恋をしても。

何とでも呼んでくれ。愛の力で、そうなって
　みせる。彼女も僕も一匹の蛾ならば、
僕達は蝋燭でもある。命を燃やして果てるのだ。
その上、僕達のなかには、鷲も鳩もいる。
　不死鳥の謎は僕達によって
　解ける。二人で一つの僕達だ。
すなわち、二つの性が合体して、中性となって、
　僕達は死んで、そのまま甦り、愛により、
　神秘的な存在となるのである。

恋では生きて行けないのなら、恋に死ねばよい。
　墓石や柩《ひつぎ》にとって、僕達の恋物語が
相応しくないのならば、詩歌にはよいであろう。
　年代記の一端を飾ることはできなくても、
　ソネットの美しい部屋になる。
　巧みにつくられた壺は、偉人
の骨を納めるのに、半エーカーの墓に劣らない。
　この歌を読む人達は、僕達が、愛により、
　聖列に加わったと認める筈だ。

そうして、僕達にこう祈るだろう。愛によって
　あい互いの隠れ家となられた方々よ、
今では嵐にすぎない愛を、平和とされた方々よ、
　あまねく世界の魂を凝縮することにより、
　互いに二人の目の玉のなかに
　(不思議な鏡や、遠眼鏡となり、
目の玉はすべてのものの根本的縮図を見せたから)
田舎も都会も、宮廷も納められた方々よ、
　天から愛の手本を示し給えと。

この詩は、ダンの他の詩についても言えることだが、オヴィディウス(Publius Ovidius Naso)のテーマを利用したものである。[5] 一―二連に見られるペトラルカ(Francesco Petrarca)風の大仰な言い回しに、詩人の特異な理知性にかかわるような意味合いはなく、粛々と展開する論理の始まりに、実にふさわしい。注目すべきは三連以降である。

三連では、「不死鳥の謎」は恋人たちによって「解ける」と言い、また、死と再生の後に「神秘的な存在となる」と謳っている。四連では、語り手たちの「恋物語」が「詩歌」にふさわしく、これを読んだ者は語り手たちが愛の力により、「聖列に加わったと認める筈だ」と述べている。五連では人びとが、恋に死に、天にいるであろう語り手たちに「天から愛の手本を示し給え」と教えを請うと言っている。

「聖列加入」でも語り手は、愛の理想的姿を追求しており、それを自分たちのなかだけで完結させようとはしてい

ない。「恍惚」の場合と同様に、第三の存在、この詩においては「歌を読む人達」を設定している。彼らが語り手と同時代に生を享けた者たちだとは言っておらず、ただ「歌を読む」者たちとしていることから、「詩歌」の読者は「詩歌」が存在するかぎり未来永劫増え続けると考えられる。つまり、このことが、「整列加入」の特異な理知性に永続性をもたらす一つの要素なのである。そして、彼ら（「歌を読む人達」）に自分たちの愛のあり方を示そうという意図が読みとれるのである。また、「恍惚」と同様に語り手の興味は性欲にではなく、主に世俗を超越した愛に向けられ、それは普遍的なものと言える。そしてこの詩の論理は「蚤」のように劇的にではなく、やはり「恍惚」と同様に粛々と展開するのである。続いて、「恍惚」と「聖列加入」に、なぜ「蚤」のような論理の劇的展開が見られないかを考察する。

論理の劇的展開がもたらすものは、瞬間的な鮮烈さと躍動感である。しかし、展開の派手さゆえに表面的な説得力しか得られず、作品がもたらす感動は確かに強力なものではあるが、決して余韻が残るものではない。一方、「恍惚」、「聖列加入」に見られる論理の展開は一見地味だが、地味であるがゆえに、表面的な技巧よりも、作品の根底に潜むテーマを伝えるうえで、より強い説得力をもつのである。したがって、「恍惚」、「聖列加入」に論理の劇的展開は不要なのである。それでは、これまでにふれてきたことを概観しつつ、特異な理知性がいかなるものかをまとめてみよう。

「恍惚」と「聖列加入」では、死と再生、そして自分たち（語り手と恋人）の愛を理想化し、普遍化しようとする意図がある。「恍惚」では、肉体からの魂の離脱が死と言え、再び肉体へ戻ることが、再生と言える。そして自分たちが「浄化作用」をもち、いつの時代の者かが曖昧な「弱い者にも愛を教える」、時間を超越した強い存在であると同時に、「僕達の如き恋人」に「殆ど変質しない」自分たちを示したいとも謳っているのである。

「聖列加入」では、死と再生を自分たちを不死鳥に喩えることで表現し、また「僕達は死んで、そのまま甦り」と直接死と再生を口にもし、「神秘的な存在となる」と言う。そして自分たちは、「恋物語」が綴られた「詩歌」が存在するかぎり増加し続けうる「歌を読む人達」に「愛の手本を示し給えと」求められる、時間を超越した存在だとも述べている。また「聖列加入」では、死と再生が一度かぎりとは謳われていない。したがって、死と再生を永遠に繰返すと考えうることからも、語り手と恋人は時間を超越した存在だと考えられる。

つまり特異な理知性とは、粛々と展開する論理に裏打ちされ、なおかつ詩人の普遍性を志向する姿勢が反映され、語り手と恋人以外の第三者が介在することで永続的に愛の規範を説き続けようとするものであり、作品が終焉を迎えようとも説得力を失わないものなのである。

## 結　論

ダンが「恍惚」と「聖列加入」に込めた特異な理知性について、「蚤」との比較、および「恍惚」と「整列加入」の共通点の抽出を行ない、考察を進めてきた。

詩人が「恍惚」、「聖列加入」に込めた特異な理知性とは、粛々と展開する論理に裏づけられた強固な説得力を備えたものであり、それは詩において死と再生が繰り返されるごとに規範としての普遍性を帯び、完成された存在となる。そして作品の枠組みから溢れ出して、永続的に訴える力をもつものなのである。これを横溢する理知性として小論の結論とする。

〔注〕

※　テクストは、Herbert J. C. Grierson (ed.), *The Poems of John Donne*, Vol. I (London : Oxford University Press, 1912) を用いた。詩の引用の訳は、湯浅信之訳『ジョン・ダン全詩集』（名古屋大学出版会、一九九六）を用いた。

(1)　岸本吉孝『ダンとその一派――詩の論理と展開』（創元社、一九九〇）、八ページ。

(2)　Helen Gardner (ed.), *John Donne : The Elegies and The Songs and Sonnets* (London : Oxford University Press, 1965), p. 174.

(3)　岸本吉孝、六六ページ。

(4)　Helen Gardner (ed.), p. 259.

(5)　Helen Gardner (ed.), p. 202.

# 第三章　サー・トマス・ブラウンの『俗信論』
## ――科学と懐疑の狭間で――

岡田典之

一六四六年の初版以降、五版を重ね、そのたびに増補・改定を行なってきた、サー・トマス・ブラウン（Sir Thomas Browne, 1605-82）の『俗信論』（*Pseudodoxia Epidemica*）[1]。当時流布していたありとあらゆる種類の誤謬を網羅した、いわば誤謬の百科事典とも言えるこの書物には、ブラウンの労力と時間がたっぷりと注ぎ込まれている。この労作に対するマリオ・プラーツ（Mario Praz, 1896-1982）の評価は、しかしあまり好意的なものではない。プラーツは、『医師の宗教』（*Religio Medici*, 1643）がなければ、それ以外の「優雅な博識の書、あるいは単なる注釈本の域を出ない」ような「作品など今日われわれの目にとまることもなかっただろう」と断言している[2]。

しかし、二〇世紀を代表する、どこから見ても優雅で博識なこの碩学の評言は、はたして正当なものだろうか。たしかに、現代のわれわれの目からすればあまりにお粗末な一七世紀当時の誤謬を採り上げて反論し、それで全七巻からなる書物をものしてしまうというのは、高級な暇つぶしとしか思えないかもしれない。けれども、この「誤謬の一覧表」という着想自体は、フランシス・ベイコン（Francis Bacon, 1561-1626）が『学問の進歩』（*The Advancement of Learning*, 1605）のなかで提唱しているものであり、『俗信論』がこれを一つの基礎として構想されていることは、つとに指摘されてきたことである[3]。その序文の、「学問の進歩」に努める紳士たちに受け入れられるように、という言い方は、ベイコン主義的なこの書の意図をはっきりと述べたものだと言える。

　現在では無駄となった知識であっても、一七世紀においては真理の擁護としての意味を担っていたという可能性も十分にあろう。とはいえ、学問の進歩のために誤謬を論駁するという、著者本人によるいわばこの公式見解と、「優雅な博識」の書にすぎないという現代の碩学による評価の落差は、やはり興味深い。この落差はどこから生じるのか、あるいは、ほんとうに『俗信論』は「学問の進歩」に貢献しうるような作品なのであろうか。

## (一)

『俗信論』には、共同作業としての科学、時間の経過による知識の増大、経験の重視、科学と宗教の分離といったベイコン的な考えが随所に表明されており、科学者とまではいかないまでも、当時の科学的達成に強い興味と賛同の意を感じているブラウンの姿がうかがえる。しかし、そこで扱われた内容がどの程度「近代科学的」であるかについては、科学的著作としての『俗信論』の価値は皆無であるとするものから、当時の最新の知見を英国に紹介するにあたって大いに意義があったと積極的に見るものまで、さまざまである[4]。もちろん、現在の科学的知識の水準からすれば、『俗信論』自体が多くの誤謬を含んでおり、また、数学的・機械論的思考がほとんど見られない点では、近代科学の発展に寄与したという評価は下し難いであろう。

　とはいえ、そのような一種の進歩史観的立場から見るよりは、同時代の著作、特に自然誌・博物誌関連の著作と比較してみたほうが、その意義は理解し易い。そこで、死後に出版されたベイコンの自然誌『森の中の森』（*Sylva Sylvarum*, 1627）、論争家アレグザンダー・ロス（Alexander Ross, 1591-1654）の『俗信論』に対する反駁の書『小宇宙の秘法』(*Arcana Microcosmi*, 1651)、コンラッド・ゲスナー(Conrad Gessner, 1516-65)の翻案であるエドワード・トプセル(Edward Topsell, 1572-1625?)の『四足獣誌』(*The History of Four-footed Beasts*, 1607)、およびその続編である『爬行動物誌』(*The History of Serpents, or The Second Book of Living Creatures*, 1608)と『俗信論』を比較してみたい(5)。

ベイコン自身が不完全で寄せ集めの域を出ていないと認める著作を、何度も改訂されたブラウンの著作と比較するのは、前者にとってやや酷な気もするが、『森の中の森』に述べられた誤りを『俗信論』が訂正している事例がいくつか見られるのは、興味深い。たとえば、カメレオンが空気を食物としているという説、水晶は水が凍ったものであるという説、珊瑚が海中では柔らかく、空気中に引き出されると固くなるという説、サラマンダーの性質(ベイコン自身もかなり懐疑的に述べているのだが)に関する説などがそうである。もちろん、そのような誤りを訂正されたからといって、ベイコンの名誉に傷がつくわけではない。『森の中の森』のそれぞれの項目は"experiment"、つまり実験・観察・経験と題されてはいても、自然のさまざまな領域を網羅するためには、単なる伝聞に頼らざるをえない場合があることもベイコンは認めており、そのような場合には、『森の中の森』の記述はベイコンの意見というよりは、後世の自然学者が解くべき課題として読まれるべきなのである。とすれば、『俗信論』において『森の中の森』の誤りのいくつかが訂正されたという事実は、むしろ、複数の学者の共同作業と時間による真理の発見というベイコン的理念が、みごとに実証された例であると言えるだろう。

例として、カメレオンについて見てみよう(6)。ベイコンは、カメレオンが舌を伸ばして蝿を取ると述べながらも、やはり空気が主要な栄養源であると認め、一年間カメレオンを飼育した人が、カメレオンが空気以外のものを口にするのを見たことがないという「観察結果」を持ち出している。空気だけを食べるわけではないにしろ、空気が主要な食料であるという点は認めるという、何とも中途半端な立場にベイコンは立っている。これに対してブラウンは、カメレオンに舌や内臓がある以上、通常の食物をとるはずであるという（おそらくベイコンが避けたであろう）一種の目的論的根拠、および空気が滋養物であるとは言えないという理由で、一貫してカメレオンが空気を食料とするという誤謬を論駁している。これに対してロスは、自然には無駄がないという目的論的発想は必ずしも正しいとは限らず（たとえば男にも乳頭がある等）、内臓の存在がそのまま通常の食物を摂取・消化するということにはつながらないと反論する。

この三者の違いを要約すれば、ベイコンは目的論的根拠を放棄するという、それ自体は「科学的」な態度のために、カメレオン空気主食説を否定できず、ブラウンは、目的論をうまく援用してこの誤謬を否定し、ロスは、「自然は無駄な行為をしない」という伝統的で古典的な観念を否定してまで、空気主食説を擁護する。つまり、自然現象の目的論的解釈の放棄とカメレオン空気主食説の否定という、この二つの「科学的」態度が奇妙に食い違いを見せているのである。にもかかわらず、このなかでブラウンの論旨がもっとも一貫しているように見えるとすれば、それはブラウンの態度が、科学的というよりはむしろ「常識的」、一般的に信じられているという意味での「常識」ではなく、“fabulous”なものをできるだけ排除しようという意味での「常識的」であるからではなかろうか。もちろん、カメレオン自体は“fabulous beast”ではないが、空気を食って生きているという点ではりっぱな幻獣であろう。つまり、ここでのブラウンの新しさとは、カメレオンにまつわる誤謬を論理的に一貫した叙述で否定し、カメレオンを自然界の通常の秩序のなかに置いたという点にあるのである。

この秩序の感覚は、叙述のあり方にもまた現われている。トプセルの二冊の動物誌は、各々に付された（内容的にはほぼ同一の）長大な副題が示唆するように(7)、博物誌・動物誌というよりは「博物誌」誌・「動物誌」誌といった色合いの濃いものであり、その叙述のスタイルは、ブラウンとは著しい対比をなしている。『爬行動物誌』中のカメレオンの項目は約七ページにわたって延々と続き、カメレオン空気主食説は否定されているのだが、その記述は、「ここまではベロニウスの記述」「スカリゲルの記述を加えておこう」「ここまではスカリゲル」といったフレーズに見られるように、さまざまな著作家からの引用がカメレオンの諸特性に従ってではなく、著作家別に配列されるのである。したがって、同じ内容の繰り返しがあるかと思えば、相矛盾する記述が平然と併置されたりもする。さらに動物誌的記述に加えて、カメレオンの真の薬効と迷信的・魔術的使用法とが述べられるのだが、その真の薬効も、民間伝承と魔術理論の奇妙な混合物とさほど違いがない。カメレオンについてのあらゆる情報を集大成するというトプセルの方法論は、その序文に述べられているとおりだが、そこに欠けているのは、その集めた情報を博物誌・動物誌として構成する原理なのである。

こうした点は、象に関する記述を比較してみても明らかとなる。『俗信論』第三巻の冒頭の章でブラウンは、象の脚の関節の有無を論じ、経験上、また解剖学・生物学上の見地から、象の脚に関節がないというのは誤謬であると結論する。これに対し、象の生態から、知能の高さ、貞操観念、軍事的用途、大蛇や犀との闘い、薬効等々、トプセルの二〇数ページにわたる記述は、分量にしてブラウンの五、六倍になるであろうか。情報の量や範囲だけを問題にするならば、両者の違いは、まさにブラウンにおけるその少なさ・狭さにあると言えよう。

しかし、その少なさが意識的な選択の結果で

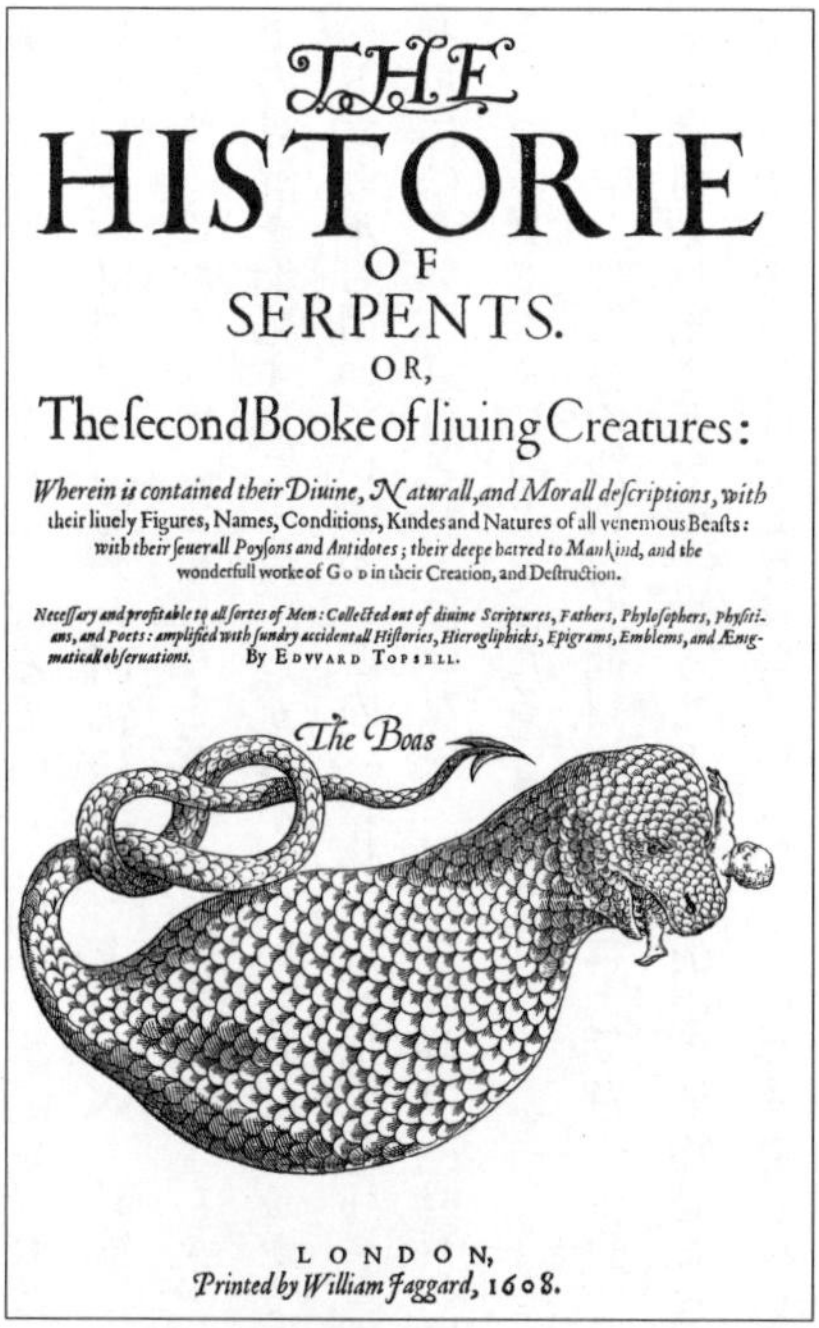

トプセル『爬行動物誌』タイトルページ

あることは、トプセルにおける象の脚の関節の議論を見れば容易に見当がつく。トプセルは、「彼らの脚に関節がないというのは誤りである」と明快に述べたその六ページ後で、「脚に関節がない」ゆえに、象は一度倒れると起き上がれず、これを利用して象狩りを行なうという記述をもち出してくる。動物学上、自然学上の正確さよりも、それまでの見解を網羅することに力点が置かれているのは明らかであろう。「自然という神聖な書物」という伝統的な比喩はトプセルも用いているが、この「書物」を直接読むことと、自然について書かれた書物を読むことの違いが、トプセルには充分に意識されてはいない。知識、あるいは博識というものに対する考え方が、トプセルとブラウンとではまったく異なっているとも言えるであろう。

ベイコンは既存の博物誌を批判して、これまでの「自然誌の内には正当な仕方で探求されたもの、検証されたもの……は何も見出され」ず、こうした「言葉沢山な博物誌および記述」を支持するような人は、「目下何が問題となっているかを充分に注意し見抜いていないように見える。というのも、それ自身の為に作られた自然誌のやり方と、哲学を立てる目的で……集められた自然誌のやり方とは違うからである」と述べている。はたして『俗信論』が哲学を立てるのに役立つかどうかは別にして、その記述が単なる知識の寄せ集め、その無秩序な羅列ではなく、ある特定の主題に沿って組織化されているのは明らかであろう。『俗信論』は、多量の言葉と情報を捨てることによって、ベイコンが提唱するような系統立った博物誌へ近づいているのである。トプセルとブラウンを比較することは、ふたたびベイコンの言葉を借りれば、「知力や能力の比較ではなくて方法の比較」なのである。(8)

たしかに、『俗信論』にもかなりの逸脱・脱線が含まれている。ウサギの性転換の章は、人間の性的放縦への非難で、カタツムリの目を扱った章は、賢者の行動パターンの話で締めくくられる。しかしここでは、その脱線が脱線として認識されているという点、それらのいわば「道徳的」部分が、主題となっている自然の事象の解明・解説部分に影響を与えていないという点を指摘しておけば充分であろう。ブラウンは、聖職者たちが用いるさまざまな自然界の比喩、当時流行したエンブレムやいわゆる「ヒエログリフ」といったヴィジュアルな象徴言語などを、誤謬の要因の一つにあげているが、もちろんそれらの価値が否定されているのではない。ブラウンによれば、それらは隠れた意図を正しく解釈してこそ意味があるのであって、これを文字どおり、つまり道徳・宗教的意図の言明を何か自然学上の真理であるように受け取ることが問題なのである。『俗信論』は、こうした混同を注意深く避け、真の知識への第一歩は、いわば知の領域の区分にあることを表明しているのである。

このように、『俗信論』は、自然界の秩序、それに対応した知識・叙述の秩序を前面に出し、“fabulous”なものを排除して合理的な世界観を組織しようとしており、その限りではベイコン的な著作であると言えるだろう。しかし問題は、ベイコンが提唱した「技術」や「異常な自然現象」の一覧といった、なかなか魅力的なテーマがあるなかで、なぜブラウンは、あえて「誤謬」を選んだのかという点だ。ブラウンの誤謬の選択は、生物学的・解剖学的知見を述べるためのきっかけとして適当なものが選ばれているという説もあるが[9]、それならなおさら、なにゆえ、最初から『俗信論』を正しい説を述べる書として構想しなかったのか。ブラウンは誤謬の何にこだわっていたのであろうか。

(二)

そのこだわりとは誤謬の原因、つまりは人間である。言い換えれば、問題が個々の誤謬ではなく、それらを流布し続ける人間にあるならば、誤謬の列挙・反駁による正しい知識の獲得というベイコン的な目的など、実現可能なのだろうかという問いである。この点についての懐疑主義的態度は、『俗信論』の第一巻、誤謬の原因を列挙した部分にうかがえる。もちろんベイコンも、誤謬の原因としてあの有名な四つのイドラをあげており、これまでもブラウンの誤謬の原因論との比較研究が、主に両者の個別の相違点を強調する形で行なわれてきている[10]。しかし両者の最大の相違点は、一つ一つの項目の違いではなく、むしろ何のための誤謬原因論なのかという点にある。

たとえば、『俗信論』で最初に述べられる誤謬の原因は「人類の性質に共通の欠陥」であって、これはベイコンの「種族のイドラ」に似ていなくもない。しかしベイコンがこれを「精神の先入見、感情の影響、感覚の無力」等に特定し、その対策として「より真実な自然の解明は、事例と適確適切な実験とによって成し遂げられ」ると言うとき、その発言の意図は明らかに、「人間の知性に用心させる」ためである。(11) つまり、ベイコンが四つのイドラについて長々と述べ、またそれらのイドラを取り除くことは困難だと述べるとき、それは読者を絶望的な気分にさせるためではなく、誤謬をいかにして避けるかを読者に示すためになされているのである。これに対し、イドラに比べればはるかに包括的な『俗信論』の「人間の欠陥」の実例として持ち出されるのは、原罪以前のアダムとイヴ、人類の始祖であり、その判断力や道徳心は後世の人間よりはるかに完璧だったはずの二人が、いとも容易に、悪魔に、お互いに、みずからの理解力に、みずからの感覚に欺かれ、その後人類は誤謬なくしてほとんど一語も発することができなくなったという例なのである。人間の歴史は誤謬の歴史そのものであると言わんばかりの『俗信論』は、しかし何の対策も示さない。

さらに、個人が群集と化すことによって、状況はより悪化する。「個々の欠陥は重大なものではあるが、それらは集団になることによって一層拡大される」(12)。かつてブラウンは『医師の宗教』において、これを「ヒュドラより恐ろしい怪物」と呼んでいる。(13) つまり『俗信論』第三巻で列挙され排除される幻獣・怪物たちと人間は、まったく同じ範疇に属するのである。

加えて、四つのイドラが純粋に人間的なレヴェルに留まっているのに対して、『俗信論』第一巻の最後の二章には悪魔が登場する。この狡猾な存在の最大の詐術は、悪魔など存在しないと人間に信じ込ませることである。人類の始祖を欺いた邪悪な悪魔が、その存在を決して気づかれることなく存在し（論理的に言えば、人間が悪魔の不在を証明することは不可能になる）、いつでも人類を騙してやろうと待ち構えているという状況。明らかに誤謬とわかる場合だけでなく、一見正しそうな推論・判断の過程にも、悪魔が入り込んで誤謬を吹き込んでいるという可能性さえ考えられるのである。

こうして、みずからが「誤謬そのもの」と化し悪魔に翻弄される人間に対して、誤謬を列挙したところで、学問・科学の進歩に貢献できるだろうか。誤謬を免れえないなら、その実例を知ったからといって一体何になるであろうか。この問題は、全七巻におよぶ巨大な誤謬の百科辞典の最後を飾る短い一章において、明瞭に現われる。ここでの主題は誤謬ではなく、真実、しかも私たちが恐怖する真実である。ここであげられる事例は、キリスト教を捨てれば命だけは助けてやると約束し、棄教するや否やその人を殺して、その魂を地獄へ送ってしまうイタリアの盗賊の話など、事実であるという意味では「真」なのだが、宗教的・道徳的観点から見ればこれ以上はないほどの「誤り」に満ちた行為である。

このような「事実」である「誤謬」について『俗信論』は、悪い見本となる可能性を恐れて沈黙するべきだと述べている。まさしく「誤謬」は伝染し、世に広まる傾向を有しているのであるが、だとすれば、延々とブラウンが記述してきた自然学上、歴史上、地理学上の誤りはどうなるのだろうか。（さらに言えば、この最後の章自体の存在理由は何なのであろうか。）それらは記述されることで、かえって世に広まることにはならないのであろうか。記述され広く知られることで真実への足掛かりとなる誤謬と、知られずに葬り去られるべき誤謬を分ける基準とは何なのか。いや、そもそも人類最初の誤謬、『俗信論』第一巻で述べられるアダムとイヴの誤謬について、私たちは知るべきなのかどうか。最大の誤謬、すなわち、キリスト教に背くような誤りについては知るべきでないならば、そもそも誤謬の百科辞典を書く意味はどこにあるのであろうか。

この最後の章が、序文の「真理に達するには、現在知っていることの多くを忘却しなければならない」という悲観的で皮肉な見方と、対応しているという指摘もある[14]。いわば、懐疑主義の円環がここで閉じられているとも言えよう。しかしその直後には全七巻の締めくくりとして、教父ラクタンティウス（Lactantius, c. 240-c. 320）の『神学綱要』（*Divine institutiones*, 303-311）第一巻「偽りの宗教について」からの引用、「真理に至る一歩は誤りを知ること」という言葉が、エピグラムとして置かれている。

七巻からなるラクタンティウスのこの書物は、前半三巻が異教や古代哲学に対する駁論であり、当然、ブラウンが“whose verities we fear”と考えたような例も含まれている（生きた人間を犠牲に捧げるなど）。つまり「この著作に記されなかったなら消えてしまったかもしれない断片が、保存されている[15]」のであり、誤謬を反駁する著作がもたざるをえないこの皮肉な性格は、そのまま『俗信論』についても当てはまるであろう。宗教上の真理を説くために誤謬を列挙した著作からの、一見するといかにもベイコン主義的にも見える文章の引用。これを、あまりに酷い誤謬は知るべきではないという章の直後に置いて、『俗信論』という誤謬反駁の書は閉じられる。巻末に置かれたラクタンティウスからの引用は、ベイコンの提唱を素直に支持しているようで、逆に人間の知の限界を皮肉に示しているようにも見える。医師であり、自然科学的素養と観察眼を身につけ、ベイコン思想にも通じた人物、その人物がベイコンの提唱に応える形で著した科学的意図を持ったはずの書物は、その最後でみずからの存在理由を疑うというパラドクシカルな様相を見せるのである。

この不安定な在り様は、しかし底なしの懐疑、徹底した悲観的態度に陥ることはない。それどころか、学問の空しさを説く悲観的な響きは、たとえそれが序文に聴かれたとしても、延々と続く本文のなかでは、容易に消し去られてしまう。たしかに、人間の感覚・知的能力の不確かさゆえに、神が創造した世界はいまだ人間にとって「未知の新大陸」の部分を残し、自然界は迷宮として人間の探求の前に立ちはだかるかもしれない。これは、不可知論や悲観的な懐疑主義を招き寄せる可能性があろう。しかし、ブラウンのような人物にとって、それは同時に好奇心が発動する絶好の機会でもあった。一七世紀とは、自然物、人工物を問わず蒐集熱が異様に高まった時代、また驚異と好奇心が科学的探求の方法として共に高く評価された時代であり、ブラウンもこうした時代の流れに棹さしていたのである。[16]

自然から歴史・地誌にまで及ぶ巨大な領域を覆い尽くす、誤謬という珍奇な観念を集めること。『俗信論』は単なる一覧表ではなく、書物という形をとった紙上の「驚異の部屋」とも読める。コレクターとしてのブラウン、コレクションとしての『俗信論』についてはまた稿を改めて論じることにしたいが、ここでは、各巻の最後の章や節に付けられた標題中に頻繁に現われる “compendiously”, “sundry”, “some others” といった言葉が、この世の事象をとにかく蒐集し尽くそうとするコレクターの欲望と快楽を、如実に反映していることだけを指摘しておこう。この世界の見通しがきかなければきかないほど、真理探求者としてのブラウンの悲観主義は増大するのであるが、それをコレクターとしてのブラウンの快楽が上回っていくのである。

〔注〕

（1）参照テクストは Geoffrey Keynes (ed.), *The Works of Sir Thomas Browne* (London: Faber, 1964), Vol. 3 および Robin Robbins (ed.), *Pseudodoxia Epidemica*, 2 vols. (Oxford: Clarendon Press, 1981).

（2）マリオ・プラーツ『官能の庭』（若桑みどり他訳、ありな書房、一九九二）、二六四ページ。

（3）Robin Robbins (ed.), p. xxviii.

(4) Robin Robbins (ed.), pp. xxi-xlix ; E. S. Merton, *Science and Imagination in Sir Thomas Browne* (New York : Octagon Books, 1969); C. A. Patrides (ed.), *Approaches to Sir Thomas Browne* (Columbia: University of Missouri Press, 1982) など参照。

(5) *Sylva Sylvarum* は J. Spedding, R. L. Ellis, and D. D. Heath (eds.), *The Works of Francis Bacon*, Vol. 2 (London: Longman, 1859), *Arcana Microcosmi* (London, 1651) は http://penelope.uchicago.edu/ross, Topsell の著作は Amsterdam: Theatrum Orbis Terrarum のリプリント版（一九七二）を参照。

(6) カメレオンについては、『森の中の森』第二六〇章、『俗信論』第三巻第二一章、ロスの『秘法』第一巻第七章第四節。

(7) 『四足獣誌』の副題は、“Describing the true and lively figure of every Beast, with a discourse of their several Names, Conditions, Kinds, Virtues (both natural and medicinal) Countries of their breed, their love and hate to Mankind, and the wonderful work of God in their Creation, Perfection, Preservation, and Destruction. Necessary for all Divines and Students, because the story of every beast is amplified with Narrations out of Scriptures, Fathers, Philosophers, Physicians, and Poets : wherein are declared divers Hyeroglyphics, Emblems, Epigrams, and other good Histories, collected out of all the Volumes of Conradus Gesner, and all other Writers to this present day.” というもの。

(8) 桂寿一訳『ノヴム・オルガヌム』（岩波文庫）、第一巻第九五節および第三二節。

(9) E. S. Merton, p. 14.

(10) E. S. Merton, pp. 18-23.

(11) イドラについては『ノヴム・オルガヌム』（第一巻第四五―五二節）を参照。

(12) 『俗信論』第一巻第三章。

(13) 『医師の宗教』第二巻第一章。

(14) Robin Robbins (ed.), p. 1141.

(15) Lactantius, *The Divine Institutes*, tr. by Mary Francis McDonald (Washington, D.C.: The Catholic University of America Press, 1964), p. xix.

(16)　E. S. de Beer (ed.), *The Diary of John Evelyn* (Oxford : Clarendon Press, 1955), Vol. 3, p. 594. "I went to see Sir Tho : Browne ... whose whole house & Garden being a Paradise & Cabinet of rarities, & that of the best collection ..." という一節に見られるとおりである。

# 第二部　オースティンからディケンズへ

# 第四章　『エマ』における女性群像

佐藤　郁子

## (一)　ジェイン・オースティンの隣人たち

ハンプシャーのスティーヴントン村の教区牧師オースティン家には、さまざまな職業についている人びとが訪れている。その美しい自然に囲まれた家のなかで、ジェイン・オースティン(Jane Austen, 1775-1817)は、書物を読み、物語を書き、彼女独自の想像力を豊かにしていた。さらに、オースティン家を訪問する隣人たちとの交流のなかで知りえた、彼らの人生や劇的に思える事柄も、想像力を膨らませることになったのである。

一八世紀後半の階級制度から推測すると、静かに田園生活を楽しむ若きジェインがもてなした隣人たちとの世界は、牧師、地方貴族、大地主、実業家、軍人などのジェントリー(紳士階級)の人びとによって作り上げられていたのではないかと考えられる。

しかし、ここに興味深い不思議なことがある。それは、オースティン家から一五マイル以内の場所に住んでいた訪問者たちは、そのほとんどが以前から住んでいた仲間ではなく、「この時期に、疑似紳士階級と呼ばれていた信頼性のない人びとだったのである[1]」。彼らは所有する土地や相続財産がなくても、紳士の近くに住み、ジェントリーに属したがったのである。オースティン家より古くから住んでいる家は少なく、多くは外国や他の地域から新しくハンプシャーに住むようになった人びとで、志高く教育を受けて立派に紳士らしくなった家族や、新しく会社を起こし商業者として成功した家族もあれば、スキャンダルな噂を流したり、ときには名前さえ変える人物もいたという。

たとえば、一七九〇年代に開催された舞踏会で、ときどきジェインが会う貴族のなかでは、「ケンプショット・パークのドーチェスター卿が有名であったが、彼でさえアイルランド人だと判明してしまう[2]」のである。また、特にオースティン家と親しく交際した家族としては、ハンプシャーの大地主ポータル家があり、ジェインは一八〇〇年の舞踏会の出席者リストに「立派な家族」として載せているほどであるが、ポータル家も一七一一年にフランスから帰化した実業家なのである[3]。そのほかにも、一七七六年にハンプシャーに移り住んだノーフォーク出身のシュート家の家族は、姉のカッサンドラやジェインとも長く交際し、一七九八年からはウィルトシャーで遺産相続をしたビッグ・ウィザー家の人びととの親交も深まり、バースに移ったジェインが受けた生涯に一度の求婚は、次男ハリスからであったという。

このように、当時すでに、『分別と多感』(*Sense and Sensibility*, 1811) や『説得』(*Persuation*, 1818) などの作品に登場するダッシュウッド家やエリオット家のような旧家は、非常に少なくなっていたと思われる。しかし、ジェインは小説の舞台にいるかのように隣人たちを観察し、彼らの劇的な波瀾万丈の人生を想像力の糧とし、別世界を楽しんだのではないかと思う。独特の人生観や行動力を持つ隣人たちに囲まれて、ジェインが彼らに小説の登場人物を重ねていったのは当然のことだろう。まず、ポータル家の仲間で、ウィンチェスター近くのハースリー・パークの准男爵ヒースコート家の次男ウィリアムが考えられる。彼は後にウィンチェスターの受禄聖職者になるのだが、肖像画に残る彼の容姿は、『分別と多感』のウィロビーか『高慢と偏見』(*Pride and Prejudice*, 1813) のダーシーを彷彿とさせるという。また、ヒースコート家の友人ウィリアム・シュートの妻エリザベスが楽しみにしていたボックス・ヒルへの小旅行は、そのまま『エマ』(*Emma*, 1815)の一場面になるのである。そのほかにも、諸作品に反映された人物たちや事柄が存在するはずである。

その後、バースからオールトンのチョートンに引っ越してから、ジェインが「わたし以外は、誰も好きになれそうにないヒロインを取り上げるつもりです(4)」と手紙を書き送り、一年二カ月あまりで書き上げたのが『エマ』である。女主人公エマ・ウッドハウスも『高慢と偏見』のエリザベス・ベネットのように、自信過剰気味の判断力などに気づかずに、無意識に他人の心を傷つけたり間違いを引き起こす。彼女は後に、失敗や偏見を認めて素直に反省することで精神的に成長し、魅力のある人間性を身につけて、最後には理想的な結婚式を挙げる。また物語の展開につれて、彼女の言動に傷つく隣人たちによっても成長するのである。

ジェインは、ハイベリー村でエマが織りなす物語の傍らで、対照的な人生を歩む女性たちを登場人物に反映させる。彼女たちの起用は、ジェインが日常生活のなかで知りえた事柄が影響を与えたのではないかと思われる。彼女の知らない人生を描き出すその手法は、すばらしく精巧で、本筋から横道にそれた程度の感じであるが、女性たちは当時の英国社会事情の一面をみごとに映し出す存在となっている。それは、豊かな想像力で隣人たちの人生を脚色するという日常生活のなかで、ジェインが発見した現実であったのかもしれない。

本稿は、『エマ』で起用されたジェイン・オースティンの手法として、エマ・ウッドハウスを中心に展開する縁結び(match-making)の物語中に、付随的に描かれる女性たちの人生と存在効果を考察するものである。

## (二)『エマ』の物語性——空想と現実

『エマ』は、エマ・ウッドハウスの楽しみである縁結びを機に持ち上がる、ジェントリー階級の数組の結婚話と、エマの内面的に見られる精神的な成長の物語である。

ハイベリー村のハートフィールドにある旧家ウッドハウス家の次女エマは、美しく、才気にとみ、明るい気質を持つ二一歳の女性として颯爽と登場する。それればかりか、母亡き後、嫁した姉に代わり家を管理し、父と暮らす家庭生活からは隣人や村人たちから尊敬を集めるようにもなっていて、苦しみも悩みもほとんどないという恵まれた境遇にいる。そのために彼女は、ハイベリー村の社会秩序や人間関係を思いどおりにできると思い込んでいるようである。この思い込みが空想の世界を創り出し、ある楽しみに繋がるのである。

その楽しみとは、似合いの男女の間を取り持って結婚までの計画を企てること、つまり縁結びなのである。友人や隣人の幸福のために、好条件の結婚を成立させる力があると自信を持つエマの姿が描かれている。自信過剰気味な性格から生まれる空想の世界と現実との違いを認識できないにもかかわらず、エマのガヴァネスのテイラーとウェストンとの結婚がお膳立てどおりに挙げられたときには、観察眼の正しさと実行力に満足するのである。そして、ひそかに育んだ縁結びの成功に気をよくしたエマは、ふたたび似合いの友人を探しはじめるのである。

エマが交際する隣人たちは、活動的（active）な人びとのグループと消極的（passive）な人びとのグループに分かれると思われる。前者からは、家柄や財産や社会的地位があり、華やかで豊かな生活を楽しむ姿が、また後者からは、社会的に弱い立場に置かれ、質素で慎ましい生活を余儀なくされている姿が連想されるのである。活動的な隣人は、ウェストン、フランク・チャーチル、エルトン夫妻たちであり、安定を求める隣人としてはジェイン・フェアファクス、ミス・ベイツ、ハリエット・スミスたちが考えられる。エマにとって姉の義弟にあたるナイトリーは、ドンウェル・アビー農園の領主でありながら、二つのグループの幸福を考えられる人物として彼らと繋がる。そして、その隣人たちの中心にいるエマは、幸福になるべき友人としてハリエット・スミスに白羽の矢を立てるのである。

この申し分のない縁結びは、グループ間の交際が広がるにつれて、エマの空想にはない関係を生み出し、彼女の思惑とはまったく違う結末となるのである。それは、ハリエットとエルトン牧師との縁結び計画が具体的になるにつれて、他の恋愛の芽生えが垣間見えるからであろう。その輪郭が見え隠れするのは、エマの空想が次々と形を変えるときである。

『エマ』で進行する物語に華やかさを添える集いが開催されるとき、これらの変化が始まり、恋する男女も次第にそれぞれの繋がりを大事にするようになっている。そして、楽しみを求めて開かれる四回の舞踏会や、ドンウェル・アビーのイチゴ狩りやボックス・ヒルへのピクニックでは、小さな恋物語が散りばめられていく。

エマは縁結びを成功させるために、ナイトリーの農園で働く実直なロバート・マーティンからの求婚を断るように、ハリエットを説得する。しかし、この下準備は、ウェストン家のディナー・パーティの帰りに早くも頓挫をきたすのである。第一候補者と考えていたエルトン牧師が、帰りに馬車のなかでエマに愛情を告白し、釣り合いのとれる結婚を諦めてまでハリエットに求婚しないと言いきったことに加えて、「女って、ただ求められたからといって、また、相手が自分に愛情を持っているからといって結婚すべきじゃなくってよ」[5]と考えているエマの言動が、彼を激怒させたからである。そして、自尊心を傷つけられたエルトン牧師がバースへ行き、ハリエットの結婚の可能性がなくなるのである。

上流階級の当世風衣裳

しかし、エマを落胆させることなく、新し

散策するエマとナイトリー氏

い恋物語を予感させる人物がハートフィールドに現われる。ウェストンの息子のフランク・チャーチルと、ミス・ベイツの姪のジェイン・フェアファクスである。村じゅうの評判になっていたフランクによい第一印象を持ったエマには、商業で成功したコール家のパーティの席で彼との恋の直感が働くようになる。一方、美しく、洗練され、その容貌はバラが輝くようだと注目を集めているジェインとナイトリーの恋が、ウェストン夫人によって予想される。その恋も結婚も即座に否定するエマに、「財産の不均衡と、たぶん年齢が少しはなれていることのほかには、何ひとつ不似合いな点はありません[6]」と観察眼を自慢する夫人の言葉が響くのである。

二つの恋の行方が気になるころ、持参金のある傲慢な女性とバースで結婚したエルトン牧師が戻ってくる。牧師の結婚を祝うパーティが開かれたウッドハウス家には、もはやフランクへの恋心も冷めて、ナイトリーとの恋もなくなったと確信するエマがいる。空想の世界は小さくなったままである。退屈な生活のなかでのイチゴ狩りやピクニックもエマを満足させず、思いどおりにならない苛立ちは増し、ミス・ベイツを蔑む態度となって利己的な一面を表わすほどになっている。

しかし、フランクの発案でクラウン亭での舞踏会が行なわれることになり、エマの空想の世界はふたたび活気をおびて大きくなり、縁結びへの期待が高まっていく。その夜、舞踏会を楽しむ隣人たちを見わたし、喜びの会話を聞き、持ち前の観察力を発揮してその雰囲気を満喫するエマには、余裕が感じられる。ハリエットに対するエルトン牧師の無礼な態度に心を痛め、傷つく彼女へのナイトリーの優しい心遣いと紳士的な態度に感謝できるのである。

クラウン亭での舞踏会の余韻にひたりながら、エマはハリエットにフランクとの交際を持ちかけようとするが、ジェインとフランクの秘密の婚約が知れわたる。ふたたび謝るエマはハリエットの言動から予期せぬ事態に驚き、冷静さを欠いてウェストン夫人を頼るのである。クラウン亭での舞踏会以来、ハリエットが慕い続けている男性はナイトリーで、「もっと不釣合いな縁組もあった」[7]というエマの言葉に自信をもち、「万一わたしが、言葉で言えないほど幸運にも、——万一ナイトリーさまがほんとに——もしもあの方が、不釣合いということをお気になさらないとすれば」[8]とハリエットが本心を告げたからである。さらに「ナイトリー氏はあなたの愛情に応えてくださったと思いますの？」[9]という問いに、「応えてくださったと申させていただきますわ」[10]と恐れる様子もなく答えるハリエットから目をそらせる。初めてエマはナイトリーを愛していると気づき、これまでのことを反省し、素直に現実を受け入れようとする。同時に、フランクに嫉妬していたナイトリーもジェインとの婚約を知り、抑えてきたエマへの愛を確信することになる。良心の呵責を覚えるエマを、ハリエットがロバートとの婚約を告げに訪れるときに、三組の幸福な結婚が約束される。

自信過剰のエマの心が作り上げた空想の結末はみごとに外れ、ハイベリー村で繰り広げられた『エマ』の物語は、エマがウェストン夫人になる結婚話で始まり、ナイトリー夫人になる結婚話で幕が下りるのである。

## ㈢　エマ・ウッドハウスの標的

ジェイン・オースティンは『エマ』において、空想と縁結びが巻き起こす四組の結婚物語を進行させながら、エマの成長を促す人物たちを描いている。華やぐ物語の渦中にいる女性たちである。また、エマとは対照的に彼女たちを弱い立場に置くことで、当時のイギリス社会を反映するような理想的結婚の実態を諷刺するのである。さらに、エマの内面に隠された好奇心と悪意のある競争心の標的となっていることを、わずかに横道にそれる程度に描き上げることで、利己的なエマの姿も映し出すのである。

ハリエットの縁結びを実践するエマに、根拠のない偏見がある。それは大切に育んできた愛を壊したり、恋人たちを傷つけたりすることもある。特別な理由からではなく、第一印象や噂で作られているのである。エマは、このような偏見に満ちた判断による空想と現実との違いに戸惑うのではないか。さらに、ウッドハウス家のエマとしての虚栄心も、彼女の判断を鈍らせるのである。いつも優しく寛容であろうと振る舞い、心のなかにあるさまざまな感情を隠そうとすることも、真実に気づかない要因になっているようである。

エマの心にひろがる敵愾心のような感情はジェイン・フェアファクスに、嘲るような態度はミス・ベイツに、そして友情を装う支配するような意識はハリエット・スミスに向けられる。しかし、三人の友人たちはエマの感情の矛先にありながらも、彼女の成長を促す役割を担っているのである。

ジェイン・フェアファクスは、ハイベリー村の元牧師の末娘ジェインの一人娘で、孤児である。父は外国で戦死し、母は胸を病んで悲観にくれて死んでいったのが、ジェインが二歳のときだという悲しい話が伝わっている。以来、父の友人キャンベル大佐の好意で、九歳になる前から二一歳の今日まで大佐の一人娘と同じ教育を受け、慈しみ育まれて美しい女性に成長している。灰色の目の、明るい繊細な肌をもつジェインの優雅さや豊かな才能は、エマにも優るほどである。しかし、ジェインは現実が厳しいことや自分の力で生活する必要を理解し、エルトン夫人がガヴァネスを紹介しているように、自立の道を求めている最中なのである。孤独な生活を覚悟しているのか、優雅な姿に静謐な寂しさが漂うような女性である。

ナイトリーとの恋の予感が感じられ結婚の支障もないと聞かされたとき、ジェインに対して敗北感を抱いたエマは「ジェインが、フェアファクスが、ドンウェル・アビー農場の女主人なんて！ ――そんなことだめよ！ ――すべての感情が反対します！ 彼のためにも。そんな気違いじみたことをさせたくありません[11]」と感情的になる。エマの本心と偏見が言葉となって、緊張のバランスが崩れる瞬間である。わだかまる嫉妬心や苦悩は、ジェインとフランクの婚約を知り、ナイトリーとの結婚を確実にするころには消え去り、心に真実が残るのである。

ジェインの伯母にあたるミス・ベイツは、エマを幼いころから見守ってきた独身女性で、「ベイツ嬢は、若くも美しくもなく、金持ちでもなく結婚していない女性としては、じつに珍しいほど人気があった[12]」と、その性格のおかげで何とか暮らしている慎ましい女性としてさまざまな場面に登場する。「青春は人目もひかず過ぎてゆき、中年は弱りゆく母の面倒と、とぼしい収入でできるだけつじつまを合わそうとの努力にささげられた[13]」生活から、慈善と満足を大切にして質素な生活を余儀なくされていることがわかる。何事にも感謝を忘れない生活信条と取りとめのないおしゃべりは、多くの隣人たちを閉口させるが、一方では忍耐力を与え、慈悲心を忘れないようにと教える老嬢である。人前では明るく賑やかに振る舞うミス・ベイツは、経済的にも厳しい生活を強いられ、老後の生活不安を察する孤独な女性として映し出されている。

ミス・ベイツは大切にすべき隣人で、彼女の境遇も理解しているはずのエマは、彼女の振る舞いが彼女の好みに合わないことから、尊敬できずにいる。本心は隠しきれず、ピクニックで侮辱する言葉となってミス・ベイツを傷つけてしまう。ナイトリーから彼女への無礼な態度を責められた後、初めて愚かな自分を見つめ続けるエマがいる。そして、ミス・ベイツの立場を理解し、これまでの愛情に感謝するとともに、心の葛藤は消えるのである。

ハリエット・スミスは、不幸な生まれで、紳士の娘と噂される一七歳の私生児である。その紳士が彼女をゴダート夫人の学校に入学させ、給費生の身分から特別待遇の寄宿生に引き上げたことだけが知られている。そのためハリエットは身分と将来を考えて、幸福な結婚を薦めるエマに従うのである。また、エマ好みの明るい髪の毛と、色白の肌と、整った目鼻だちという容貌で、おしゃれや流行に敏感な女性としても描かれている。ウッドハウス家のエマを頼りに思い、よい結婚をするための教育を受けているのである。

縁結びを完成するために、ハリエットを説得したエマは、彼女の言動や支配しているような意識にも悩み始める。彼女は、エルトン牧師との結婚が失敗に終わったときも、ハリエットが慕うナイトリーとの婚約を決めたときも、そこにあるのは友情ではなく、自己欺瞞の空想だったのではないかと気づいたからである。私生児としての人生を歩まざるをえないハリエットのほんとうの幸福を願うときに、心からジレンマがなくなったのである。

ジェイン・オースティンは、孤児、独身女性、私生児をエマの友人たちに起用することで、現実の厳しい社会の実態や矛盾を教えている。実生活のなかで、隣人たちから知りえたさまざまなスキャンダルや、彼らの劇的な人生に巻き込まれた女性たちの実態を、エマの知らない人生に広げることで、瞬間的にその現実を創り出したかのようである。

## (四)　ジェイン・オースティンの考案

ジェイン・オースティン小説の他の女主人公と同様に、エマ・ウッドハウスも誤りを反省し、真実を認識して成長する。そして、偏見のない道徳心の備わった優しい魅力的な女性になると連想させる。さらに、女主人公とかかわる老若男女が登場し、さまざまな性格描写もなされている。家柄も財産もあり、人間的にもりっぱな理想的な男性、教養がある優雅な女性、身分や階級に執着する傲慢な男女、好条件の結婚獲得を人生の目的とする家族、生活の安定と世間体のために結婚する男女、享楽的で信頼のない男女、そして限られた条件を受け入れ、静かに暮らす女性もいる。

個性的な登場人物たちが、オースティン小説を完結するために重要な役割を演じていることは、『エマ』においても明白である。エマの傍で進展する結婚物語と、内側での自己認識物語の二面性をもつ『エマ』の場合は、エマをとりまく人物たちが縁結びを軸とする複数の繋がりの線上に、人生を予感させるかのように登場するのである。さらに、華やいだ結婚物語の裏側で、エマの無責任で悪意が感じられる好奇心は、憐れな現実をあばくような結末を招くと警鐘を鳴らしている。判断力に自信を持つあまり、現実や真実が理解できず、分別のない空想が容赦なく隣人たちを傷つける道具に変わることを伝えるのである。

そして、いくつかの恋愛が結婚へと結ばれる過程で、利己的なエマが分別のある女性に成長する際に、傷つけられる隣人たちが描かれる。自分の意思とは関係なく、生まれながらに、あるいは不測の事態によって孤独を感じている女性たちである。ジェイン・オースティンはエマとこのような女性たちを和解させるとき、そこに浮かび上がる孤独な人生を付随的に暗示する手法を考案したのではなかろうか。ジェイン・フェアファクスの冷静さ、ミス・ベイツの礼儀正しさ、ハリエット・スミスの従順さから、伝統的な階級社会に忘れ去られそうな女性たちの声が伝わり、不安定な現実を見すえる女性たちの存在が感じられる。

『エマ』のいたるところに散りばめられた付随的な手法は、空想に端を発する縁結びとその成り行きを見つめる隣人たちの洞察力にある緊張感が、一瞬にして取り除かれるときに効果を表わすようである。それは、ユーモアが笑いを醸し出すことで、逆に真実が見えてくるという喜劇性が、人間の真実の姿を捉えるのに似ているようである。

『エマ』で起用された女性たちの人生は、オースティンの現実と比べて異質であったかもしれない。個性的な隣人たちの人生は、小説を書こうとするオースティンにとっては非常に興味深い題材であったにちがいない。だからこそ、異質の人生は、隣人たちの実話として小説には存在せずに、要素としてだけ取り入れられたのである。

ジェイン・オースティンは、横道にそれる程度にと描いた付随的な女性たちの人生に、実生活で知りえた事実を要素として置き換えることで、人間性にある真実を効果的に描写しているのである。

〔注〕

※『エマ』のテクストは、Jane Austen, *Emma* (New York : Everyman's Library, 1991) を使用した。作品の引用文の訳は、阿部知二訳『エマ』（中央公論社、一九七八）を参考にした。

（1）Claire Tomalin, *Jane Austen* (New York : Random House, 1999), p. 85

（2）Claire Tomalin, p. 86. ドーチェスター卿は軍人としてカナダに勤務。ケベックで伯爵の娘と結婚後、移住。

（3）Claire Tomalin, p. 90. ポータル家は製紙工場を経営。紙に「透かし」を入れる技術を考案した。

（4）J. E. Austen-Leigh, *A Memoir of Jane Austen* (Century Hatchinson, 1987), p. 157.

（5）阿部知二訳『エマ』（中央公論社、一九八七）、七七ページ。

(6) 同書、三二七ページ。
(7) 同書、六〇〇ページ。
(8) 同書、六〇〇ページ。
(9) 同書、六〇〇ページ。
(10) 同書、六〇一ページ。
(11) 同書、三三五ページ。
(12) 同書、二七−二八ページ。
(13) 同書、二八ページ。

# 第五章 『ピクウィック・ペイパーズ』
## ——言葉の虚構と真実——

大口郁子

(一)

チャールズ・ディケンズ(Charles Dickens, 1812-70)の『ピクウィック・ペイパーズ』(*The Posthumous Papers of the Pickwick Club*, 1836-37)をどう読もうとも、これが第一に笑いのための作品であることは否定できないだろう。もちろん、作中にときおり差し挟まれる物語では、死と復讐、狂気、妄念などが扱われ、笑いから程遠いものもあるが、それらは「お話」という枠内に閉じ込められていて、歪んだ情念や亡霊たちがメインプロットのなかに飛び出してくることはない。作品全体のトーンはあくまで明るく、善意に満ちていて、スティーヴン・マーカス(Steven Marcus)が言うように、ここには「悪は存在するが脅威ではない[1]」と感じずにはいられない。と同時に、一見無軌道に膨張していくかに見えるこの小説を、初めの企画どおりの滑稽物語集[2]と単純化することもできないだろう。ピクウィックは失敗ばかりやらかすただの滑稽親父ではなく、黄金のハートを持った「タイツにゲートル姿の天使[3]」だからである。ピクウィックの存在はおかしいが、そのおかしさはドストエフスキーの言う「絶対的に善良な人間[4]」のそれなのである。

第一章は、最初から最後までバーレスク風になっている。たとえば冒頭の語句、「太初の光が暗闇に射し、不滅のピクウィックの初期の公的経歴が陥っているかに見える不明瞭さを、目くるめく輝きに転じる」（第一章）云々という部分は、「創世記」の世界の始まりと同じイメージを喚起する。ピクウィック・クラブは小宇宙であり、そのクラブの創立者であるピクウィックは、"immortal"という形容詞が示すとおり、ピクウィック的世界の創造主なのである。続く議事録のなかで触れられている「ハムステッド池の源に関する考察――トゲウオの理論についての意見を添えて」という論文は学術学会の、また、ブロットンとピクウィックとの口論は政治論争のパロディである。しかしながら、この章で重要なのはパロディの効果ではなく、「ピクウィック的な意味」という言葉であろう。ブロットンがピクウィックを「イカサマ師」と罵ったところから、両者の間に激しい言葉の応酬が起こる。ところがブロットンが、自分はイカサマ師という言葉を「ピクウィック的な意味で使ったのだ」（第五章）と答えた途端に、ピクウィックは矛を収め、ことは解決するのである。[5]

これはもちろん、ただの言葉遊び、ナンセンスかもしれない。しかし、「ピクウィック的な意味」での「イカサマ師」が、世間一般の意味でのそれとは異なるという点は、軽視できないように思われる。ピクウィック的に解釈された認識と、普通の常識で解釈された認識には、明らかにずれがある。ピクウィック的な意味で取れば、「イカサマ師」という言葉は率直な意見の表明となり、また"+ / BILST / UM / PSHI / S. M. / ARK / "（第一一章）という文字は、単純な「ビル・スタンプスのしるし」という意味ではなく、二七通りの読み方が可能な謎の考古学的碑文になる。このように、ピクウィック的な意味で解釈すると、言葉の意味はひっくり返り、意図は読み違えられ、行動は誤解される。

では、ピクウィック的な意味での解釈、あるいはピクウィック的（Pickwickian）という形容詞は、何を表わしているのであろうか。

アンガス・ウィルソン（Angus Wilson）は、ピクウィックとブロットンの対立を、「空想力と想像力」対「事実と数字」のコントラストだと評しているが、[6] ピクウィックを空想力豊かなロマンティックな人間と分類するのは、どうであろう。たしかに、ブロットンの見方は散文的で事実を偏重するが、ピクウィックもまた多分にそうなのである。たとえば、イータンスウィル（Eatanswill）の選挙戦で、選挙民の群集に囲まれたときなど、彼の行動指針は決してロマンティストのそれではない。


「スラムキーって誰ですか？」と、タップマン氏が囁いた。

「知らんよ」同じく囁き声でピクウィック氏は答えた。「シーッ。質問しちゃいかん。こういう場合には、いつだって群衆がやっている通りにするのが一番よいのだ」

「しかし、群衆が二つあったらどうするんです？」と、スノッドグラス氏が訊ねた。

「大きい方と一緒に叫ぶのだよ」と、ピクウィック氏は答えた。（第一三章）

この俗っぽい処世訓と、およそ非現実的な解釈を下すピクウィック的な見方とは、決して矛盾しない。ピクウィック的見方は、想像力豊かというよりも、ジェイムズ・E・マーロウ（James E. Marlow）が言うように実証主義的なのである。実証主義的な見方をすると、「言語は実際に見たものを記録する手段にすぎない」[7]。ピクウィックはすべてに対して実証主義的であり、物事をそのままのものとして受け留める。彼は、発見した石碑の文字を、そのおかしな句読法そのままに読み、解釈している。だから、かえってその結果は現実にそぐわない読みになってしまう。それに対しブロットンは、句読法を常識に合うよう変えて読んでいる。実証主義が、「所与の事実だけから出発し、それらの間の恒常的な関係・法則性を明らかにする厳密な記述を目的とし、一切の超越的・形而上学的思弁を排する立場」（『広辞苑』）だとすると、結果はともあれ、事実に極端に忠実なピクウィックの視点こそ、その定義に当てはまるのである。

物事の字義どおりの受け答えは、笑いを引き起こす。たとえば、激しいノックの音に驚かされたときの会話はこうなる。

「おやまあ、あれは何だ？」びっくりしてパーカーは叫んだ。

「ドアをノックする音だと思いますな」と、ピクウィック氏は言った・・・（第五二章）

ピクウィックに抱かれるバーデル夫人

逆に、ピクウィックが字義どおりの意味に使った言葉が、歪めて解釈されることもある。「二人の人間が食べていくのは、一人よりもひどく高くつくと思いますか？」（第一二章）というピクウィックの言葉は、ピクウィック的な意味で解釈すると、文字どおり二人分の生活費を出すこと、つまりここでは従僕を雇うということで、それ以上の意味は持たないのであるが、下宿人にひそかな再婚の期待を寄せているバーデル夫人によると、それは結婚の申し込みに読み換えられてしまう。こうして、知らぬ間に婚約不履行の訴訟に巻き込まれたピクウィックは、「われわれみんな、環境の犠牲者だ、そして私はその最大のものなのだ」（第一八章）と慨嘆することになるが、より正確に言えば、言葉の解釈の犠牲者であろう。

言葉を、そのままの意味でしか使わないピクウィックの姿勢は、彼にさまざまな厄介ごとをもたらす一方で、彼の大きな特質である無垢の説明にもなっている。子どもは、言葉や物事の裏面の意味を読み取ることができない。子どもにとって、語られた言葉は表の意味しか表わさず、その裏を理解するのは、いわゆる大人になって世知にたけてからである。第一章の論文のタイトルに出てくるトゲウオ 'Tittlebats' が、もとを正せば stickleback の幼児語である(8)ところからもうかがえるが、ピクウィックは、その年齢や地位、教養、財産にかかわらず、対世間とのコミュニケーションにおいてはまさに子どもに等しい。サムが言うように、「あの人の心は、少なくとも二五年は体より遅れて生まれてきたにちげえねえ」(第三九章) のである。

したがって、彼の目に映る外の世界は子どもが感じるような驚きに満ちているし、また、裸の王様に出てくる子どものように、彼は物事の本来の姿を見抜きもする。人身保護令状を取りに行ったサージャント・インで、彼は奇妙な風体の男に名刺を差し出されるが、「相手の気持ちを傷つけたくなくて」名刺を受け取ってしまう。パーカーから、それが保釈保証人だと聞いて、彼はびっくり仰天する。

「何と！　この人たちが生計を立てているのは、このあたりで待ち構えていて、犯罪一件につき半クラウンの割で、この国の裁判官たちの前で偽証することだというわけですか？」この発見にまったく驚愕して、ピクウィック氏は叫んだ。

「ねえ、私は偽証なんてことはよくわかりませんので、あなた」と、小さな紳士は答えた。「きつい言葉ですよ、ねえ、あなた、非常にきつい、まったくね。それは法的虚構でしてね、ええ、それだけです」　(第四〇章)

王様は裸だと喝破した子どものように、ピクウィックの目は、言葉の虚飾を見抜くことができる。保釈保証人という

「法律上の虚構」は、いくら言葉を換え、意味を曖昧にしても、「偽証」する人間であることに変わりはない。しかし、世間はこうした「虚構」がまかり通るところであり、特に法律の世界では、言葉が作り上げる虚構のなかにすべてが存在すると言ってもよい。バーデル対ピクウィックの裁判でも、わずかな事実を材料に、まったくの虚構が事実として再構築されていく。問題は、いかにもっともらしく自分の都合のよいように事情を解釈して、陪審を納得させるか、なのである。言い換えると、法律の領域では、言葉は事実の伝達手段として機能するのではなく、その解釈によってあらゆる意味を表わすことが可能なのである。証拠の一つとして提出された、ピクウィックからバーデル夫人に宛てた手紙がその好例であろう。原告側の弁護士にかかると、「チョップとトマトソース」は愛情の表現とされ、「寝床暖め器」は愛慕の言葉か約束の言い換えとなり、「遅い駅伝馬車」は「罪深くもゆっくりした駅伝馬車たるピクウィック自身への言及」と解釈される（第三四章）。

言葉は別の言葉に言い換えられ、曖昧さを作り出し、そこに自由な解釈を押しつけることができる。しかし、ピクウィックの言語解釈では、言葉＝記号と記号内容の間の適切な繋がりを追求するので、[9]言葉をねじ曲げて使うことは、ピクウィック的な意味で言えば不正であり、詐欺行為なのである。言葉とその内容との適切な一致は、「真実、あるいは存在の保証[10]」だからである。だから、スポーツマンの外見を装いながら、その実、とんでもない運動音痴のウィンクルを、ピクウィックは「イカサマ師」（第三〇章）という強い言葉で非難している。彼自身は、レオ・ハンター夫人の朝食会でも、ただ一人仮装を拒否している。言葉、あるいは外見が真実そのものを表わすというのが、「ピクウィックの主義」（第二五章）なのだ。この主義のためには、彼は囚人として負債者監獄に入ることも敢えて辞さない。してもいない婚約不履行に対する損害賠償の支払いは、事実のねじ曲げに屈服することであり、彼にとって真実は身の自由よりも大事な、絶対的な価値を持つからである。

㈡

次に、ピクウィック以外のキャラクターを見てみよう。

言葉が真実を意味しないという点で、ピクウィックと対照的なキャラクターが、ジングルである。彼の話し方は非常に特異で、彼を他から際立たせる大きな特徴となっている。

「あなたはあの栄光の場面に居合わせたのですか？」と、スノッドグラス氏は言った。

「居合わせた！　いたと思って下さい。マスケット銃を撃ち――詩想に打たれ――酒屋に飛び込み――そいつを書きとめ――また戻って――ヒューッ、バン――別の詩想――再び酒屋――ペンとインク――も一度引き返し――切りつけ討ちかかり――気高い時代でしたな、君。あなたはスポーツマンで？」（第二章）

まず第一に、彼の話はまるで事実ではない。この部分には作者の注がついていて、これが一八二七年の話であるのに、一八三〇年の七月革命の物語を語っていることにわざわざ読者の注意をうながしている。作者が「ジングル氏の想像力の予言的な力の顕著な一例」（第二章）と婉曲的に示しているように、ジングルの話はウソと言って悪ければ、非常に想像力豊かだと言うべきであろう。保釈保証人が「法律上の虚構」だとすると、ジングルの話は会話上の虚構と言ってよい。加えて、彼は相手の人物を見抜くのにたけている。相手の外的しるしからその内容を読み取る能力においては、ジングルはピクウィックの比ではない。彼は、スノッドグラスが詩に興味があると聞くや、その詩的情熱を捕える架空の物語を即興で作り出す。そうして相手に合わせて自分のイメージを作り出し、相手に取り入って目当てのものを手に入れるのである。

こうした彼の虚構を生み出しているのが、その電報式のしゃべり方である。彼は決して一つのセンテンスを完成させず、矢継ぎ早に言葉を並べ立てる。言葉と言葉の隙間は、いわば言葉の真空状態で、解釈自由の曖昧さを含んでいる。だから、聞き手は自分の性向に合わせた解釈でこの隙間を埋めることで、ジングルの言葉を読み取っていく。つまり、ジングルの虚構は、語り手と聞き手の相互作用で構築されるのである。これは、彼の話し方に「速記術式」(第七章)という言葉があてられていることにも関係する。一見「速記術」の記号の羅列のようにでたらめに見えるが、実際には、話し言葉を非常に簡略化、記号化したしゃべり方なのである。しかし、その読み方を知らないものには、その意味を読み取ることができない。彼の話し方は、意味を隠すものなのである。

ジングルは、作品中に登場する数少ない憎まれ役の一人であるが、たとえば次作『オリヴァー・トゥイスト』(*Oliver Twist*, 1838) のフェイギンや『骨董店』(*The Old Curiosity Shop*, 1841) のクウィルプとは違って、それほど邪悪な感じはしない。彼は悪の権化というより、抜け目のないコン・マンであり、貧しい「流浪の旅役者」(第三章)という社会的に不利な立場から、いわゆる上流人士の気取りと愚かしさを手玉に取る様子は、むしろ小気味よくさえ思えてしまう。性格の悪いミス・ウォードルが捨てられても、それほど同情的にはなれないし、ジングルを金持ちの若い軍人と思い込み、旧知の友人たちを袖にしたのは、傲慢で威張り屋のナプキンズが悪いのだ。

ジングルは、「絶対的な善人」であるピクウィックの敵対者として、悪人なのである。ピクウィック対ジングルの対決は、善と悪の対決というよりも真実と欺瞞の対決、真実を露わにする言葉と覆い隠す言葉の対立である。興味深いことに、ジングルに対するピクウィックの怒りは、彼の行動よりもむしろ言葉に向けられている。駆け落ちしたミス・ウォードルとジングルを追い詰めたとき、彼が心底激怒するのは、ジングルの金目当ての行動ではなく、彼が友人タップマンの名前を「タッピー」と略したことに対してであった。名前がその持ち主を表わす記号だとすれば、その省略は持ち主の価値をも切り下げ、人格を傷つけることになる。やはりジングルがピクウィックにつけた「花火じいさん」という呼び名も、それ自体には「はっきり下劣だとか凶悪だとかいうところは全然ない」（第二〇章）にもかかわらず、別名で呼ぶことが本人の意図とは違うイメージ、この例では、人の言葉に簡単に乗せられるカモのイメージを押しつける。

同じことが、数多い名前の言い違いにも言えるだろう。裁判官は、被告弁護人のファンキーをマンキー、ナサニエル・ウィンクルをダニエルと取り違えて、弁護人の権威と証人の信用度を失墜させる。スモールトーク伯爵は、ピクウィックの名を“Pig Vig”から“Big Vig”と変化させ、そこからの連想で勝手に彼を弁護士にしてしまう（第一五章）。

言葉の面でジングルは、ピクウィックの対極に位置する人物であるが、サム・ウェラーもまた、ピクウィックとはまったく異なる話し方をするキャラクターである。ピクウィックが文字どおりの意味を表わす言葉を語ろうとするのに対し、サムは比喩的な言葉を語る。[11] 彼の話し方のもっとも大きな特徴は、「何々のように」を頻繁に用いる喩えである。「口に出しちまって下さいよ、ファージング銅貨を子どもが呑み込んじまったときに父親が言ったみたいにね」（第一二章）、「ご不自由をおかけしてすみませんね、奥さん、押し込み強盗が老婦人を火あぶりにしたとき言ったみたいにね」（第二六章）、「こいつは危害に侮辱を加えたもんですよ、オウムを生まれ故郷から連れてきただけでなく、後で英語をしゃべらせようとしたときにオウムが言ったみたいにね」（第三五章）等々、サムは語られた言葉に飛躍した喩えを重ね、まったく異質の二つのものを類推によって同一化してしまう。

サムのこの話し方は、ピクウィックとは正反対のスタンスを示している。ピクウィックの旅の目的は、珍しいものや変わった出来事に注目し、それを書き留めることであった。旅の初めから、彼はノートに馬車馬の特異さを書き留め、御者にスパイと間違えられて騒ぎを起こす（第二章）。つまり、彼の目は物事の相違に向けられているのである。一方、サムはまったく異なって見えるものの間に、類似を見つける天才である。彼は貧乏と牡蠣の間に相関関係を見つけ（第二二章）、涙を流すのは「水撒き車の仕事」（第一六章）で、縁の取れた帽子は「風通しのいい帽子」（第一二章）、人身保護令状（habeas corpus）は「死体をとれ（have his carcase）」（第四〇章）になる。奇想天外な類推は、笑いを引き起こすだけではない。どんな目新しいもの、あるいは思いがけない事件であっても、サムはそれと似た例を連想することによって、未知のものをより広汎な秩序のなかに収めることができる。類推することで、彼はすべての物事をパターン化し、「落ち着いた、哲学的状態」（第四七章）を保つのである。新奇なものに絶えず驚きの目を見張り、事件に巻き込まれるピクウィックとはまさに正反対だと言えよう。

むしろサムは、ジングル側に属するキャラクターである。「二週間も家具のない宿に泊まった」（第一六章）こともある、かなり熾烈な人生の経験者だけが持ちうる抜け目のなさや、ものおじしない図々しさ、「もらえないときには取っちまいました、それがないせいで何か悪いことをしちまわねえか心配だったんでね」（第二七章）という曖昧な道徳観念など、サムとジングル、ジョブ・トロッターの間に、共通項は多い。が、彼らを隔てる決定的な相違は、そのユーモアの質にある。ジングルはタップマンを、桶から落ちた大人のバッカス（第二章）に喩え、無断借用したジャケットの“P. C”のマークを「おかしなコート（Peculiar coat）」（第二章）と読む。彼のユーモアは冷笑的であり、相手をおとしめることで自己保全を図るのである。一方、サムのユーモアは、作品中でしばしば用いられる言葉を使えば「哲学的」と言えるであろう。ウォータールー橋の下でさえ「いいねぐらですよ――すべての役所から歩いて一〇分だし――難を言えば、ちょっとガランとしすぎてることですかね」（第一六章）と評しているように、彼はどんな苦境もユーモアをもって客観視することで、自己保全を図る。裁判での尋問も彼の平静さを乱すことはできないし、フリート監獄も彼の陽気さを翳らすことはない。ジングルのユーモアは、相手を食い物にするために他者との対立を招かざるをえないが、サムのユーモアは、他者も自分も一つの大きな客観的世界のなかに納めてしまうのである。

一方、多くの点で対照的存在であるにもかかわらず、サムとピクウィックは、ジングルとは異なり、お互い、補完しあう関係にある。ピクウィックに一番欠落している世間知を、人生経験豊富なサムが補い、彼を窮地から救い出す一方、ピクウィックの正義感と暖かい人道主義とは、サムを、相手を出し抜く喜びから、相手に同情と寛容を示す喜びへ向かわせる。尾羽打ち枯らしたかつての仇敵ジョブ・トロッターに対し、ピクウィックがジングルに対してしたように、サムも心からの同情と援助の手を差し伸べることができるのだ。

与え、与えられるサムとピクウィックの関係で、もっとも特徴的なのは、二人が対等の立場に立っていることであろう。サムをフリート監獄には置かない、というピクウィックの意思に逆らい、負債で逮捕されて彼のそばに戻ってくるサムには、主人の命令を無視して、自分の「主義で決めた」（第四四章）ことを貫く自由がある。彼は同じ囚人としてピクウィックと対等な立場にあり、主従関係とは異なる絆でピクウィックに結びついている。そういうサムを、ピクウィックは召使いではなく「身分の低い友人」（第四三章）として迎えている。この「友人」という言葉は、メアリーと結婚させて独立させるという申し出を、サムがにべもなくはねつけるときにも繰り返され（第五六章）、二人の間のより対等な、純粋に愛情で結ばれた関係を強調するのである。

こうしたピクウィックとサムの関係に、無能な父親を持つ作者の理想の親子関係を重合させたり[12]、あるいは理想的な主従関係のあり方を見たりするのは[13]、いずれも可能であろう。しかし、彼らの関係の特異性を無視しては、アンドルー・サンダース（Andrew Sanders）が指摘するように[14]、一八二〇年代の社会と階級間の関係についての作者の見方を歪めてしまうことになる。トニー・ウェラーがジングルとジョブについて、「紳士が自分の召使いとあんなに馴れ馴れしいのを見て、変に思ったよ」（第二〇章）と言っているが、主人と召使いの間に確固とした階級の壁が存在してあたり前、そのほうが自然な社会にピクウィックたちはいる。「奇妙な場所——造船所の上流階級は造船所の下層階級に知らんぷり——造船所の下層階級はケチな紳士階級に知らんぷり——ケチな紳士階級は商人階級に知らんぷり——長官は誰にでも知らんぷり」（第二章）という、階級間の断絶した社会なのである。バースでサムが招待される従僕たちの会では、主人に冷えた肉を食べるように言われたため辞職した従僕の話が出るが（第三七章）、これは従僕のはきちがえた誇りや職業意識への皮肉である反面、パロディ化された階級闘争でもある。そういう現実を踏まえて、ピクウィックとサム、あるいはジングルとジョブの関係を見ると、彼らの結びつきが社会の分裂を繋ぎとめるリンクとなっていることがわかる。ウォードル家のクリスマスに顕著に示されるような、[15]階級差を超越した人間同士の連帯が、『ピクウィック・ペイパーズ』のメッセージなのだ。

サム（左）とピクウィック（右）

『ピクウィック・ペイパーズ』は政治的・社会的問題意識に乏しい、としばしば言われているが、この小説にも、階級社会のスノビズムやフリート監獄の非人間性、バーデル対ピクウィック裁判の不条理さといった諸問題が含まれている。ただ、ピクウィック的世界では、こうした社会悪は、分け隔てのないピクウィックの慈悲心と、どんな苦境にも挫けることのないサムのユーモアという、最強の取り合わせによって調伏されてしまう。こうした楽天性のために『ピクウィック・ペイパーズ』が、「今世紀［二〇世紀］の大人の読者が読みそうにない[16]」といった批評を受けるのももっともではあるが、それは、さまざまな社会問題が付随するものの、産業革命後の進展期にあった時代の楽天性であり、この屈託のない明るさが『ピクウィック・ペイパーズ』の魅力なのである。

〔注〕

（1）Steven Marcus, *Dickens : From Pickwick to Dombey* (London : Chatto & Windus, 1965), p. 51.

（2）Robert Newsom, *Charles Dickens Revisited* (New York : Twayne, 2000), pp. 62-63.

（3）Charles Dickens, *The Pickwick Papers*, ed. by Bernard Darwin (The Oxford Illustrated Dickens, Oxford: Oxford University Press, 1987), p. 642. 以下、本書からの引用は文末に章を示す。

（4）Steven Marcus, p. 13.

（5）この部分も、実際に下院であった有名なやりとりを模しているらしい。ディケンズ『ピクウィック・クラブ』（北川悌二訳、ちくま文庫、一九九〇）の解説（小松原茂雄）参照。

（6）Angus Wilson, *The World of Charles Dickens* (London : Secker & Warburg, 1970), p. 118.

（7）James E. Marlow, 'Pickwick's Writing : Propriety and Language' in *E.L.H.* 52 (1985), p. 941.

（8）Steven Marcus, 'Language into Structure : Pickwick Revisited' in Harold Bloom (ed.), *Modern Critical Views :*

*Charles Dickens* (New York : Chelsea House, 1987), p. 134.

(9) James E. Marlow, p. 943.

(10) *Ibid*.

(11) John Bowen, *Other Dickens : Pickwick to Chuzzlewit* (Oxford : Oxford University Press, 2000), p. 59.

(12) Steven Marcus, *Dickens: From Pickwick to Dombey*, p. 33.

(13) John Bowen, p. 60.

(14) Andrew Sanders, *Dickens and the Spirit of the Age* (Oxford : Clarendon Press, 1999), p. 124.

(15) Robert Newsom, p. 65.

(16) Angus Wilson, p. 115.

# 第六章　『オリヴァー・トゥイスト』
## ——翻訳本に見るディケンズ像——

宇佐見太市

㈠

一九九〇年七月五日、東宝製作の日本人キャストによる日本語のミュージカル『オリバー！』が、帝国劇場で上演された。ただし、このときの脚本・作曲・作詞はライオネル・バート（Lionel Bart）、舞台装置はショーン・ケニー（Sean Kenny）といったことからもわかるとおり、これらは一九六〇年六月のロンドンでの初演以来のオリジナルスタッフのままで、舞台演出も通算一二回目を迎えたベテランのジェフ・フェリス（Geoff Ferris）のもと、八月末日までの約二カ月間、津嘉山正種、前田美波里、友竹正則、森公美子、安岡力也らの存在感あふれる役者たちが好演したことは、まだ私たちの記憶に新しい。

そのときのパンフレットに記された長谷部史親のエッセイは、ミュージカル『オリバー！』の原作である『オリヴァー・トゥイスト』（*Oliver Twist*, 1838）と、その作者チャールズ・ディケンズ（Charles Dickens, 1812-70）とについての、要を得た簡潔な解説になりえている。とりわけ、日本におけるディケンズ文学受容に関する次のコメントは、的を射たものと言えるだろう。

ディケンズの名声は、その後しばらくして低迷した時期もあったが、今世紀前半から再び高まり、現在ではイギリス文学全体の中でシェイクスピアと並び称されるほどにさえなっている。しかしながら、わが国においてはディケンズの研究はさほど進展せず、まだ完全な全集が一度も企画されていないことが象徴するように、作品の翻訳が充分にゆきわたっているとはいいがたい。このように、日本では不遇ともいいうるディケンズの作品群の中で、『クリスマス・キャロル』などのクリスマス物語や歴史長篇『二都物語』などとともに、一般に広く読まれている筆頭格がこの『オリバー・トゥイスト』であろう。(1)

「一般に広く読まれている筆頭格」と長谷部史親が言うところの『オリヴァー・トゥイスト』に関しては、社会主義運動で著名な堺利彦による『小櫻新八』と題する翻案がすでに明治期に存在し、『明治翻訳文学全集〈新聞雑誌編〉六 ディケンズ集』の「明治翻訳文学年表(2)」によれば、この『小櫻新八』刊行の前後に出た『オリヴァー・トゥイスト』の他の翻訳は、五点を数えると言う(一八八五[明治一八]年一月の柳田泉の『池の萍』、一九〇七[明治四〇]年一月の吉田碧寥の『オリヴァー・トウイスト』、一九一〇[明治四三]年八月の山崎貞の『おとむらい』、一九一二[明治四五]年二月の深沢由次郎の『凶賊サイクスの逃亡』、同年六月の大橋栄三の『デッケンス物語』)。

『二都物語』(*A Tale of Two Cities*, 1859)については、少なくとも明治期に限って言えば、英語教科書としてのもの(津田梅子編、英学新報社、一九〇三[明治三六]年四月)を除くと他に翻訳・翻案はないが、『クリスマス・キャロル』(*A Christmas Carol*, 1843)の場合は、一八八八[明治二一]年九月の饗庭篁村の『影法師』(明治二一年九月七日から一〇月六日までの二二回にわたる『読売新聞』連載。単行本としては明治二三年一二月、春陽堂から出版)という翻案を皮切りに、その後、明治期だけで五点も出ている(一九〇二[明治三五]年四月の浅野和三郎の『クリスマス、カロル』、同年六月の草野柴二の『クリスマスカロル』、一九〇九[明治四二]年四月の高橋五郎の

『クリスマス、カロル』、一九一一［明治四四］年一〇月の岡村愛蔵の『クリスマスカロル』、同年一一月の紅薔薇の『クリスマスカロル』）。

しかるに現在はと言えば、ディケンズに関しては「まだ完全な全集が一度も企画されていない」点を認めざるをえない。そこで本稿では、「一般に広く読まれている筆頭格」の『オリヴァー・トゥイスト』の翻訳本を通じて、ディケンズ文学の日本における受容の一端を検証してみたいと思う。具体的には、各翻訳本につけられた解題のなかには、翻訳した人たちのディケンズ観やディケンズ批評が凝縮された形で詰まっているという前提に立って、各種解説文を考察していく。作品につけられた解題は、その作品がこれまでどのように受容されてきたかを如実に物語る第一次的資料であるという認識のもと、少年・少女向けのものも、一般読者対象のものも、すべて一律に考察対象とした。孫引きを避けるために、筆者が直接に目にしたものだけに限定したことも付記しておきたい。

## （二）

①『小櫻新八』——細香生［堺枯川］（堺利彦）訳、『都新聞』掲載（一九一一［明治四四］年一月一六日から五月三日まで一〇五回の連載）

上述したように、日本の社会主義運動の先駆者・堺利彦の筆になるかなり大部の翻案。原作のストーリー展開はきちんと踏まえられており、かつ原作の持つ文学的香気も全編に漂っている。一月一六日の「予告」のなかで、堺利彦は、この小説は面白く読んでもらえると思う、とまず述べ、舞台面には浅ましい貧苦のさまや、恐ろしいスリや盗みのことなどが出てくるが、実はその光景のいたるところに、美しい、しおらしい人情の花が咲いているのだ、と続ける。最後に、皮肉の底には涙があり、滑稽の裏には真面目な教訓があると結ぶ。

堺利彦は、社会悪に対する抗議とか、社会正義への熱望とかいった社会性よりもむしろ、人間の本性に根ざした笑いと涙と感動といった、感傷的な気分をディケンズの原作から汲み取ってこの翻案を書いたように思われてならない。連載終了後の明治四五年の公文書院発行の単行本の題名は、『小櫻新吉』に改変された。

②『オリヴァー・ツウイスト』――馬場孤蝶訳、『世界大衆文学全集』第九巻、改造社、一九三〇［昭和五］年一月

「序」で、フランスのアルフォンス・ドーデ（Alphonse Daudet, 1840-97）やロシアのドストエフスキー（F. M. Dostoevskii, 1821-81）といった、ヨーロッパ大陸の諸作家にもディケンズはかなりな感化を及ぼしていることに触れる。さらに、「作品 *Oliver Twist* や *Our Mutual Friend*（1865）や *A Tale of Two Cities*（1859）などにおける下層社会、貧民窟、悪党の宿などの描写は実にみごとであり、現代の探偵・冒険作家のなかでディケンズに太刀打ちできる人はG・K・チェスタトン（G. K. Chesterton, 1874-1936）を除いては他にいないだろう。コナン・ドイル（Arthur Conan Doyle, 1859-1930）では少し筆が明るすぎるから」といった主旨のことを述べる。

最後に、この作品は「今日我々が読んでも決して古いとは感ぜられぬ叙述が編中随所に見い出される。作家の力量、古今に亘る芸術的根拠、そういうものは時代の新旧を超越して存在するものである」と言う。

③『漂泊の孤児』――松本泰・松本恵子訳、『ヂッケンス物語全集』第一巻、中央公論社、一九三六［昭和一一］年一〇月

主人公オリヴァー（Oliver）が織部捨吉、ナンシー（Nancy）が那須子といった具合いに、翻案としての物語ではあるが、①の『小櫻新八』同様、原作のストーリー展開はここでも原則的にきちんと押さえられている。解説の類は一切ない。

④『オリヴァー・ツゥイスト』——馬場孤蝶訳、『世界大衆文学名作選集』第一七巻、改造社、一九三九［昭和一四］年一一月

これは、前述の②の再録である。ゆえに「序」の文も②とまったく同じ。

⑤ *The Story of Oliver Twist*（『オリヴァ・トウィスト物語』）——朱牟田夏雄訳註、研究社、一九五一［昭和二六］年一一月

「研究社新英文訳註叢書」シリーズの第六巻で、英文併記の英語読本である。「解説」において訳者は、いかにも英文学者らしく英文学史の講義調で、原作者ディケンズについて、「William Makepease Thackeray（1811-63）と並んで、一九世紀中葉の英国小説壇を二分する」作家だと書き始め、作者の経歴や代表作を概観する。その後ディケンズ文学の特徴について、「彼独特のすぐれたrealismで実人生さながらの人間をいろいろと活写した点にある」と言い、続けて、「特に、自ら貧窮に育ってつぶさに辛酸をなめつつ人となった彼は、世の下積みになる下層階級を描くことが多く、またその下層階級の扱い方が実に巧みでもあり、又実に暖い同情に満ちてもいる。彼以前にはこれくらい好んで貧しい人たちに題材を求めた作家はなかった」と述べる。

humourとpathosとが渾然と一つになってディケンズ的世界を作り出しており、これこそが多くの人たちを魅了してきた源泉なのだ、とさらに話を進め、「少年少女を主人公にすることもこの作家は多かった」と指摘し、この作品は、いろいろな運命の変転に弄ばれながらもきれいな清い魂を持ち続けた少年の物語だと、己れのディケンズ文学観を披瀝する。

⑥『オリヴァ・ツィスト』——中村能三訳、新潮社、一九五三［昭和二八］年九月

訳者は「解説」のなかで、ディケンズはこの作品を通して、救貧院制度の矛盾と冷酷さを徹底的に挑発し揶揄したが、その非難と揶揄の対象は制度そのものではなく、制度の運営法と担当する人物とであった、と記す。つまり、ディケンズという人は、社会的矛盾に挑戦し、被圧迫階級の味方であったとは言ってもマルクスと親交があったわけでもなく、『二都物語』を書いたとは言っても二月革命に参加するとも思われない、いわば急激な進歩を好まぬ「イギリス人の正統」であり、貧窮や苦悩といった人間生活の不幸をもたらすマイナスの価値を、「諧謔」(humour) の作用でプラスに逆転させる能力を有した作家だ、と述べる。

さらに、ディケンズ文学の特徴とも言える登場人物の類型化にも言及し、「同時代のバルザック (Balzac, 1799-1850) と同様、彼の場合も、それは単なる類型の域を超えて、親しみやすい、しかも犯すべからざる象徴にまで凝固されている」とし、その例としてバンブル (Bumble) とフェイギン (Fagin) をあげる。また、ナンシーの惨殺からサイクス (Bill Sikes) の逃亡の件《くだり》はまさに圧巻であり、その凄惨さに目をおおわない読者はいないであろうと言い、ディケンズの「精密で力強い描写力」を強調する。総じて言えることは、この「解説」は、ディケンズ文学の本質に肉迫する高度な、上質の文章である。

⑦　『オリヴァ・トウィスト』上巻・下巻――鷲巣尚訳、角川書店（角川文庫）、一九五三［昭和二八］年一〇月

ディケンズ文学の本領に迫る訳者は、「陰惨と諧謔とを一緒くたに享受する我々のうちの子供ぽさ、庶民的な楽天性は、又我々のうちの永遠なるものに通じ、やがてひいては厭制に反抗し、悪に抗ふ人道主義へとつながりをもつものである」と言い、人間の本性とも言うべきこの種の気質を持った作家こそがディケンズであり、これぞイギリス小説の正統派だと言い切る。また、作品の後段の殺人者の心理描写にも目を向け、ディケンズは単に感傷と誇張とカリカチュアだけの作家ではないのだ、と補足する。

⑧『オリヴァ・ツィスト』上巻・下巻――中村能三訳、新潮社（新潮文庫）、一九五五［昭和三〇］年五月
「解説」は⑥の再録である。

⑨『オリヴァ・トウィスト』――福原麟太郎訳、『世界少年少女文学全集』三三、創元社、一九五五［昭和三〇］年一〇月
訳者は、主人公の「生まれつきの美しい性質」を強調したうえで、「作者ディケンズの強い正義感と、不幸な人たちに対する深い同情を読みとっていただきたい」と読者に訴え、「教区」や「救貧院」についてのわかりやすい説明をしながら、下層階級の人びとに寄せるディケンズの心情を切々と綴る。

⑩『オリヴァ・ツウィスト』上巻・下巻――本多季子訳、岩波書店（岩波文庫）、一九五六［昭和三一］年六月
作者ディケンズの「汚辱にみちた少年期」にまず言及し、「下層階級に深い同情をもつ」作家像にふれた後、「ユーマー」こそがディケンズ文学の特質だと指摘し、「彼の笑いは、人生の悲哀とない合わされている。彼の笑いこそ、涙の中の笑い」なのだと力説する。登場人物の性格描写の見事さにより、この作品が芸術作品になりえたという指摘も、訳者は決して忘れない。

⑪『オリバー・ツイスト』――小島静子訳、『少年少女文庫』三〇、中央出版社、一九六三［昭和三八］年四月
「話の終わりに」のなかで、主要人物たちのハッピーエンディングに触れた後、主人公の母アグネス（Agnes）についても、「やさしい平和な人々の心の中に美しく永久に住んでいる」と述べる。

⑫『オリバー・トウィスト』――北川悌二訳、三笠書房、一九六八［昭和四三］年一一月
「あとがき」において訳者は、この作品が、一八三四年の救貧法についての批判のさなかに書かれたものであることを忘れてはならぬと言い、救貧院で生じるゆがんだ人間関係に向けられたディケンズの皮肉な怒りに着目する。また、オリヴァーの境涯が老紳士ブラウンロー（Brownlow）らの尽力で救われることになる点に関しては、「社会悪の結果が個人的な人間の単独な善意によってだけで救われるという解釈・解決は、現代の作家だったらとらぬところであろう」という持論を開陳する。この本にはクルックシャンク（George Cruikshank, 1792-1878）の挿し絵が入っている。

ジョージ・クルックシャンクの挿絵

⑬『オリヴァー・トゥイスト』――小池滋訳、講談社（講談社文庫）、一九七一［昭和四六］年一〇月
「年譜」もいれると三〇〇ページ以上の、作家と作品に関する詳細な「解説」がついている。その中でもとりわけ「文体」について、小池滋は、「ディケンズの小説がいかに事実に忠実であったかが、あらゆる面で証明される。確かに彼の小説は社会史の教科書以上に正確で貴重な資料であると言えよう。……しかし彼の描写が単なる事実の

正確な模写に終わらず、読む人を引きずり込むような、恐ろしい超現実の魅力をそなえていることは、一読すれば翻訳を通してでも感じられることと思う」と述べ、作家・辻邦生が常々指摘する「魔術的映像③」に通ずるディケンズの想像的世界の特異性を、実に鮮やかに読者に解き明かしてくれる。学術論文に充分匹敵しうる解説文である。

⑭『オリヴァ・トウィスト』——北川悌二訳、三笠書房、一九七一〔昭和四六〕年一〇月

「あとがき」は⑫の再録である。

⑮『オリバー・ツウィスト』——中山知子訳、『春陽堂少年少女文庫　世界の名作・日本の名作』一〇一、春陽堂書店、一九八〇〔昭和五五〕年七月

少年少女に向かって優しく語りかける訳者の児童文学者らしい口調が、解説文全体を覆っている。多彩な登場人物たちが織りなす冒険物語の世界は、若い読者には大きな価値を持つのだと断じる。また、訳者自身の少女時代の読後感をふまえ、ナンシーこそが「わたしにとって、終始、共感の的」だと告白する。「人はだれでも、置かれる環境を選べない」という点に共感したのだ、と言う。

⑯『オリバーの冒険』——持丸良雄訳、『少年少女世界の名作』八、偕成社、一九八二〔昭和五七〕年一〇月

「この物語について」のなかで持丸良雄は、「主要人物が、霧のふかいロンドンを背景に、まんじどもえに入り乱れ、くりひろげられてゆく一大絵巻」が、世界中の少年少女を魅了するであろう、と語る。

⑰『オリバー＝ツイスト』——保永貞夫訳、『国際児童版　世界の名作』一九、講談社、一九八四〔昭和五九〕年四

月

詩人でもあり児童文学者でもある訳者の「大都会ロンドンの光と影の中で」と題するエッセイは、ディケンズの生きた一九世紀のイギリスの歴史を丹念に記述しつつ、鋭く作品の解釈にも迫っている。「イギリス人が長いあいだつちかってきた、ゆるぎない人生の信条がつたわってきて、読者に人間性への信頼を回復させてくれます」という、善意の人ブラウンロー像に関しての見解などは、イギリス人作家としてのディケンズの文学的本質を適確に捉えた好例と言えよう。

ディケンズ文学の特色としては、ストーリーの面白さ、人物造型の巧みさ、そして細部描写の見事さの三つがあげられる、と訳者はきっぱりと言う。

⑱『オリヴァー・トゥイスト』上巻・下巻――小池滋訳、筑摩書房（ちくま文庫）、一九九〇［平成二］年一二月

上述の ⑬ の再録である。「解説」もほとんど同じである。

⑲『オリバー・ツイスト』――照山直子訳、*Newton Classics* 16、ニュートン プレス、一九九七［平成九］年九月

「解説」は訳者によるものではなく、デボラ・コンドンが執筆。日本人訳者のものと比べて着眼点の違いがいくぶん感じ取れるが、ナンシー像に「被虐待女性症候群」を見ている点がその一例と言えるだろう。

㈢

月刊雑誌『ベントリーズ・ミセラニー』（*Bentley's Miscellany*）の初代編集長としてのみならず、一執筆者として

も活躍したディケンズは、一八三七年二月号から一八三九年四月号まで作品『オリヴァー・トゥイスト』を連載し、その完結に先立つ一八三八年一一月には、初版単行本として三巻本にまとめたが、題名は共に *Oliver Twist; or, The Parish Boy's Progress. By Boz* であった。ところが一八三九年の第二版になると、題名は *Oliver Twist, by Charles Dickens* となり、その後一八四六年の月刊分冊としての出版時には *The Adventures of Oliver Twist, or The Parish Boy's Progress* と長くなるが、これ以後の版は *The Adventures of Oliver Twist* となる。このように一連の題名を見るかぎり、この作品はまさにピカレスク小説そのものと言えるが、しかし当時の社会制度に対する告発という点からは社会小説にも位置づけられるし、敢えて主人公のイニシエイションに着目すれば教養小説に近いものとなる。このようにいかようにも読めるこの作品に、われらが先達が個性に満ちた豊かな関わり方をしてきたことを、今回あらためて知ることができた。

　現今の日本の大学における英文学研究は、行き詰まりの様相を呈しつつあるように思われる。特に、虚学としての英文学の存立の意義や、ディケンズなどの「古典」の持つ権威を信じて疑わずにきた者には、その思いが強い。そこで、英文学研究の活性化のための打開策を模索すべく『オリヴァー・トゥイスト』の翻訳本の考証を試み、この一作品を通してだけでも、日本におけるディケンズ文学の広く深く豊かな受容を見ることができた。少年少女や一般読者を対象とした、気取らない率直な語り口のこの種の解説文のなかにこそ、日本の英文学研究再生の萌芽が潜んでいるのではないかと確信したいところである。

〔注〕

(1) 『ミュージカル　オリバー！』(東宝出版事業室、一九九〇)、五八―五九ページ。

(2) 川戸道昭・榊原貴教編『明治翻訳文学全集〈新聞雑誌編〉六　ディケンズ集』(大空社、一九九六) 所収。『小櫻新八』や『影法師』も収載されている。

(3) 辻邦生『外国文学の愉しみ』(レグルス文庫二二九、第三文明社、一九九八)、三三二ページ。初出は、一九六三年五月の新潮社刊「世界文学全集」第一三巻月報。

# 第三部　ブロンテ姉妹とジョージ・エリオット

# 第七章　『ジェイン・エア』
## ——自伝とロマンス——

芦澤久江

### はじめに

今日、イギリス文学のなかで「伝記」というジャンルが隆盛をきわめている。現代小説がさまざまな実験を試みながらも、行き詰まりの感が否めないのに対して、対照的な盛況である。現代においてなぜ伝記が人気を博しているのかという問題については、考察すべきさまざまな要因があり、それぞれは一個の重要な研究課題となるであろう。しかしいま確実に言えるのは、伝記というジャンルがこれまでの小説の伝統にはない新鮮さを、わたしたちに感じさせてくれるようになっているということである。

この点に関連して興味深いことに、シャーロット・ブロンテ（Charlotte Brontë, 1816-55）の『ジェイン・エア』（*Jane Eyre*, 1847）は一九世紀において、ロマンスでありながら、「自伝」という形式で花を開いた。『ジェイン・エア』が最初から「自伝」として公表されたことは、周知の事実である。この作品が自伝であるという観点から、わたしたちはこれまで、ギャスケル（Elizabeth Cleghorn Gaskell, 1810-65）が書いた『シャーロット・ブロンテの生涯』（*The Life of Charlotte Brontë*, 1857）の助けを借りて、作品に登場する人物や場所のモデルを特定することに躍起となってきた。その結果、『ジェイン・エア』に登場するヒロインをはじめ、さまざまな登場人物のモデルとヒロインが移動する場所のモデルは、ほぼ確定されている。

しかしながらその一方で、『ジェイン・エア』がいかにロマンスと自伝的要素が混じり合った作品であるか、すなわち、どの部分が自伝的であり、どの部分がロマンス的なのかという研究は、これまであまり行なわれてこなかった。そこで、『ジェイン・エア』を「自伝」とロマンスに分け、二つの要素についてそれぞれ考えてみたい。

## (一)　一九世紀における自伝の役割

『ジェイン・エア』が自伝であるということは、作者みずからがそう言っているのであるから、問題とするには当たらない。しかしながら、その証拠となる事実はどこにあるのであろうか。読者は読みとばしてしまうかもしれないが、中表紙にはっきりと「自伝」と書かれている。これは、出版社スミス・エルダー社の戦略であったかもしれない。というのは、当時、女性がその生涯を描く自伝形式が流行していたからである。

そもそも自伝というジャンルは、いつごろ、誰によって作られたのであろうか。一九八〇年以降になって、自伝というジャンルの起源を辿る研究が盛んになった。[1] それは、フェミニズム研究のため、過去の生活記録を発掘しようとする運動がそうした傾向を強めていった結果である。自伝という形式とジェンダーの問題は相互に深く関わりあっており、[2] フェミニスト研究家たちは自伝の起源をめぐって、テクストの掘り起こしを盛んに行なった。しかしテクストが失われていて、女性の「自伝」がいつ、誰によって始められたジャンルなのかを明確にすることはできなかった。

一七世紀半ばには自伝形式のテクストはすでにあったであろうと想定されており、さらに一七九七年には、無名の文芸批評家が雑誌『マンスリー・レポジトリー』(*Monthly Repository*) のなかで、その種の新しいジャンルを表現するのに「自伝」という新語を造り出し、一八〇九年、ロバート・サウジー (Robert Southey, 1774-1843) が『クォータリー・レヴュー』(*Quarterly Review*) のなかでその言葉を使っている。とりわけ女性の自伝というジャンルは、明らかにヴィクトリア朝時代を起源として繁栄していったのである。[3] たとえば、『マーガレット・キャヴェンディッシュの生まれ、育ち、人生の真実の物語』(*True Relation of the Birth, Breeding, and Life of Margaret Cavendish*, 1814)、『レイディ・ファンショーの回想録』(*Memoirs of Lady Fanshawe*, 1829)、『アリス・ヘイズの遺産、ないし未亡人の小銭』(*A Legacy, or Widow's Mite, Left by Alice Hays*, 1836)、『ウォリック伯爵夫人メアリの自伝』(*Autobiography of Mary, Countess of Warwick*, 1848)、『ミセス・アリス・ソーントンの自伝』(*The Autobiography of Mrs. Alice Thornton*, 1875)、『アン・レイディ・ハルケットの自伝』(*The Autobiography of Anne Lady Halkett*, 1875) などが今日まで残っている。

女性の自伝の場合、男性の伝記とは別に発展しており、[4] 主として宗教教育という目的のために書かれていたものと見なされている。すなわち、女性として神にいかに忠実に仕えるかという問題を中心に据えた、自己の魂の遍歴を記録したものだったのである。そこで、一九世紀に書かれた自伝として『ジェイン・エア』が、自伝本来の目的であった宗教教育の役目をいかに果たしているか考えてみたい。

## (二) 自伝形式の宗教的使命

ジェイン (Jane) は孤児としてゲイツヘッド (Gateshead) のリード家 (the Reeds) に引き取られるが、リード夫人 (Mrs. Reed) からキリスト教の教育を受けた様子はない。しかし彼女がローウッド (Lowood) に赴くと、ここではゲイツヘッドとは逆に、キリスト教教育を押しつけられる。ジェインはローウッド女学院の理事長、ブロックル

ジェイン・エアとブロックルハースト
（ウィリー・ポウガーニー画）

ハースト師（Rev. Brocklehurst）に反発を覚え、彼の教育がジェインの心に根を下ろすことはなかった。ローウッドでジェインにキリスト教的影響をもたらしたのは、ヘレン・バーンズ（Helen Burns）であった。スキャッチャード先生（Ms Scatchard）から理不尽な罰を受けようとも、ヘレンは人を許すことをジェインに教えた。ヘレンのそうした教えがジェインに深い影響を及ぼしたことは、ジェインが伯母リード夫人の臨終の際に見せた態度から明らかに見てとれる。ジェインは初め、ローウッドでヘレンからキリスト教における「許し」を諭されても、なかなか理解することができず、ヘレンに反論さえしたが、成長するにつれて愛し愛されることを知ったジェインは、ヘレンの教えどおり、たとえ自分に冷酷な仕打ちをした人間さえ、許すことができるようになっていったのである。

しかしバーバラ・ハーディ（Barbara Hardy）が述べているように、[5] ヘレンの教えをジェインがどのように吸収し浄化していったかという過程が示されていない、ということも事実である。さらにジェインは、ソーンフィールド（Thornfield）を立ち去るとき、あるいはソーンフィールドへふたたび戻るとき、神の教えに従って決断したと述べるが、キリストの教えがジェインの内面でどのように受け入れられたかという過程は、やはりはっきりしていない。前述したように自伝は宗教教育を目的としているので、『ジェイン・エア』が自伝である以上、キリスト教の教えに

ムア・シーツ（セント・ジョン・リヴァーズたちが住んでいたムア・ハウスのモデル）

基づきジェインが成長していったという筋書きにせざるをえない。つまり、孤児ジェインの精神を養ったものはキリスト教であるという主張は、当時の「自伝」形式においては欠かせない要素だったのである。

『ジェイン・エア』のなかで、ローウッドと同様に宗教的な関連がある場所は、ムア・ハウス（Moor House）である。ソーンフィールドを離れ、ジェインが迷い込んだ場所が教区司祭セント・ジョン・リヴァーズ（St. John Rivers）の住むムア・ハウスであった。ジェインという名前の男性形がジョンであることから、この二人の同質性はしばしば指摘されている。ジョンは聖書のセント・ヨハネ、すなわちバプティスト（Baptist）のヨハネと黙示録のヨハネの役割を同時に担っていると言われる。つまり、聖者として布教を使命としながらも、預言者として未来がどのようなものであるか暗示する役割である。セント・ジョンをジェインの分身と見れば、ジェインのなかにも、聖ヨハネの宗教的使命と宗教的メッセージが伝えられていると考えるのが自然である。

セント・ジョンは、ジェインにロチェスター（Rochester）の愛を確認させるための、単なる脇役であるという見方も可能である。たしかに、愛のないセント・ジョンからの求婚を断り、ロチェスターのもとにジェインは向かった。しかし、単にロチェスターへの愛をジェインに認識させるためだけなら、その役目を担うのはセント・ジョンのような聖職者でなくてもよく、ロチェスターと同類の大富豪でもよかったはずである。ところが二者択一の選択肢の一つとして、宗教的人物セント・ジョンを配しているということは、ジェインにロチェスターの愛を再確認させるという役割以上の意味づけがされているということであろう。つまり『ジェイン・エア』を自伝として読むと、作品全体のなかでセント・ジョンは、ロチェスター以上に大きな意味合いをもっていることがわかる。

一九世紀において、女性は家庭教師以外の職業につくことは許されず、結婚が人生の最終ゴールとされていたと言われる。ところが、神に仕える女性が、伝道を使命としてインドや未開拓の国々へ赴き、布教や子女教育に力を注ぎ、そのような異国での経験を伝記に書き残していたというのもまた事実である。これは女性の生き方として選択肢の一つとなっているどころか、神によって選ばれることは人びとの誇りでもあった。要するに、宗教関係のセツルメントや司祭の家族のうち、男性は言うまでもなく、女性がセント・ジョンのように海外へ布教に出かけるのは、一九世紀において決して珍しいことではなかったのである。

セント・ジョンがジェインにインドへ行こうと申し出たとき、ジェインは選択を迫られ、結局ロチェスターへの愛を選ぶ。ジェインは、布教の使命をとるか、結婚の「幸福」をとるかという、二者択一を決断しなければならなかった。ここで注目すべき点は、前述したように伝道という職業選択も結婚という選択も、一九世紀において女性の生き方であったということである。セント・ジョンは、ジェインに結婚を申し込む男性として描かれているばかりでなく、ジェインの男性名ジョンは、ジェインの分身として、もう一人のジェインの生き方を暗示している。つまり『ジェイン・エア』には隠された二つの結末が内包されているのである。ジェインは実際にはロチェスターを選ぶけれども、セント・ジョンにインドで使命を果たさせることによって、伝道者ジェインの生き方も完結することになるのである。(6)

ジェインがセント・ジョンの申し出を受けインドへ布教に出かけていたら、『ジェイン・エア』はヴィクトリア朝時代のありふれた自伝の一つとなっていたであろう。しかしシャーロットはそのような自伝形式を取りながらも、ジェインにロチェスターの愛を選ばせることによって、本来の自伝の枠のなかに留まることを避けたのである。

一九世紀における女性の典型的な自伝は、今日フェミニスト研究家たちによって掘り起こしが行なわれているけれども、それらは文学的価値よりも歴史的価値がある。すなわち、そのような作品には、当時の女性の真摯な現実的生き方が如実に示されているからである。一方、『ジェイン・エア』は自伝形式を踏襲しながらも、宗教心の篤い女性が使命を負って伝道する、型にはまった自伝の形式で終わってはいない。一つの型におさまらなかったからこそ、『ジェイン・エア』は文学的に奥行きの広い、価値ある文学作品となっているのである。

## (三) ロマンス

『ジェイン・エア』は自伝形式を取り入れながらも、結末部分においてその枠におさまらず、ロチェスターの愛を選択するというロマンスで締めくくっている。ロマンスが語られているのは、家庭教師としてソーンフィールドへ行き、ロチェスターと出会ってからである。一般的に一九世紀の自伝において、ラヴ・ロマンスはまったく描かれていない。ハリエット・マーティノウ (Harriet Martineau, 1802-76) がシャーロットの『ヴィレット』(*Villette*, 1853) を非難したのも、小説のテーマの中心が「恋愛」だったからである。[7] すなわち、マーティノウは、女性の生涯を描く自伝において、恋愛ではなく、魂の遍歴こそ描かれるべきものであったと考えていたのである。マーティノウの意見はもっともだと思われるが、皮肉にもシャーロットの『ジェイン・エア』は、自伝形式を踏襲しながら、マーティノウが批判した恋愛をその枠組みのなかに取り込んだために成功した、と言うことができるであろう。言い換えれば、

『ジェイン・エア』には宗教的な自伝の要素にロマンス的要素が加えられているため、作品がより文学性の高いものとなっている。さらに『ジェイン・エア』における恋愛は単なるメロドラマではなく、現代のフェミニストたちの研究対象となっているように、ロマンス以上に普遍的なテーマである男女平等の問題へ発展していく、大きな要素が包含されているからこそ意味があるのである。

『ジェイン・エア』のラヴ・ロマンスが、古い伝統の枠におさまらず、いかに新しく、現代に通じるジェンダーの問題を含有するものであるかを考えてみよう。ジェインが家庭教師としてソーンフィールドへ赴いたとき、ロチェスターは不在であった。ジェインの語りのなかに見出されるように、ジェインは新しい生活に慣れるまで、ソーンフィールドでは傍観者的立場にあった。フェアファックス夫人（Mrs. Fairfax）やアデール（Adele）がどのような人物であるかを第三者として語り、ソーンフィールドがいかに大きな屋敷であるかを客観的に描写している。したがってジェイン自身の苦悩や内面的な叫びなど、主観的な語りはなされていない。しかしロチェスターに出会い、彼を愛するようになると、ジェインの語りには次のような変化が現われる。

でも、ロチェスター氏はいまだに醜男《ぶおとこ》とわたしに見えたのだろうか？　いや違う。読者よ、感謝の念と、すべて楽しく快い多くの連想のおかげで、彼の顔はわたしがいちばん見たいものとなっていた。彼が部屋のなかにいてくれると、どんなに明るい炉の火よりも元気づけられた……しかしわたしは、彼の不機嫌、厳しさ、過去の道徳上の過ち（わたしが「過去の」と言うのは、今やその過ちを正しているように思えるからだ）は、何か残酷な運命の仕打ちから生じたものと信じて疑わなかった。生まれたときには、境遇によって助長され、教育によって形成され、運命によって強められる性質や道徳観念や趣味よりも、もっとよい、高い、清純なものをもっていたのだ、と信じて疑わなかった。素地はりっぱな人なのに、現在はそれが少々汚され混沌としているのだと思った。

彼の苦悩がどんなものであれ、わたしもその苦悩を苦しみ、悩み、和らげるために全力を尽くそうと考えていたことは、否定できない。（第一五章）

このように、ジェインにとってロチェスターは彼女のすべてとなり、ロチェスターの苦悩を引き受けようと考えるようになる。そしてジェインの語りは客観的な描写というのではなく、恋に悩む者が読者に向かって抑え切れない想いを語る、内面的独白となる。それゆえジェインの語りは、ロチェスターへの想いが深まれば深まるほど加速し、彼女は多弁になっていくのである。男性が不在のとき、女性は機《はた》を織りながら恋しい人への想いを歌うというのが、女性の役割であった。つまり、恋する相手の帰宅を待ちわびながら歌うことによってその不在を埋めるのは、つねに女性の役割であった。ロチェスターはリーズ（Leeds）へ出かけソーンフィールドを留守にすることが多かったが、そのたびにジェインは彼の帰りを待ち、彼への想いを読者に向かって告白する。こうした「待つ」女性ジェインと「不在」の主人ロチェスターという図式は、典型的な男女の役割を表現している。

しかしこの因習的な形式は、物語が進むにつれて逆転していく。ロチェスターはバーサ（Bertha）の存在を隠しながらジェインと結婚しようとするが、結局二重結婚であることが暴露され、ジェインはソーンフィールドを後にする。ここで二人の立場が逆転することになる。ジェインが「不在」となり、残されたロチェスターはジェインの帰りを「待ち」わびる。すなわち、「待つ」という女性の役割をロチェスターが負うことになるのである。

ロチェスターはジェインを探すけれども、見つけることはできず、「待つ」ことを余儀なくされ、その結果ロチェスターはジェインと再会したとき、次のように語ることになる。

ここ数カ月わたしが、どんなに暗い、わびしい、絶望の生活をずるずると続けてきたか、誰にもわかるまい。何もせず、昼と夜の区別もわからず、暖炉の火が消えると寒い、食事を忘れると空腹だ、と感じるだけ。絶え間のない悲しみ。ときどき、もう一度ジェインを見たいという妄想のような願いに襲われた。そうなのだ。目が見えるようになりたい、というよりも、ジェインに戻ってきてほしいというほうが、ずっとずっと強い願いだった。

（第三七章）

ロチェスターの苦しみは、ソーンフィールドでロチェスターの不在を嘆く、恋するジェインの切ない気持ちと同じである。今やジェインがロチェスターを待つのではなく、ロチェスターがジェインを待ち続けている。前述したように、女性は男性の帰りを、機を織り歌を歌いながら待っているものであるとされてきたが、ジェインが去ってからロチェスターは、ジェインの帰りをひたすら待ちつつ、もうジェインが戻ってこないのではないかという絶望と不安に苛まれていた。そうしたロチェスターのジェインを求める魂の叫びは、結局ジェインがムア・ハウスで聞いた「ジェイン、ジェイン、ジェイン」という天翔ける声となり、ジェインのもとに届いた。言い換えれば、それはまさに女性が夫の帰りを心から願う祈りの歌と言えるのである。

しかし、ロチェスターがどれほど待ちわびたとしても、ジェインが戻ってくるという保証はない。なぜなら、ジェインがソーンフィールドへ戻らなければならない必然性は、まったくないからである。ムア・ハウスでジェインは叔父からの遺産を引き継ぎ、生きていくうえでの経済的不安は解消した。また従姉妹たちに囲まれていて、身寄りのない孤児ではなくなり、何の不自由もない生活が送れるのである。かつてソーンフィールドにジェインがいたとき、彼女には財産も、頼るべき親類もなかった。すなわちジェインは、帰る家もなく、一人で生きていくために働かなければならない孤児であり、先ほど引用したジェインの台詞から明らかなように、ロチェスターこそジェインの心に明かりを灯してくれる唯一の人であった。ところがすべてを手に入れたジェインは、もはやロチェスターを頼らなくても経済的に自立して生活することができるようになり、普通の女性のように結婚を唯一の願望として生きていく必要はなくなっていた。したがって、このときロチェスターはジェインを引き戻す力を失っているので、ジェインは自分自身に対してもロチェスターに対しても、すべての支配権を握っていることになる。それどころか、バーサは亡くなったが、ジェインはその知らせをムア・ハウスでは聞いていないのであるから、ジェインにしてみればソーンフィールドへ戻ることは更なる苦労の始まりであり、そうした運命をわざわざ選択しなくてもよかった。そのうえジェインはセント・ジョンに求婚されたことから、二人の男性のどちらか一方を選択できる、より優位な立場に立っていたのである。

このように女性が支配権を握るという構図は、『シンデレラ』(*Cinderella*)や『眠りの森の美女』(*A Sleeping Beauty*)、そのほか騎士物語のような伝統的なロマンスには、まったく見られない。伝統的なロマンスにおいて、女性は自分の不幸な境遇を救ってくれる憧れの男性を待ちわびるのが自然であった。たとえばシンデレラは、王子が自分を見つけ出してくれるのを待ち、みずから名乗り出るようなことはしなかったし、また『眠りの森の美女』では、永遠の眠りという呪文をかけられた姫が、その魔法を解いてくれる王子の出現を待って眠り続けるのである。

ロチェスターはジェインと再会してからも、片腕を無くし盲目になったため、かつての男性的役割を果たすことができない状態に陥っている。すなわち、ジェインがソーンフィールドを立ち去ってから結末部分に至るまで、ジェンダーがまったく逆転したまま、二人は再会して結婚する。ソーンフィールドでは、ロチェスターが、イングラム嬢(Lady Ingram)ではなくジェインを結婚相手として選んでくれたとき、ジェインはようやく憧れの王子様によって救われたと思われた。ところが、ファーンディーン(Ferndean)では、ロチェスターがジェインを愛する女性として選択するのではなく、ジェインが彼女の意志でロチェスターを人生の伴侶として選ぶことによって、ジェインは不遇なロチェスターを救う救世主となるのである。

『ジェイン・エア』は、イギリス小説のなかで男女平等を唱えた最初の小説と言われてきた。特にジェインが、神様の前では男女は平等であると訴える場面や、女性の仕事はただストッキングを繕っているだけというのは間違いであると主張する言説が取り上げられて、フェミニズム小説というレッテルを貼られてきた。明らかに、ジェインの発言は当時としては大胆なものであったし、彼女の台詞は異論の余地がないほどフェミニスト的であると言うことができる。だが、女性の新しい生き方をもっともよく示しているのは、こうしたジェインの発言ではなく、これまで見てきたように、伝統的なロマンスの枠を越えたジェンダーの逆転にこそある。つまりシャーロットはジェインに男女平等を語らせるだけでなく、因習的な男女の役割を逆転させることによって、『ジェイン・エア』という作品のなかで男女のあり方、あるいは主人公と女主人公のそれぞれの生き方という問題を提示しているのである。

## まとめ

これまで『ジェイン・エア』を、自伝、ロマンスという問題に焦点を当てて述べてきた。しかし自伝という観点においても、ロマンスという観点においても、『ジェイン・エア』はそれぞれの形式を踏襲しながらも、その枠組みのなかに完全におさまるものではないということがわかった。実はこれが『ジェイン・エア』の魅力であると思う。一見、一つの形におさまるように見えるが、実際はそうではなく、いずれの形にも見えながら、いずれの枠にもおさまらない。つまり読者が一直線に追いかけて捉えられるかと思うと、最終的に肝心なところでするりと身をよじって追及をかわしてしまう、それが『ジェイン・エア』の個性なのである。

〔注〕

※　『ジェイン・エア』の引用は小池滋訳（みすず書房）を参考にした。

（1）Linda H. Peterson, *Traditions of Victorian Women's Autobiography : The Poetics and Politics of Life Writing* (Charlottesville and Landon: The University Press of Virginia, 1999), p. 1.

（2）Linda H. Peterson, p. 2.　自伝という形式はジェンダーが決定的な要素であるという意見と、ジェンダーは必ずしも決定的なものではなく、その他の要素と同様に重要なものという考えに分かれている。

（3）Linda H. Peterson, p. 3.

（4）Linda H. Peterson, p. 2.

（5）Barbara Hardy, 'Dogmatic Form in *Jane Eyre* and *Robinson Crusoe*', in Harold Bloom (ed.), *Modern Critical Interpretations of Jane Eyre* (New York, New Haven and Philadelphia: Chelsea House Publishers, 1987), p. 25.

（6）『ジェイン・エア』がなぜセント・ジョンの死の暗示で終わっているかというと、この作品が宗教的教育が目的であった自伝形式を踏襲しているからである。

（7）*Daily News*, 3 February 1853.

# 第八章　『ジェイン・エア』
## ——孤児であることの意味——

杉村　藍

『ジェイン・エア』(*Jane Eyre*, 1847)は孤児の物語である。小説の第一六章で、ジェインは自分自身の肖像画を、「身寄りのない、貧しく不器量な家庭教師の肖像」と呼んでいる。この自画像のタイトルは、そのまま彼女が自分自身をどのように捉えていたかを示しているが、同時に、彼女が実際にどのような人物であったかの一端をも表わしている。この自己定義は、身寄りのなかったこと、特に母親がいなかったことが、彼女の人生に非常に大きな影響を与えたことを示している。母親が存在しなかったことは、ジェインにどのような影響を与えたのであろうか。ここでは特に、彼女をめぐる二人の人物、リード夫人とヘレン・バーンズとの関わりをとおしてこの問題について考えてみたい。

### (一)　リード夫人

ジェインの生みの母は、結婚して一年後、すなわちジェインが生まれてまもなく、夫と相前後してチフスで亡くなったと書かれている。乳幼児にとって母親の不在は、そのまま死につながる重大な問題であるが、幸いなことにジェインは裕福な伯父に引き取られ、その危険はなかった。しかし母親の存在の意味は、物質的な側面にとどまらない。心理面、情緒面の発達、人格形成においてその存在がいかに大切であるかは言うまでもない。[1] しかし、ジェインの場合、生母は死に、引き取ってくれたリード伯父も彼女が赤ん坊のうちに死んでしまう。彼はジェインにとって、直接血のつながりのある伯父、生母亡き後は「母親」の代わりとなるはずの人物であった。しかしその彼も死に、ジェインの記憶にすら残っていない。「生きていたなら、きっと可愛がってくれたことだろう」（第二章）と空想して慰めを得るのが精一杯である。

では、リード伯父の死後、本能的に「母親」を必要とせざるをえなかった幼いジェインにとって、いったい誰がその「母親」であったのであろうか。それこそはゲイツヘッド館の女主人、リード夫人であるはずであった。リード夫人は夫亡き後、事実上の主人として館と荘園を支配し、巧みな管理者として描かれている。[2] ゲイツヘッドでジェインに実際に危害を加え、彼女がもっとも恐れていたのは、長男ジョンであった。しかしそのジョンの言葉の端々には、たとえば「お前はうちの居候だってお母さんが言っているぞ」、「よし、お母さんに言いつけてやる」（以上、第一章）など、彼の横暴な振る舞いの背後には、つねに母リード夫人が存在していることが暗示されている。ジョンが学校をやめて自宅に戻ったとき、学校の先生は、家から送ってくるケーキや砂糖づけの量をもっと控えめにすれば、ジョンはずっと健康になるはずだと言っていた。これは、ケーキや砂糖づけに象徴されるリード夫人の息子への甘さ、溺愛が、結果として彼を病弱な子にさせているという構図を示している。このように、ジョンの背後にはいつもリード夫人の存在がある。そのように考えると、ジェインが恐怖におののきながら実際に対決していたのは、ジョンをとおして彼の背後にいるリード夫人であったということになる。

リード家以外の人びとも、たとえば召使いアボットを始め、ゲイツヘッド館の人びとはほとんどが、ジェインに関してリード夫人と意見を同じくしている。すなわち、夫人のジェインに対する見方は、彼女が館や荘園を管理するのと同様、そのままゲイツヘッドの人びと全体を支配している。ゲイツヘッドは、幼いジェインにとっては全世界を意味した。衣食住という物理的条件ばかりでなく、情緒面に与える影響や社会との橋渡し役として、リード夫人はジェインにとって、その世界全体を支配する絶対的な存在、まさに、幼な子にとっての母親に等しい存在だったのである。(3)

この絶対的な力をもった母親、リード夫人に気にいってもらうことは、幼いジェインにとっては生存をかけた大問題であった。しかしながら、結局彼女はこの課題に失敗する。後にジェイン自身回想しているように、彼女は館の異分子、自分の存在を左右しうる「母親」に気にいられることのない子どもとして、少女時代を過ごす。そして、幼いジェインの心に刻み込まれたこの「気にいられたい」という渇望は、そのまま彼女の生き方に多大な影響を与えたと思われるのである。

ジェインにとってリード夫人がいかに重要な人物であったかということは、物語が進み、彼女がゲイツヘッドを去った後にも読み取ることができる。たとえば第一〇章で、ローウッドからソーンフィールドへ旅立とうとする彼女を訪れたベッシーと、再会したときの様子を見てみよう。ベッシーの近況を簡単に聞き出すと、次に彼女が知りたがったのは、あれほど忌み嫌っていたはずのリード家の人びとのことであった。「……それで皆さん、どうしていらっしゃるの？　皆さんのこと、みんな話してちょうだい、ベッシー」と、ジョージアナ、ジョン、そしてもちろんリード夫人のことも、リード家の一人一人について矢継ぎ早に質問していく。また、ソーンフィールドでロチェスターに自分には身寄りがないと言ったとき、ジェインの心のなかにはゲイツヘッドの人びとは存在していなかったかのようである。しかし、先のベッシーとの再会の場面を見ても、彼女がリード家の人びとを忘れてなどいないのは明らかである。むしろ、こうした故意の無視、存在否定は、逆に彼らに対するジェインのこだわりの強さを物語っているであろう。

ジェインがリード家の人びと、なかでも「母親」の位置を占めていたリード夫人に対して実際には強い執着をもっていたことは、彼女がゲイツヘッドを再訪した場面にはっきりと描かれている。死の床にあるリード夫人に対して、ジェインは次のように語っている。

「……小さな子どものころ、伯母さまさえそうさせてくださったら、伯母さまを愛したいと何度思ったことでしょう。ですから今は、仲直りをしたいと心から思っています。接吻をしてくださいな、伯母さま。」
わたしは頬を彼女の唇へ近づけた。彼女はどうしても触れようとしなかった。彼女は、わたしがベッドに覆いかぶさって押さえつけるので重いと言い、ふたたび水をほしいと言った。わたしは彼女を下へ寝かせて――というのも、水を飲む間、彼女を起こして腕に支えていたので――彼女の氷のように冷たい、湿った手を握った。その力のない指は、わたしの手から引っ込められた――どんよりした目は、わたしの視線を避けた。（第二一章）

一〇歳のジェインの口からは直接語られることのなかった、リード夫人の愛を渇望していた少女の、切実な言葉である。自分の生存の如何《いかん》にもっとも大きな影響力をもつ人物、言い換えれば母親に相当する人物の愛情を得たいという願いは、孤児ジェインの悲願であったはずである。小説の冒頭部分、ゲイツヘッドの場面でジェインが激しい怒りをあらわにしているのは、彼女のこの願いが受け入れられなかったことから生じる、フラストレーションの現われにほかならない。リード夫人という、威嚇的ではあるが母親に代わる支配者の愛情を得ることのできなかったジェインが選んだのは、自分の存在を認めてくれる、母親に代わる新たな存在を求めるということであった。

「わたしは、あなたがわたしの血縁でなくてうれしいわ。わたしは生きているかぎり、決してあなたを伯母さまとは呼びません。……」

「……あなたは、わたしには感情なんかないと思っているのです。わたしなんかひとかけらの愛情も好意もなくても、生きていけると思っているのです。けれども、それでは生きていけません。」

（第四章）

これは、ジェインのリード夫人に対する事実上の決別宣言であり、自分の存在を認めてくれる人物をみずから探し出そうという決意の表明でもある。『ジェイン・エア』がこの一〇歳の場面から始まっていることには、やはり大きな意味があるのである。

このようにジェインは、リード夫人に母親を求めるのを断念したわけであるが、しかしそれがただちに、夫人の影響力の消滅を意味するわけではない。むしろ、彼女はジェインのなかに、決して拭い去ることのできない深い印象を残した。すなわち、失われた母親に代わる、絶対的な力、際立った能力、すぐれた魅力をもつ人物に自分の存在を認めてもらわなければならないという、自分の存在証明をかけた熱望である。この願望が、孤児ジェイン・エアが生きる原動力になったと思われる。

## ㈡　ヘレン・バーンズ

ゲイツヘッドのような環境で育ったジェインにとって、「認められたい」、「愛されたい」という欲求は、人一倍激しい。

「……ねえ、ヘレン、わたし、あなたかテンプル先生か、ほかの誰でもいい、わたしのほんとうに好きな人の真実の愛情を得るためだったら、自分の腕の骨を折られても、喜んで我慢するわ。雄牛に突かれてもいいし、あばれ馬の後ろに立って蹄で胸を蹴られたってかまわない――」（第八章）

ここには、ゲイツヘッドで母親に代わる人物としてリード夫人から得ようとしてついに得ることのできなかった、「ほんとうに好きな人の真実の愛情」に対するジェインの熱望が描かれている。(4) 彼女が語りかけているのは、そうした「ほんとうに好きな人」の一人、彼女が初めて得た友人ヘレン・バーンズである。

ローウッド女学院の少女たち
（フリッツ・アイシェンバーグ画）

してヘレンは、「ちょっと待って、ジェイン！　あなたは人間の愛をあまりに重大に考えているわ」（第六章）と彼女を諫める。二人の価値観には大きな隔たりがあるのである。

むしろ、ジェインとヘレンの価値観は、まったく対照的であると言っていい。ヘレンは爪を洗っていないと叱られても、水が凍っていたためだという言い訳をすることもなく、また自分が罰として打たれるための小枝の束を、うやうやしく教師に差し出したりする。わがことのように憤るジェインに対して彼女は、「どうしても避けることができないときは、それを堪えて受けるのが義務だわ。堪えなければならないというのが運命なのに、それを堪えられないというのは、意志の弱い愚かなことだわ」（第六章）と語る。これは、ジェインがゲイツヘッドで体得した怒りによる自己表現とは対極にある、厳しい自己否定、忍従による生き方である。

さらに対照的なのは、ジェインが母代わりのリード夫人からは得ることのできなかった自分の存在証明を、第三者、自分以外の誰かに求めているのに対し、ヘレンは生きるための指針を、あくまで自分の内に求めようとしている点である。ブロックルハースト氏によって「嘘つき」の刻印を押されたことに絶望するジェインを、ヘレンは「たとえ世界中の人があなたを嫌ったとしても、そしてあなたを悪い子だと信じたとしても、あなた自身の良心があなたが正しいと認め、罪がないとするなら、あなたは友達がないということはないのよ」（第八章）と慰める。

ヘレンのような考え方は、ジェインにとってはまったく新しく理解しがたいものであった。しかしそこに何かがあることを感じ取り、ジェインは彼女のやり方を一部取り入れてみる。そしてそれは、テンプル先生に「嘘つき」の汚名の弁明をした際、効果的であることが証明された。ゲイツヘッドでのように怒りをむき出しにするのでなく、ヘレンのように感情を内に押さえるという方策の利点を彼女は知るのである。

しかし、これでジェインは、第二のヘレンとなりえたであろうか。明敏な彼女は、ヘレンの哲学のなかにそのすばらしさと同時に、もっと別のものも嗅ぎ取っていたのではないだろうか。たとえば、忍耐や教育の意義を説きながらも、ヘレンは故郷の小川の流れを夢見ることをやめられない。だらしがなく校則を忘れ、「わたし、努力はしないの。その時々の気持ち次第なのよ」（第六章）と言う彼女は、一見従順そうでありながら、やはり自分のやりたいようにやるという独自のやり方をもっているのである。ギルバートとグーバーは、「ヘレン自身は自分の宿命に耐えてはいない。……怒りに燃えて『持ち物を恥ずかしいほどくしゃくしゃ』のままにしておき、永遠のなかにある自由を夢見ている」[5]と述べて、ヘレンのなかに潜む怒りを指摘している。

けれども、同じように怒りをもちながらもジェインとヘレンの大きく異なる点は、ジェインが自分の感情を激しい言葉や身振りによって外側に表現するのに対し、ヘレンはそれをあくまで自分の内に抑え込もうとする点である。判断の基準をすべて自分の内に求めようとするヘレンは、自分の感情をも内側に留めおこうとする。彼女のバーンズ（Burns＝「燃える」）という名は、その意味で非常に象徴的である。なぜなら、彼女は肺結核で命を落としてしまうのであるが、それはあたかも、みずからの感情の炎を内に向けることによって、みずからの熱で己れを消耗させ、焼き滅ぼしてしまったかのようだからである。

それだけではない。ジェインは、ヘレンが考え深く語る言葉のなかにも、なんとも言いようのない悲しみを感じ取っている。それは、「わたしは最期を待ちながら静かに生きているの」（第六章）という言葉に表わされる、死を神の恩寵として待ち焦がれる生き方のせいかもしれない。しかし、それがヘレンがほんとうに望んでいるものなのであろうか。

「……わたしが死んでも、たいしてわたしを惜しむ人はいないわ。わたしにはお父さんがいるだけ。それに父は最近結婚したの。だから、わたしがいなくても淋しくは思わないでしょう。わたしは早く死ぬおかげで、いろんな大きな苦しみから逃れられるのよ。わたしなんか、この世でりっぱになるような素質も才能もないんですもの。生きていたらしょっちゅう失敗ばかりしていると思うわ。」（第九章）

彼女の言葉から感じられるのは、人生への敗北感である。「この世でりっぱになるような素質も才能もないんですもの」という言葉は、なんらかの素質でも才能でもあるなら生き延びたいという気持ちを表わしている。ヘレンの死への憧れは、自分がうまく生きられないことへの代償、すなわち、そうできるなら実際には生き続けたいという気持ちの裏返しにほかならない。

けれども、ヘレンの思想や生き方が、すべて自己欺瞞にすぎなかったと言うことはできない。彼女の信仰は、心に深く根ざしている。だからこそ最期を迎える瞬間まで、あのように落ち着いていることができたのである。彼女のような境遇で、しかも不治の病を抱えていたのでは、「神」のような絶対者でも想定しないかぎり、心静かに生きることは不可能であったであろう。ヘレンの死生観には、生き延びられないことの合理化という面はたしかにあるが、しかし彼女の信仰心は、決してブロックルハーストのような皮相的なものではなかった。だからこそ彼女はジェインに強い感化を及ぼしたわけであるし、ジェイン自身も生涯忘れることのない友として、彼女のことを尊敬し続けたのである。[6]

しかしながら、ヘレンも、ジェインの求めている母親代わり、生きるモデルとなることはできない。ヘレンの死の床でジェインは、「幸福の国」についていくら聞かされても、「その国はどこにあるのだろう？　ほんとうにあるのだろうか」と、決してそれを理解することができない。この世で生きることを志すジェインにとって、生きることよりも死ぬことを願うヘレンは、理想的な手本とはなりえないからである。幼少時代の経験から、母に代わる誰かに認めてもらうという、価値の基準をつねに「外側」に求めてきたジェインにとって、自分の「内側」へ向かおうとするヘレンとの出会いは、まったく対照的な価値観との出会いでもあった。しかし、それがジェインの価値観を大幅に変えるということはなかった。彼女はやはり、赤ん坊が生き残るために母親を求めるごとく、自分の存在を認めてくれる第三者を求めてやまないのである。

## (三)　原体験の影響

では、小説のなかでは、いったい誰がジェインの要求にかなった人物だったのであろうか。テンプル先生やエドワード・ロチェスターは、ジェインの心にどのように関わったのであろうか。たとえば、テンプル先生の場合、彼女がローウッドを去ったとたん、それまで八年間を過ごしてきた学園にジェインはたった半日で飽き、その同じ学園をあたかも牢獄のようにさえ感じ始めている。「わたしの心がテンプル先生から借りていたものを脱ぎ捨ててしまった――というよりも、先生のそばでわたしが呼吸していた穏やかな雰囲気を、先生が一緒に持ち去ってしまった――そしてわたしは今、生まれつきの生地のままに取り残され、もとの不安定な気持ちになり始めていた。」(第一〇章) ローウッドという空間そのものには、何の変化もない。変化したのは、自分の存在証明をしてくれる理想像を失ってしまったことに動揺している、ジェイン自身である。

同様のことは、ソーンフィールドでもモートンの小学校でも起こった。ソーンフィールドに赴任してまもなく、まだ数カ月しか経ってないうちから、ジェインはそこの「単調な、あまりに静かすぎる生活」(第一二章) に飽き飽きしている。ローウッドで八年も過ごしてきた彼女が、なぜこのようなことを言えるのであろう。しかし、情況はロチェスターの出現で一変する。それは、彼がジェインの存在を肯定してくれる理想的な人物だったからにほかならない。ジェインは彼と出会ったとき、落馬した彼を助けたことに関して、「多少でも人の役に立ったのが、わたしはうれしかった」(第一二章) と述べている。女性も男性と同じく活躍の場を与えられるべきであるという、第一二章の有名なフェミニズム宣言にもあるように、たしかに、ジェインは人の役に立つこと、自分の活動の場を欲している。彼女はロチェスターと出会う以前にも、家庭教師として、同僚として、ソーンフィールドで充分にアデールやフェアファックス夫人の役に立っていたはずである。モートンの小学校でも、子どもたちや地域の人びとにどれほど貢献し、また必要とされていたことであろう。しかし、彼らの好意や感謝は、ジェインにとってそれほど大きな意味はもたなかった。ジェインには、「誰か」の役に立ち、認めてもらうだけでは充分ではないのである。ゲイツヘッドで、ベッシーやほかの使用人に認めてもらうのではなく、リード夫人にこそ認めてもらわなければ意味がなかったのと同じである。すなわち、その環境でもっとも力と才覚、魅力があり、その人物に認められることが自分の存在証明となるような人物の役に立ち、評価されるのでなければ、意味がないのである。

すでに述べたように、ジェインの言動にはしばしば矛盾が見られる。特に、女性の社会進出を謳いながら、なぜ結末でロチェスターの妻として家庭に引きこもってしまうのか、という点はよく指摘される。しかしそれは、幼少期に形づくられた孤児の意識であり、自己の存在を守り認めてくれる人物を、必死で求めていたためであると思われるのである。その意味でも、やはりゲイツヘッドでの原体験、孤児ジェインにとっての恐るべき母親、リード夫人の影響は、非常に大きいものであったと言えるのではないであろうか。

〔注〕

(1)　浅見千鶴子「初期体験の重要性」（永野重史・依田明編『母と子の出会い』新曜社、一九八三）、四二―四三ページ。

(2)　サンドラ・ギルバートとスーザン・グーバーは、夫人を、亡き夫や未成年の長男ジョンの単なる代理人にすぎないと見な

している (Sandra Gilbert and Suzan Gubar, *The Madwoman in the Attic : The Woman Writer and the Nineteenth-Century Literary Imagination*, London and New Haven, Connecticut : Yale University Press, p. 343)。ヴィクトリア朝の家父長制社会という枠組みから見た場合、たしかに夫人は亡夫や息子の代理人としての権威しかもたないかもしれない。しかしこれから述べるように、実際にゲイツヘッド館を支配しているのは、ほかならぬリード夫人自身である。

(3) エイドリアン・リッチは、幼いジェインに最初に愛情を示した女性として、保母のベッシーを挙げている (Adrienne Rich, 'Jane Eyre : The Temptations of a Motherless Woman,' in *Critical Essays on Charlotte Brontë*, ed. by Barbara Timm Gates, Boston : G. K. Hall, 1990, p. 145)。しかしながら、ベッシーもまたゲイツヘッドでリード夫人に雇われている使用人の一人にすぎず、ジェインを守り育てるだけの「母」としての力はない。

(4) リッチは、このように激しく愛を求めるジェインの感情のなかに、愛は受難と自己犠牲をもって贖わなければならないという、女性的感覚とマゾヒズムのイメージを読み取っている (Adrienne Rich, p. 146)。リッチが指摘しているようなマゾヒズムは、ゲイツヘッドにおけるジョン・リードとの関係が影響しているのかもしれない。こうした点からも、ゲイツヘッドにおける体験が、ジェインの人生観を形成するうえでいかに大きな影響を与えていたかがわかるであろう。

(5) Gilbert and Guber, p. 346.

(6) エレーヌ・ショウォルターはヘレンを、バーサに並ぶジェインの一面を表わす人物として重要視している (Elaine Showalter, *A Literature of Their Own : British Women Novelists from Brontë to Lessing*, Princeton: Princeton University Press, 1977, p. 113)。たしかにヘレンは、ジェインの性質の一面を表わし、彼女に影響も与えているが、しかしここで述べるように、その影響はあくまで部分的なものに留まるのではないかと思われる。

# 第九章　なぜ知りたがるのか、『嵐が丘』を？
## ――栄光と現実をめぐって――

中岡　洋

### ㈠　自由な女

ジュリエット・バーカー（Juliet Barker）はシャーロット・ブロンテ（Charlotte Brontë, 1816-55）を、「女性作家」[1]と断定した。それは、シャーロットがもっとも嫌った定義づけであった。当時、作家という職業人の肩書きとして「女性」の二文字を冠することは、彼女たち作家に対する侮蔑を意味していたからである。しかしながら、これほど作家の性別に拘泥しなければならないものであろうか。

一方、エミリ・ブロンテ（Emily Jane Brontë, 1818-48）は「自由な女[2]」であり、荒野の孤独のなかで精神の自由を保つことができた。彼女は男性との対比の領域を越えて、『ジェイン・エア』（*Jane Eyre*, 1847）における男女平等の主張よりも、はるかに重く人間の尊厳を表現し、みごとに精神の自由な羽ばたきを描いた。『嵐が丘』（*Wuthering Heights*, 1847）は世界文学の最高傑作として、その地位を不動のものとしている。その栄光のよって来る所以はどこにあるのであろうか。『嵐が丘』は世界の十大小説の一つに選ばれ、『リア王』に比べられ、またヒースクリフはエイハブ船長になぞらえられている。しかもたった一編の小説をもってして、エミリはなぜ天才と呼ばれる

ブロンテ時代のトップ・ウィズンズ

のであろうか。同時代のディケンズ（Charles Dickens, 1812-70）、サッカレー（William Makepeace Thackeray, 1811-63）、トロロープ（Anthony Trollope, 1815-82）らの錚々たる大作家たちを尻目に、彼らより遅く生まれて早く死んでいった田舎娘が、『嵐が丘』のゆえになぜ高い評価を受けるのであろうか。作者が女性であったから、という理由はそこにはないのであろうか。作者が世間のことは何も知らない無名の女であったから、という尺度によるのではないであろうか。そのような非芸術的な側面からの評価には、何の価値も認められない。非芸術的評価の高さは、そのようにして書かれた小説の珍奇な話題性にすぎない。

## (二) 名　作

『嵐が丘』は発表当時、ヴィクトリア朝時代の読者には受け入れられない悪書であった。ベスト・セラー『ジェイン・エア』が『嵐が丘』の作者の姉によって書かれたのでなければ、おそらく『嵐が丘』は忘却の淵に沈んで行っていたことであろう。ブロンテ三姉妹の伝記的事実が読書界の話題を独占したのでなかったならば、当時の価値観から見て『ジェイン・エア』だけが残り、『嵐が丘』も『アグネス・グレイ』（*Agnes Grey*, 1847）も、その他多くの「女性作家の作品」として軽んじられ、貶《けな》され、無視され、結局は読まれなくなっていったであろう。これと同じような芸術的価値をもちながら、読まれず、出版されず、埋もれていった「女性作家」による作品が、どれほど多かったことであろう。

『嵐が丘』は、燦然たる栄光に輝いている。しかしそれと同時に、しばしば陰々滅々の世界だと評される。その理由を述べることは簡単ではない。万人の心を捉えて離さない圧倒的な魅力は、いったいどこにあるのであろうか。

## (三)　一編のみという魅力

伝記的理由が、その理由の一つかもしれない。「事実は小説よりも奇なり」というが、ブロンテ一族の物語は小説よりもおもしろい。三姉妹がそろって小説を書き、そのいずれもが天才一家の名に恥じず、その名誉を永遠に残すことになったのは世にも珍しく、人びとの関心が集中するのも当然である。その可能性のもっとも薄い環境から、そのようなすぐれた才能が花開いたという事例が珍しいのである。

しかし、芸術作品としての魅力、あるいは価値は無視できない。まず主張しなければならない第一の点は、『嵐が丘』が「詩的」だということ、いや「詩」そのものだ、ということであろう。大文豪としての評価が定まっていく過程で強く言われ始めたのは、エミリの詩的才能であった。発表当時の衝撃と興奮がおさまると、その反動として読まれない時期が到来したが、やがてそのような不人気の時期を乗り越えて『嵐が丘』の地位を不動のものにしたのは、この小説の象徴性であった。チャールズ・スウィンバーン（Algernon Charles Swinburne, 1837-1909）[3]、アーサー・シモンズ（Arthur Symons, 1865-1945）[4]、モーリス・メーテルリンク（Maurice Maeterlincke, 1862-1949）[5]らの象徴主義者が『嵐が丘』再評価のうえで果たした功績を忘れてはならない。彼らは、一九世紀後半の保守的道徳律に打ち勝って、文学作品がもつ永遠の象徴的価値を過つことなく認識したわけである。

エミリ・ブロンテが詩人であったということが認識され、しかも小説を一編しか残さなかったというところに、読書界はロマンティックな光彩を見た。栄光はロマンティックな輝きであり、微風の象徴である。詩人がたった一編しか小説を残さなかったという話には、孤独で潔い華やぎがあり、夢がある。そしてそこから神秘的な光芒が射してくるのである。

## (四) 教育

パトリック・ブロンテ (Patrick Brontë, 1777-1861) は、天才姉妹の父親として記憶されることになった。彼の変人ぶりはギャスケル (Elizabeth Gaskell, 1810-65) によって明るみに出され、読書界は、ハイエナとともに葬り去るべき人物として拒絶した。彼がそのような誹謗中傷を寛大に許したのは、娘たちのはるかにすぐれた才能に対する絶対的確信をもっていたからである。父親の、しかも片親の、教育がみごとに成功した事例である。

その父親の教育は、特筆すべき努力によって行なわれたわけではない。姉妹が置かれた環境は、大都会の知性の頂点ではなかった。ヴァージニア・ウルフ (Virginia Woolf, 1882-1941) のような知的な環境に恵まれていなかったばかりか、異質なものであり、しかも時代はそこまで進んでいなかった。パトリックは長女と次女を、ウェイクフィールド (Wakefield) にあったクロフトン・ホールという名門女学校へ送ったが、貧乏司祭には学資が高すぎて退学させざるをえなかった。

結局ブロンテ姉妹四人はカウアン・ブリッジ (Cowan Bridge) の半慈善学校、クラージー・ドーターズ・スクール (Clergy Daughters' School) に送られ、そこで致命的なトラウマを負った。そこは、『ジェイン・エア』にローウッド女学院 (Lowood Institution) として描かれた。次にロウ・ヘッド・スクール (Roe Head School) へ行ったと

パトリック・ブロンテ

き、シャーロットはマーガレット・ウラー(Margaret Wooler, 1792-1885) というよき師に出会い、二人の親友もでき、妹たちもそれぞれ経験を積み、学校という小さな社会で個性を確立していった。しかしそれらの学校教育が、ブロンテ姉妹を育てるうえでどれだけの効果があったか、簡単に述べることはできない。学校教育ということに関して言えば、シャーロットとエミリにとって、ブリュッセル留学がもっとも強い影響を及ぼした。与えられた条件のなかで娘たちにそのような配慮をしたパトリックの父親としての愛情は、すばらしいものであった。それのみか、家庭のなかで教育に対する父親と伯母エリザベス・ブランウェル (Elizabeth Branwell, 1776-1842) の価値観は一致しており、当時としても、僻地にありながら、相当高い水準の考え方であった。

家父長制社会のなかでの娘たちに対する寛大さは、文字どおり例外的であったが、一人息子のパトリック・ブランウェル (Patrick Branwell Brontë, 1817-48) に対する放任ぶりは、なんという失態であろう。才気煥発の息子を放蕩無頼のろくでなしに育ててしまったのは、息子自身のリディア・ロビンソン (Lydia Robinson, のちサー・スコット夫人、Lady Scott, 1799-1859) との情事のせいだけではない。それは、父親の偏った教育方針を証明する一面であったかもしれない。娘たちに対する教育熱心は、たとえばマリア・エッジワース (Maria Edgeworth, 1767-1849) の場合のように、父親の愛情がかえって禍となることもあった。聖職者ではあったが、パトリック・ブロンテのやり方は宗教や道徳に偏することなく、娘たちに感性ゆたかな文学的な心を育てていった。娘たちに対する彼の愛情の大きさと教育方針を称讃しないではいられない。

## (五) 精神構造

エミリ・ブロンテの独特の精神構造ができあがったプロセスは、決して無機質のメカニズムによるものではなかった。彼女の生涯における重要な出来事を拾い出してみると、たとえば母親の早い死去、姉たちの死病を含めて、カウアン・ブリッジでの幼い心では受け止められない衝撃、ロウ・ヘッド・スクールでのホームシック、ロー・ヒル(Law Hill)での教師の経験、ブリュッセル留学などがあるが、同じ経験をする者が必ずしも同じ性格を築きあげるとはかぎらない。彼女の内部に芽生え始めた自我意識が、そのような経験を踏まえて外へ向かって大きく成長していくのではなく、逆に内に向かって縮んでいったのは、いったいどういうわけであろうか。司祭館の家庭としての空気は、どうであったのか。ほとんど母親不在のまま始まったブロンテ姉妹の精神的、肉体的成長は、どのような環境に取り巻かれていたのか。父親や伯母に対する畏怖、どのように頑張ってみても追いつくことのできない、姉たちの自由闊達な行動に対する気後れが、幼いエミリの心にある種の萎縮を生み出していたのではなかろうか。そしてそのコンプレックスは、自己を固い殻で被い守ろうとする姿勢を作りあげた。

エミリは、生涯で四通しか手紙を書かなかった。シャーロットのように親友をもたず、姉を社会との窓口に仕立てていた。他者に対する過剰な意識は、激しいホームシックを惹き起こし、自宅の台所を守るという名目で他者との交際を避けた。身許を知られないようにと、しかも女性であることを隠そうとして、中性的なペンネームを用いて文壇に出て行ったのに、アンの『ワイルドフェル・ホールの住人』(*The Tenant of Wildfell Hall*, 1848)の出版に関わって姉と妹がロンドンに赴き、本名を明かして戻って来たところ、エミリはそれに激怒し、生涯「エリス・ベル」の身許について口外することを許さなかった。シャーロットは切ない思いをして出版社顧問のW・S・ウィリアムズに、エミリの名前を出さないようにと懇願し[6]、親友エレン・ナッシー（Ellen Nussey, 1817-97）にも、エミリが生きている間は嘘をつきとおした。また本気であったかどうか少々怪しい点もあるが、シャーロットがエミリの原稿を発見して、出版しようともちかけたとき、エミリは猛反対した。最期の病気にかかったときにも、薬を絶対に服用しなかった。そして毒を盛るような医師、ジョン・エップス医師（Dr. John Epps, 1805-69）の送って寄こした薬も決して服もうとはしなかった[7]。（実際のところ、シャーロットがラドック医師（William Ruddock）の処方によって水俣病にかかっていたという事実はあった[8]。）すべてを秘密のヴェールに包んで、エミリという人間がまるで存在していないかのように振る舞った。万事、拒否による自己主張であった。

そのような生き方をしたからには、彼女の現実認識は、彼女自身の不利な条件から生じてくる種類のものであったのであろう。母親がいないこと、男性でないこと、姉たちに比べて知識が劣っていること、自分が取り残されるのではないかという不安につねに悩まされていたこと、このような意識をエミリの幼い心に植えつけるに十分な冷たさを、ハワース司祭館は醸し出していたのではないか。そのようなことは父親も伯母も、ブランウェルはもちろんのこと、まして姉たちも、気づくはずはなかった。彼女の心のバイヤスは、誰知ることもなく、密かに織りなされていったのである。

## (六)　生活失格者

栄光の陰の現実として、姉妹にはまた生計の心配さえあった。先行きのことに何一つ確かなものはなかった。結果的には「機械仕掛けの神」のように、わずかながらも伯母エリザベス・ブランウェルの、遺産が転がり込むことになったが、どのような手段で収入を確保するかについて、シャーロットは身をすり減らすほどの悩みをかかえていた。それに対してエミリは、ついぞ頭を悩ませたことはなかった。

学校設立の計画についてエミリは、夢だけは姉や妹といっしょに見ていたようであるが、それに伴う現実の苦労は、どこ吹く風と気にも留めなかった。エミリは日誌に、そうした心のありようを綴っている。

わたしたちの学校設立の計画はいま、検討中。いまのところ何も決まっていないけれど、うまくいって繁盛し、わたしたちの大きな願いが叶ってほしいと思うし、またきっとそうなるだろうと思う。四年後の今日、まだいまの状態のままかな？　それとも満足しているかな？　時がたてばわかるだろう――

この日誌を開く約束のとき――わたしたち、(つまり)シャーロットとアンとわたしは――夏休みでちょうど集金したばかりの、どこか快適で繁盛している女学院のわたしたちの居間に、みんなにこにこして座っていると思う。借金は支払われ、かなりの額のお金を手にしているだろう。パパと伯母さんとブランウェルもそこにいるか――わたしたちを訪問しに――やってくるところ――。晴れた暖かい晩のこと――わびしいこの外の眺めとはまったく違うと思う。アンとわたしは多分日誌に目を通すため、二、三分庭へこっそり抜け出す。こんなふうになっているか、あるいはもっとよくなっていますように。

(一八四一年七月三〇日付)

そして、その四年後にエミリは次のように綴った。

去年の夏、学校設立計画がまた力強くもちあがったということを言っておくべきだった――入学案内書を印刷してもらい、その計画を伝える手紙をあらゆる知人に発送して、微力ながらも全力を尽くした――でもそれはうまくいかなかった――いまわたしは学校なんてほしくないし、だれもそれに大した憧れなんて抱いていない。当面必要なお金はあるし、積み立てだってできるだろう。

（一八四五年七月三〇日付）

この楽天主義はどうしたことであろう。家族生活の応分の責任を分担する意志などさらさらなく、そのあっけらかんとした態度には驚かされる。

一八四三年に鉄道株の操作で、シャーロットは、エミリの言うことを聞いていたら損をしなかったから、三年後の今度もエミリの言うとおりにしようと決めたことがあった。シャーロットはミス・ウラーに書いている。

エミリの意見と正反対の行動をして彼女の感情を害するよりは、むしろ、損失の危険を冒したほうがいいような気もするのです。わたしがブリュッセルにいて遠方だったため、わたし自身の利益に気を配ることができなかったとき、彼女はとてもりっぱな手腕のあるやり方でわたしのために処理してくれました。ですから、わたしはやはり彼女に処理してもらい、結果を甘受するつもりです。彼女はたしかに私心がなく、しかも精力的です。彼女がわたしの望むようには素直でなく、また説明に耳をかさなくても、完全というものは人間の定めでないことを、想い起こさなければなりません。

（一八四六年一月三〇日付）

シャーロットは、エミリの感情を害することを恐れていた。エミリは私心がなく、精力的であったが、素直ではなく、シャーロットの言うことに耳をかさなかった。この鉄道株の売買についても、エミリは何もしなかった。シャーロットの心配をよそに、エミリは憮然として株の売り買いに消極的な姿勢を見せたが、シャーロットは妹の機嫌を損ねるのが嫌だった。エミリは、一家の収入の問題を考えてみようとさえしなかった。学校設立計画のあったときにも彼女は、ただ留学をさせてもらう恩恵にあずかっただけである。シャーロットも、妹を教師として期待していたのではなく、まるで賄い婦として食事の世話をやいてくれるだろうと思っていたにすぎない。外国留学という難局に向かって、現実的な問題を離れて超然としていられるエミリを、シャーロットのほうが頼りにしていたという奇妙な構図が透けて見える。学校設立計画について夢だけはエミリもいっしょに見ていたが、それに伴う現実の問題に参加する気はなかったのである。

エミリの利己主義、自己中心主義には、他の家族も手を焼いていたはずであるが、エミリ自身は台所に立つことによってみごとに責任逃れをし、同時に作品を創造するエネルギーを温存した。そのような意味でエミリは、文学を創造する天才ではあったが、現実的な生活面ではまったくの生活落伍者であった。矛盾した言い方ではあるが、家事に詳しい生活落伍者であった。それはひょっとすると、作家として自分の内的領域を、外的状況とできるだけ接触させないですませるための秘策であったのかもしれない。このように貧しい人びとの間では、現実的問題に心を掻き乱され、創造的精神がすっかりすり減らされて、その意欲すら失うということはよくあることである。エミリは外面的なことがらに悩まされるのを避けて、ひたすら内面的統一性を確保できるように、無意識的に策謀をめぐらしていたのかもしれない。台所に立ってドイツ語の勉強をしていたというエピソードは、よく知られている。

## (七)　第二作目の小説は？

エミリ・ブロンテは出版などという現実的な問題にはなんら心を動かされなかった、というのは、あまりにもロマンティックな見方である。明らかにシャーロットに唆されたふしはあるが、一八四六年に詩集を発行するに際しても、エミリは出版に向けてかなりの覚悟と努力はしていた。シャーロットに原稿を見られてひどく立腹したという事実にもかかわらず、形ある詩集を出版する文学者としての喜びを味わいたいという心は、たしかにあった。

「ゴンダル」（'Gondal'）という特有の世界では読者の共感を得にくいという冷静な判断から、より一般的な用語に改訂する努力もしたし、よりよい成果をあげた場合もあった。『嵐が丘』にしても、実際には読者を意識して執筆された。たった一編しか残さなかったという悲壮なロマンティシズムは、でっち上げられた作り話にすぎない。事実、エミリは第二作目を執筆していた可能性すらある。そして世界の人びとに「一編だけ」というロマンティックな夢を見させることになりはしたが、現実はそのように華やかで潔い夢の物語ではないのである。

エミリが第二の小説を書いたということは、現代の研究者の間ではほぼ意見の一致を見ている。しかし、ロマンティックな夢を見ていた一時代前の研究者たちも、以下に見るような同じ証拠に基づいて、エミリはたった一編の小説しか書かなかった、と信じていた。そこには栄光のロマンティックな輝きがあった。

実際『嵐が丘』が発表されて以来、一五〇年以上にわたってエミリ・ブロンテ作の第二の小説を世界は知らないでいる。これは事実である。そしてまた、動かし難い事実が存在している。すなわち、エミリのライティング・デスクのなかに「エリス・ベル様」と宛名書きされた封筒が入っていて、それには、次作を待っている旨のトマス・ニュービー（Thomas Cautley Newby）の手紙[9]が収められている、という事実である。この手紙をどう解釈するかによって、エミリ・ブロンテが第二の小説を書いた、あるいは書かなかった、という別々の結論を得ることになる。これが現実なのである。次はその手紙である。

拝啓

ご書状、拝受いたしました。まことにありがとうございました。貴殿の次の小説につきましてご準備をして差し上げられますならば、大いなる喜びとなることでございましょう。私といたしましては、完成を急いではおりません。貴殿が十分ご満足なさいますまで公表をお控えになられるのは、まことにごもっともなことと存じます。多くのことが次の作品次第で決まるからであります。次作が最初の作品に改良を加えたものになっておりましたら、貴殿は第一流の小説家として身を立てられることになるでしょう。失敗作でありますと、批評家たちはとかく、貴殿が最初の小説で才能を使い果たした、と言いがちなものであります。したがいまして、私といたしましては、その完成は貴殿ご自身のご都合のよろしいときにという条件でお引き受けできますれば、幸いだと存ずる次第であります。

敬具

T・C・ニュービー

ニュービーは、必ずしも急いではいない。作者の側の問題だけでなく、出版社側の事業計画、予算、その他の思惑があったのかもしれない。重要なのは、なぜエミリがこの手紙を自分のライティング・デスクにいれておいたか、という問題であろう。たしかに宛名はエミリになっているが、彼女がこの内容はアン宛のものだと判断したなら、アンに手紙を手渡し、アンが処理していたはずである。ところが、エミリが内容を知ったうえで自分のデスクに収めたという事実は、おのずから語るところがある。

しかしながら、エミリの死後、シャーロット・ブロンテが、あるいは彼女の夫アーサー・ベル・ニコルズ（Arthur Bell Nicholls, 1818-1906）が、「エリス・ベル様」（＝エミリ）宛の手紙をエミリのライティング・デスクにしまったのかもしれないという仮説を立てることもできるわけである。その場合には、エミリが第二作の小説を書いたという可能性は消えることになる。

世界の人びとがこの問題について頭を悩ませることになったのは、出版社社主トマス・コートリー・ニュービーにとっては、ブロンテ姉妹の全作品が三人のうちの誰の作品であってもいっこう平気で、ベストセラーとして洛陽の紙価を高めた『ジェイン・エア』の恩恵に浴すことさえできれば、それでよかったからである。彼の側では、アン宛であれ、エミリ宛であれ、何ら変わりはなかったのである。彼は、三姉妹が実は一人の作家にすぎないと心得ていて、封筒に「エリス・ベル様」と書こうと「アクトン・ベル様」（＝アン）と書こうと、何の差異もないことであった。そのことが、アン宛の手紙が存在していない証拠となりうる。『ワイルドフェル・ホールの住人』の執筆状況に関する打診の手紙は、実は「エリス・ベル様」宛の手紙ではなかったのであろうか。アンの第二作の原稿発送と刊行に関わる時期的な問題[10]を考慮に入れると、「エリス・ベル様」宛の手紙と『ワイルドフェル・ホールの住人』は、あまりにもみごとに符合する。前者は後者に関するものであったのだと主張することさえできるのである。

　ブロンテ姉妹の栄光の蔭には、まだまだ知られていない事実が存在している。エミリ・ブロンテの、そして『嵐が丘』の栄光は、このような現実の危ういバランスのうえに微妙に、しかもずっしりと重く存在している。『嵐が丘』はなおも世界を魅了し続けることであろう。

〔注〕

※　小論のタイトルは、エミリ・ブロンテの詩行（ハットフィールド番号第一九二、一九三番の第一行）に倣ったものである。

（1）　Juliet Barker, *The Brontës* (London : Weidenfeld and Nicolson, 1994), pp. 500-1.

(2) *Cf.* Simone de Beauvoir (1908-86), 'femme indepentante' in *Le deuxième sexe* (Paris : Librairie Gallimard, 1949) ; renouvèle en 1976, *Le deuxième sexe II, Quatrième partie, Vers la libération*, chapitre XIV 'La femme indépendante,' pp. 633-40. ボーヴォワールの言う「自由な女」は原語では「自立した女」という意味であるが、彼女の主張は自立して主体的にものを考えることができる女性たちのことを言っているのである。

(3) Charles Swinburne, 'Emily Brontë,' *Athenaeum* 2093 (16 June 1883), 762-63.

(4) Arthur Symons (ed.), 'Inroduction,' in *Poems of Emily Brontë* (London: William Heinemann, 1906), pp. v-x.

(5) Maurice Maeterlincke, Section 100-102, in *La sagasse et la destinée* (Paris : Bibliotheque-Charpentier, 1898), pp. 264-68.

(6) Charlotte Brontë's letter to W. S. Williams, dated July 31st, 1848.

(7) "poisoning doctor" in Charlotte Brontë's letter to Ellen Nussey, 10 December 1848. *The Letters of Charlotte Brontë, Volume Two, 1848-1851*, ed. by Margaret Smith (Oxford: Oxford University Press, 2000), p. 152.

(8) Charlotte Brontë's letters to Ellen Nussey, dated Jan. 5th, 14th, 16th, 22nd, 24th, Feb. 16th, Mar. 5th, 1852. シャーロットが、医師の誤った処方によって水俣病にかかっていたことは明らかである。

(9) Newby's letter to Ellis Bell, in *The Letters of Charlotte Brontë, Volume Two, 1848-1851*, ed. by Margaret Smith, p. 26.

(10) アン・ブロンテは『ワイルドフェル・ホールの住人』の原稿を一八四八年二月に出版社へ送り、それが出版されたのは同年六月下旬であった。

# 第一〇章　『嵐が丘』
## ――誕生の秘密――

山本紀美子

エミリ・ブロンテ（Emily Brontë, 1818-48）は『嵐が丘』（*Wuthering Heights*, 1847）を、いつごろから書き始めたのであろうか。一八四五年一〇月九日に、シャーロット（Charlotte Brontë, 1816-55）がエミリの詩の原稿を発見して詩集出版を提案したが、エミリはすぐには賛同しなかった。[1] シャーロットは一八四六年一月二八日に、エイロット・アンド・ジョーンズ（Aylott and Jones）社に三姉妹の詩集出版についての問い合わせをしている。つまりこの約三カ月の間に、シャーロットはエミリを説得したのであろう。自分の作品を世に出し、人の目に触れることをかたくなに拒むエミリの態度から、エミリの詩集が単なる心情の吐露ではないことが容易に推測できる。事実、そこにはエミリの神秘の世界があったのである。

エイロット・アンド・ジョーンズ社は小さな出版社で、自費出版であれば引き受けてもよいと返事をくれた。それで二月六日にシャーロットは三人の原稿を送り、三月三日に印刷費用を送金し、五月二一日に『カラー、エリス、アクトン・ベル詩集』（*Poems by Currer, Ellis and Acton Bell*）が出版された。これに先立ちシャーロットは、四月六日にエイロット・アンド・ジョーンズ社に、小説三編、『教授』（*The Professor*, 1857）、『嵐が丘』そして『アグネス・グレイ』（*Agnes Grey*, 1847）を三姉妹が執筆中であるとの手紙を出している。四月六日の時点で執筆中ということは、それ以前からすでに書き始めていたことになる。二月六日にシャーロットが三人の詩集の原稿を出版社に送っているので、この時点で詩集から手が離れたことになり、エミリは『嵐が丘』を書き始めることができたと考えられる。

エイロット・アンド・ジョーンズ社からは、無名の三姉妹の小説を出版することは難しいという返事があったので、これら三編の原稿は七月四日に、シャーロットがヘンリ・コールバーン（Henry Colburn）社に送っている。かりに二月六日から書き始めたとすると、約五カ月で三姉妹はそれぞれの小説を書いたことになる。『教授』や『アグネス・グレイ』はともかく、あの緻密な時間の構成、法的根拠に基づいたストーリーの展開、そして何よりも内容豊かな『嵐が丘』を、エミリが約五カ月で書き上げることができたのであろうか。

トム・ウィニフリス[2]（Tom Winnifrith）とエドワード・チタム[3]（Edward Chitham）は、エミリが『嵐が丘』を書き直したと言っている。七月四日にヘンリ・コールバーン社に送った三小説は、ほぼ同じ長さであったというので、この説はかなり信憑性があると考えられる。なぜなら、四月六日にシャーロットがエイロット・アンド・ジョーンズ社に送った手紙では、「普通の小説のサイズで三巻本として、それぞれが関連のない三つの小説[4]」を執筆していると書いているからである。またギャスケル夫人（Mrs. Gaskell, 1810-65）によると、三姉妹は一週間に一～二回はお互いの作品を読みあい、内容についてはお互いの考えを尊重していたようであるが[5]、小説の長さは三巻本を目的としているので、おのずとほぼ同じくらいになるように調整していたと考えられる。ところがこれら三編の小説は、実は翌八月の第三週目に返されている。

エミリの詩集の発見が、姉妹に小説の創作意欲をかき立てることになったが、結果的に『嵐が丘』は、エミリにとっては不満足な出来上がりになったようである。エミリのその不満を裏づけるかのように、アン（Anne Brontë,

1820-49）が一八四六年五月一一日に書いた詩のなかでは、そのことが示唆されている。その詩は「月曜の夜」[6]（'Monday Night'）と題する詩で、「なぜこんな陰気な沈黙が充満しなければならないの」という言葉で始まる。ブランウェル（Patrick Branwell, 1817-48）が身を持ち崩していく状況と、また、詩集を何のことわりもなく勝手に見られたことに対する不満を、エミリがシャーロットに何度かぶつけている様子を見て、アンは心を痛めていたのであろう。

このような状況から判断すると、七月四日に出版社に送られた『嵐が丘』は荒削りな作品で、『教授』や『アグネス・グレイ』とほぼ同じ長さであったとするチタムの説は、妥当である。そして『嵐が丘』が一八四七年一二月に、T・C・ニュービー（T. C. Newby）社より出版されたとき、あの三四章からなる堂々たる小説になっていたのである。

シャーロットが、父の白内障手術のために滞在していたマンチェスター（Manchester）からハワース（Haworth）に戻ってきた一八四六年九月末から、翌四七年七月にニュービー社が出版を引き受けるまでの約一〇カ月の間に、エミリが『嵐が丘』を書き直したという可能性が大きいと考えられる。

それでは、いつからエミリは『嵐が丘』の構想を考えていたのだろうか。それは一八四四年の二月に始まったと考えられる。このときエミリは、これまで書きためていた詩編を二冊のノートに筆写し始めている。[7]これがいわゆるノートAとノートBである。あるいはさらにさかのぼって、一八四一年一一月二五日ごろとも考えられる。この日は、エミリがアンと「ゴンダル年代記」（'Gondal Chronicles'）を書き始めた日である。エミリは以前に書いた詩編を書き直したり、付け足したりしているように、「ゴンダル」にはかなり力を注いでいたので、「ゴンダル年代記」を作成することにより「ゴンダル」の具体的なイメージを確立しようとしていたと考えられる。一八四四年は、三姉妹が学校開設の計画をたてながらも断念して、創作を視野に入れ始めた年である。翌年の六月三〇日から七月二日まで、エミリはアンとヨーク（York）に小旅行にでかけ、旅先でも二人の物語創作は続いている。一八四四年からエミリは、ノートに詩編を筆写しながら、一方ではまだ詩を書き続けている。エミリが最後に書いた詩の日付は、一八四八年五月一三日になっている。

一八四一年末から作成が始まった「ゴンダル年代記」は未完成に終っているが、一八四一年から四四年までのおよそ三年の年月をかけて、「ゴンダル」をさらに具体的なイメージで脚色しながら、一八四四年からノートに「ゴンダル」に関する詩をまとめているうちに、自然と『嵐が丘』の構想が生まれてきたのではないであろうか。エミリの「ゴンダル」に関する詩は一三〇編以上あるので、何らかの意図をもってまとめるには、二年以上の歳月は必要だったと思われる。もしかりに二年でノートに筆写できたと考えても、一八四六年の七月にヘンリー・コールバーン社に送った『嵐が丘』の構想は、まだ充分に練られたものではなかったと考えるのが自然であろう。

そして再度書き直し始めたのが、シャーロットがマンチェスターからハワースに戻って来た一八四六年の九月末であるとするならば、翌四七年七月までの約一〇カ月の間に『嵐が丘』の構想は充分に練られて、完成することができたであろう。

次に、エミリとアンが二人で創作した散文物語で、現存していない「ゴンダル年代記」について考えてみよう。この物語は、シャーロットが原稿を破棄したとも、エミリが処分したとも、あるいは未完成であったとも言われているが、真相はわからない。「ゴンダル年代記」は残存していないが、先ほど述べたノートAとノートBに手がかりが残されている。ノートAには一般的な主題の詩がまとめられており、ノートBには「ゴンダル」というタイトルがつけられた。ノートBには「ゴンダル」のエピソードがそれぞれひとまとめになって、四五編の詩が収められているが、エミリが書き残した詩一九四編のなかで「ゴンダル」に関係があると思われるのは、すでに述べたように一三〇編以上ある。このことからもわかるように、「ゴンダル」はエミリの主導で進められた物語である。

「ゴンダル」に関する最初の文章は、一八三四年一一月二四日付のエミリとアンの共同日誌に書き込まれた、「ゴンダル人はガールダイン（Gaaldine）の奥地を探検中」というものである。この文章は「ゴンダル」の始まりではなく、物語が進行した部分にあたる。エミリとアンはすでに「ゴンダル」を、一八三一年に創作し始めていたようである。[8]

「ゴンダル」の舞台は、北太平洋にあるゴンダルという島と、南太平洋にあるガールダインという島である。この「島」の風土気候は、「島人たち」（‘The Islanders’）に見られるように、ハワースのそれと類似している。この点からもゴンダル島は、「島人たち」の影響を受けていることがわかる。ゴンダルは、リジャイナ（Regina）を首都とする連合王国である。アルコウナ（Alcona）王国、アンゴラ（Angora）王国、エグジナ（Exina）王国、そしてゴンダル王国という四つの王国から成り立っている。一方ガールダインは、当時のアフリカ、インドなどと同じように植民地として設定されており、「若者たち」（‘The Young Men’）の影響を見出すことができる。ガールダインにはアレグザンドリア（Alexandria）、アルメドア（Almedore）、ザローナ（Zalona）、ゼドラ（Zedora）などの王国や植民地がある。

物語の主人公ジュリアス・ブレンザイダ（Julius Brenzaida）は、その風貌が黒い目、鋼鉄のような身体で、次々と自分の野望を達成するところから、ヒースクリフ（Heathcliff）に発展したというのが、批評家たちの見解の一致するところである。アンゴラ王国の王子ジュリアスは、アルコウナ王国の王女ロウジーナ（Rosina）と恋愛して結婚することになる。ジュリアスを中心としたゴンダル軍は、ガールダインの内乱に参戦して平和を回復させ、ジュリアスは敵軍のシドウニア（Sidonia）家の娘、ジェラルディーン（Geraldine）と恋に落ちる。

しかし今度は本国のゴンダルで政情があやしくなり、ジュリアスはジェラルディーンを捨てて全軍を率いてゴンダルに引き返し、敵の将軍エルベ卿アレグザンダー（Alexander, Lord of Elbë）をエルノア湖（Lake Elnor）のほとりで撃ち破る。ジュリアスはアレグザンダーの恋人オーガスタ・ジェラルディーン・アルメダ（Augusta Geraldine

Almeda）を、北部大学の地下牢に投獄する。このオーガスタが物語のヒロインになる。オーガスタとロウジーナとジェラルディーンの三人の女性を同一人物とみなす説[9]と、別々の人物とみなす説[10]があるが、いずれにしてもこの三人の女性が『嵐が丘』のキャサリン（Catherine）に発展したという点では、批評家の見解は一致している。

勝利したジュリアスは、全土統一をもくろみ、ゴンダルの国王ジェラルド（Gerald）に合同君主としてゴンダルを共同統治しようともちかけ、やがてジェラルドを裏切って彼を投獄し、ジェラルド派の勢力を抹殺する。このような状況は、ヒースクリフが嵐が丘に戻ってきて、ヒンドリー（Hindley）を堕落させていく場面を思い出させる。ジュリアスは独裁政治を敷き、ロウジーナとともにブレンザイダ王朝を築く。捕われていたオーガスタは釈放される。一八三〇年、アルメダ軍の武将ロドリック・レスリー（Roderic Lesley）は、ゴンダル南部からアルメダ軍を率いてジュリアスに戦いを挑み、ジュリアスはアルメダ軍を制圧しようとしてロドリックに致命傷を追わせるが、不覚にも暗殺者の手にかかって一命を落とす。ブレンザイダ王朝は崩壊し、かわって女王として君臨したオーガスタがアルメダ王朝を築き、約一〇年間、アルメダ王朝は隆盛を極める。

一時はオーガスタの恋人で、投獄されていたギター弾きのフェルナンド・ド・サマラ（Fernando De Samara）は釈放されるが、絶望の果てにゴンダルの荒野で、オーガスタを呪いながら自害する。オーガスタは、アスピン（Aspin）城主のロード・アルフレッド・シドウニア（Lord Alfred Sidonia）と恋に落ちる。アルフレッドには、『嵐が丘』のエドガー・リントン（Edgar Linton）につながるような描写がある。だがオーガスタはアルフレッドに飽きると、彼をイングランドへ追放する。このような状況も、エドガーと結婚したキャサリンが、精神的にエドガーを追放している状況と同じと読める。オーガスタは、アルフレッドの娘アンジェリカ（Angelica）の恋人であるアメディーアス（Amedeus）と恋人関係になるが、アメディーアスもすぐに飽きられ、オーガスタによって追放されて死ぬ。オーガスタがエルベ卿アレグザンダーからフェルナンド・ド・サマラへ、そしてアルフレッド・シドウニアからアメディーアスへと次々と恋の遍歴を重ねる、その心変わりは、キャサリンの、ヒースクリフからエドガーへの心変わりに類似性を見出すことができる。

アンジェリカはオーガスタ暗殺計画を立てるが、その遂行はアンジェリカを慕うダグラス・グレネデン（Douglas Gleneden）によってなされる。オーガスタはエルモアの丘（Elmor Hill）でダグラスに暗殺され、アルメダ王朝は崩壊し、再びアルコウナ王家のロウジーナが王位に返り咲き、国家は平和を取り戻し、繁栄する。ロウジーナは、恋人であり夫であったジュリアスのことを忘れず、没後一五年経過した今も、ジュリアスの墓前で愛を告白する。一五年も変わらぬ愛を捧げる状況は、ヒースクリフがキャサリンに一八年も変わらぬ愛を捧げることと同じである。[12]

これが『嵐が丘』のもとになった「ゴンダル」の粗筋である。[11] それでは『嵐が丘』との関連から、第一番の「ゴンダル」詩を見てみよう。これはエミリが一八歳になる前に書いたもっとも初期の詩で、「ゴンダル」の女主人公オーガスタの誕生を描いた詩であると考えられている。

冷え冷えと　冴え冴えと　青々と　朝の天は
高みに　アーチを　広げる
冷え冷えと　冴え冴えと　青々と　ワーナー湖の水は
あの冬の空を　映す
月は沈んでしまったが　静かな　銀《しろかね》の星
ヴィーナスは　輝く[13]

「ヴィーナスは輝く」という表現は、四人の男性を恋のとりこにして、ヴィーナスのように美しく輝く魅力的な女性として描かれている、オーガスタのイメージである。このイメージは、キャサリンの美しさについてネリー（Nelly）が第五章で、「教区ではもっともかわいい目をした、美しい笑顔の、元気な女の子」とロックウッド（Lockwood）に語り、また第六章ではヒースクリフが、「リントン兄妹の目にうっすらとうつる魅力あふれるキャシーの顔」とか、「世界中のだれよりも素晴らしい」とネリーに話している表現と共通している。

この詩の冬の季節は、オーガスタが次から次へと恋人を捨ててゆく冷酷無情な一面を予告しているかのようである。さらに、本来ならヴィーナスは「金の星」であるべきところ、「銀の星」になっていることから、オーガスタの生涯が、必ずしも順風満帆ではないことが予想できるであろう。この順風満帆でない生涯は、キャサリンにも当てはまる。オーガスタは冬に生まれ五月に昇天することになるが、キャサリンは一七六五年の夏に生まれて、一七八四年の三月に昇天するので、誕生と昇天を逆に考えれば状況は符合するのではないであろうか。

「冷え冷えと　冴え冴えと　青々と」という言葉は、「冬の空」を強調している。しかも「冬」の前には「あの」という指示形容詞がついていることから、特別な「冬」と考えられる。『嵐が丘』のなかで特別な「冬の日」というのは、第一五章でキャサリンが埋葬された日に相当する。ヒースクリフは第二九章でネリーに、「あの冬の日」について次のように語っている。

おまえも知っているように、おれはキャシーが死んだあと。やけになっていたよ。いつまでも、夜明けまで、キャシーにおれのもとに戻ってきてくれと祈っていたんだ――キャシーの精霊に。おれは幽霊がいると確信している。幽霊はおれたちのいるこの世界に存在することができるし、存在していると確信している。

キャシーが埋葬された日に雪が降ったよ。夕方になっておれは墓地へ行った。冬のように風が吹き荒れてたよ。まわりには誰もいなかった。(14)

「あの冬の日」をキャサリンが埋葬された日と考えると、この詩が表わすのは、ヒースクリフがキャサリンの命日がくるたびに荒野に出向いて、夜明けまでキャサリンの精霊が戻ってきてくれるように祈り続けて、キャサリンの埋葬されている墓地に行く場面と考えられる。

このような状況は、実際のハワースの地図を見てもピタリと当てはまる。まずヒースクリフは夜、嵐が丘の屋敷（トップ・ウィズンズ Top Withens）を出て、キャサリンと幼い頃に駆け回ったペニストン・クラッグズ（ポンデン・カーク Ponden Kirk）に向かう。そこで夜じゅう、荒野にたたずみ、キャサリンの精霊が戻ってきてくれるように祈り続ける。いつしか時間が流れ、空を見上げると夜が明けかけている。彼はペニストン・クラッグズから、キャサリンが埋葬されている墓地（ハワースの教会墓地）に向かう。キャサリンの墓にきてもう一度空を見上げると、ヒースクリフにとって愛と美の女神であったキャサリンは、ヴィーナスという星になって静かに輝いている。キャサリンと呼びかけるヒースクリフの切ない訴えに何も答えず、銀色の星は夜明けの空で輝いている。このように考えると、オーガスタとキャサリンの類似点は明らかである。

次に、「ゴンダル」以外の詩と『嵐が丘』の関連についても考えてみよう。ここでは第一八一番の「哲学者」（'The Philosopher'）を取り上げてみる。「哲学者」という個人の "heart", "soul", "mind" の葛藤を消滅させることによって、キリスト教を拒否しようとしているところに、この詩の主題があり、特色がある。(15) つまりエミリは、キリスト教的宗教観に基づかない神秘的宗教観を描き出していると思われる。

永遠の眠りにつくことを望んで瞑想している哲学者に対して、見者が「どんな悲しい繰り言がおまえの瞑想を終らせるのか」と問いかけるところから、この詩は始まり、精霊のことを豊かなイメジャリーで述べる。

金色の流れ　血のような流れ

スラッシュクロス・グレインジのもう一つのモデル「ジブデン・ホール」

嵐が丘屋敷のもう一つのモデル「ハイ・サンダーランド・ホール」

ひとつはサファイアのような流れに見えた
だが　三条の川が合流するところで
それは墨を流したような海へ　注ぎ込んでいた

精霊は　そのまぶしい視線を
あの大海原の　暗鬱な夜に　おとしていた
それから——突然の閃光を放って　燃えあがり
喜びの深海は　広々と　明るく　輝き——
太陽のように白かった　そして　分たれた源流よりも
はるかに　はるかに　美しかった！[16]

この箇所を『嵐が丘』と関連づけて考えると、フィリッパ・トリストラム（Philippa Tristram）が指摘しているように[17]、第五章で「この上なく元気な」と表現されたキャサリンが「金色の流れ」に、第九章で「稲妻と火」と表現されたヒースクリフが「血のような流れ」に、そして九章で「月光と霜」と表現された青い目のエドガーが「サファイアのような流れ」にたとえられた、三条の川が合流して「墨を流したような海」へ注ぎ込むのは、キャサリン、ヒースクリフ、エドガーの暗い争いを象徴するものと考えられる。注ぎ込んだ海が「墨を流したような海」から「広々と明るく輝」く「喜びの深海」に変化したことにより、「争い」が終り、第二世代のキャシーとヘアトン（Hareton）の明るい未来が読みとれる。このような「哲学者」の神秘主義的雰囲気は、『嵐が丘』に描き出された神秘的詩的要素と共通していると言えよう。

以上見てきたように、「ゴンダル」詩は『嵐が丘』の表象風景を描いており、「ゴンダル」以外の詩は『嵐が丘』の心象風景を描いていることがわかる。したがって、「ゴンダル」詩とともに読めば『嵐が丘』を深く読み込むことが可能であり、「ゴンダル」詩以外の詩も、『嵐が丘』の奥深い内容を理解するためには必要不可欠であることがわかる。いずれにしても、『嵐が丘』を理解するためには、エミリの詩編を抜きにしては考えられないと言えよう。また、これらの詩編の起源は、「島人たち」や「若者たち」にも見出すことができる。このように考えると、『嵐が丘』は、エミリが約二一年にもわたって関わり、その結果生まれた小説であると言えるのではないだろうか。

〔注〕

(1) 内田能嗣編著『ブロンテ姉妹小事典』(研究社、一九九八)、一二ページ。
(2) Edward Chitham and Tom Winnifrith, *Brontë Facts and Brontë Problems* (London : Macmillan, 1983), p. 86.
(3) Edward Chitham, *The Birth of Wuthering Heights* (London : Macmillan, 1998), p. 95.
(4) Juliet Barkar, *The Brontës : A Life in Letters* (London : Viking, 1997), p. 140.
(5) Edward Chitham, *A Life of Emily Brontë* (Oxford : Blackwell, 1987), p. 197.
(6) Edward Chitham (ed.), *The Poems of Anne Brontë* (London : Macmillan, 1979), p. 128.
(7) Juliet Barker, *The Brontës* (London : Weidenfeld and Nicolson,1994), p. 435.
(8) Tom Winnifrith, *The Brontës* (London: Macmillan, 1977), p. 33.

(9) Fannie E. Ratchfod, *Gondal Queen* (Austen : University of Texas Press, 1955) 参照。

(10) Luara L. Hinkley, *The Brontës : Charlotte and Emily* (New York : Hastings House, 1945) ; Philip Henderson (ed.), *The Complete Poems of Emily Brontë* (London : Chiwick, 1951); W. D. Paden, *An Investigation of Gondal* (New York : Bookman, 1958) 参照。

(11) 『アングリア物語』（「ブロンテ全集」一一巻、みすず書房、一九九七）の中岡洋氏による解説「ゴンダル物語」を参考にした。

(12) C. W. Hatfield (ed.), *The Complete Poems of Emily Jane Brontë* (New York : Columbia University Press, 1941), p. 29. 以下、詩のナンバーは同書による。

(13) 中岡洋訳『エミリ・ジェイン・ブロンテ全詩集』（国文社、一九九一）、三ページ。

(14) Hilda Marsen and Ian Jack (eds.), *Wuthering Heights* (Oxford : Clarendon, 1976), p. 349.

(15) Juliet Barker (ed.), *The Brontës : Selected Poems* (London: Dent, 1985), p. 129.

(16) 中岡洋訳、三六四ページ。

(17) Philippa Tristram, 'Divided Sources,' in *The Art of Emily Brontë*, ed. by Anne Smith (London : Vision Press, 1976), p. 201.

# 第一一章 『嵐が丘』
## ——窓に見る光——

山中 優子

「入れて——入れてよ!」[1]（第三章）と、悲痛な声で泣き咽びながら「嵐が丘」の屋敷へ押し入ろうとするキャサリン（Catherine）。死後、幽霊と化したこの彼女の様子は、『嵐が丘』（*Wuthering Heights*, 1847）を読み始めた際に強く感銘を受ける部分の一つであり、窓を叩いて、なかにいるロックウッド（Lockwood）に窓を開けるよう、彼女が懇願する場面である。だがその懇願ぶりは、彼だけでなく読者をも、悪夢を見たかのような恐怖に陥れる効果をもたらす。その恐怖が、彼を次のような残酷な行為へと導く引き金となる。

その声が聞こえたとき、窓からのぞいている子供の顔が薄ぼんやりと見えた——恐怖のためにぼくは残酷になっていた。……ぼくはその手首を引っ張って割れた窓ガラスに押し当て、ごしごしと前後にこすると……それでもその声は「入れてよ!」と泣き叫び、しっかり掴んで離さなかったのでぼくは恐ろしさのあまり気が狂いそうだった。（第三章）

「なかへ入れて」と、執念深く彼を掴んで泣き叫ぶキャサリン。ここで彼女が強く希求するのは「嵐が丘」内への進入であるが、その目標を達成せんがためになすべき彼女の最初の義務は、己れの存在をロックウッドに認知させることであった。そしてさらに、彼に窓ガラスを割らせることであったのだが、なぜキャサリンはこの場で「窓」を進入通路として選択するのか。「嵐が丘」への進入が最たる目的ならば、それは扉からでも可能であるにもかかわらず、彼女は樅の木に変装して窓を叩く。扉よりも窓を選択するその行為は、それらの二者に何らかの重要な相違が潜んでいるのだという見解に結びつくのである。

窓や扉は、ある共通点を有している。それは、窓や扉がある空間を「内」と「外」に区別する、仕切りの役割を果たすということである。しかし仕切りが生じると同時に、それらには差異もまた生じる。窓ガラスを有する「窓」と有さない「扉」の二者間には、「視野の有無」という相違点が起こりえるがゆえ、「窓」をとらえる際に「なかを見入る」という視覚的行為を、見過ごすことができないのである。

窓と視覚について考えると、それはまた、外景を絵として切り取る働きもする。一枚の窓枠が、絵の額縁としての役割も備えうるのである。前述した場面のキャサリンは、最初樅の木に扮しており、この「樅の木」は、作者エミリ(Emily Brontë, 1818-48)が一〇歳という幼少時に描いたスケッチを思い出させる。エドワード・チタム(Edward Chitham)の、「『嵐が丘』でロックウッドのいる部屋の窓を引っ掻く樅の木は、エミリのスケッチと関連があるだろう[2]」という記述は、非常に貴重なものである。エミリのスケッチとキャサリン扮する樅の木を、一本の直線上にとらえることが可能だからである。

このキャサリン扮する樅の木と同時に作中に登場するのが、「窓」である。エミリのスケッチにも「縦仕切りの窓」('Mullioned Window')という作品が存在し、その窓の形態は、マリオン(mullion)という石の仕切りで縦に分割されている。教会の窓や昔ながらの豪壮なカントリーハウスには、石造りのこの窓が備えられている場合が多い。エミリのスケッチに関してクリスティーヌ・アレグザンダー（Christine Alexander）は、「『嵐が丘』を読んだことのある人は、中央パネルの右上のガラスを割って、そこから手が突き出ている場面を思い浮かべるであろう[3]」と述べている。そのスケッチの題材とされた窓は、アレグザンダーによるとエミリの住んでいたヨークシャー（Yorkshire）ではよく見られ、幽霊のキャサリンが出現する窓と同じようなものとされている。これは、エミリが幼少時に受けてきた絵画の経験が、彼女の小説のモチーフを導いてきたという想像に難くない。

さらにアレグザンダーは、「視覚芸術の知識を得ることや、素描や水彩画を学ぶことが、ブロンテ姉妹が作家として発展していくことに重要な役割を果たした[4]」と言う。たとえば、詩人であり画家でもあったブレイク（William Blake）の神秘的創造力が、その詩にも絵にも感じられるように、エミリのもつ絵画的感覚もまた、時に小説に影響をもたらしたのである。またエミリの生まれた一九世紀初頭には、絵画における風景画の地位に変動が生じ始めていた。「風景画のうち少なくとも自然の忠実な模写たらんとした絵は、他のいかなる芸術形式にもまして、一般人の愛好心をしっかりと掴むようになった[5]」とケネス・クラーク（Kenneth Clark）が言うように、自然をこよなく愛したエミリの描く風景画は、彼女の生涯にも深い関わりをもたらしたのである。「エミリの自然に対する愛情が、彼女の作品中にも描かれているのと同様に、彼女の絵のなかにもはっきりとあらわれている[6]」とアレグザンダーが言うように、エミリが自然を溺愛していたという見解は周知のものであろう。同様の見解を、誰よりも姉シャーロット（Charlotte Brontë, 1816-55）からも、得ることが可能なのである。

エミリが幼い少女時代に、窓を非常に繊細な線で描いたという事実、場所も特定不能ゆえに謎めいたスケッチとされる「縦仕切りの窓」、そして枯れた「樅の木」というロマンティックな題材などから推定しうることは、それらに対する彼女の思い入れの深さである。彼女に備わる絵画への強い愛情と絵画的感覚が相まって、小説にも影響を及ぼすこととなる。キャサリンが「窓」から「嵐が丘」の内部へ入り込もうと試みる場面においても、全知の存在たる作者エミリのメッセージを、そこから読み取ることが可能と言えるだろう。

エミリの小説中やスケッチに登場するこれらの窓は、中世にその起源をもつ。またイギリスでもった最初の窓は、壁を作っている板を切り抜かれた単なる穴で、時が進むにつれて建物の窓は著しく拡大していく傾向にあったにもかかわらず、初期のガラスの脆さが、その傾向を阻んでいた。この問題を解決せんがために、マリオンと呼ばれる薄い石をつけるにいたったのである。これほどまでに窓の面積の拡張を試みたことの大きな要因が何かというと、それは室内に光を取り込むことであった。

中世期から、住宅には明かり取りをもつ背の高い窓が必要とされ、窓全体がはめ殺しであるなかでも換気の役目を果たす、小さな明かり取りが常備されていた。窓から射し込む光は、照明器具をもたない当時の人びとにとっては重要な役割を果たしていたのである。また、エミリがスケッチをした縦仕切りの窓が掴みどころのないなりであるのも、光の明暗が鍵となっている。フェルメール（Jan Vermeer）など、窓から射し込む光をモチーフに好む画家も少なくはない。この「光」という題材は、さまざまな解釈を可能にするものであり、また、その真意の断定を妨げる足かせともなりうるのである。そして「嵐が丘」の「窓」においてもまた、そこにとらえられる「光」は、いかなる光であろうとも注目に値する。キャサリンが玄関でも裏口でもなく、光の明暗と大きく関わる窓をみずからの通路と判断したことには、何らかの意味があるはずである。キャサリンにとっての「窓」、そしてそこから見通すことのできる「光」について、詳しく見ていきたい。

幽霊はよく「窓」から出現すると言われている。窓は部屋の内外を隔てるだけでなく、幽明の境、つまりは、あの世とこの世の出入り口にもなっている。亡きキャサリンが「嵐が丘」の内へ内へと進入することに執着するその欲求には、ロックウッドも恐怖で狂乱するほどの切迫感を、われわれに与える。自分が「嵐が丘」の外側に閉め出されているのだと感じる彼女にとって、その外側は自らの生命を脅かす場である。だが「嵐が丘」の外側とは対照的に、彼女は、その内側が、自分にとっての「家」(第三章) だと称している。

この"home"という概念には、「虚弱者が元来の自分を見出せる場」が内包される。ゆえに「嵐が丘」を離れた「七年間のあたしの生活がすっかり真っ白けになっちゃったの!」(第一二章) とキャサリンに言わせるほどに、そこは居住者が安楽と満足感を得られる場であり、彼女にとって生まれ育った場以上の価値をもち、みずからの「生」を深く自覚させる場となる。ここで彼女の求める「生」とは、生命の有無でも、身体的活動の有無でもない。それは、人間が生来において経験しうるさまざまな感情や、みずからの内に生じる精神的充足感を示すものである。

「窓」を境界線とした「嵐が丘」の内外、その通過に伴い、ときにはこのような精神的充足感が宿り、またときにはそれが消失する。窓はある意味で「生死」の境界線でもあり、そこには中立的空間など存在しない。キャサリンは「窓」を通過するかしないかで、「生」と「死」の二者択一に迫られることとなる。

窓を叩く幽霊のキャサリンは、いかなる精神的充足感もない「死」の空間に立たされている。そして、窓を隔てた「生」の空間にいるロックウッドが、そのような状況の彼女を凝視する。死の空間にいる彼女の存在を認識する者が、存在しているのである。このように、一方が対象に働きかける主体であれば、他方がそれを受ける客体となり、またその双方が主体ともなりうるこの二重主体をキャサリンの立場からとらえると、彼女が鑑賞者となって彼を眺めていることとなる。しかし内部進入を希求するキャサリンの目的は、ロックウッドではなく、換言すると、彼女の視界に映っているのは彼の存在だけではないはずである。扉とは異なり、なかを見通すことの可能な「窓」。キャサリンは、「嵐が丘」の外側から窓を通じて、その内側に何を見たのか。

一つ言えることには、「火」がある。というのも、ロックウッドがこの部屋に通された際、彼は女中から「蝋燭は隠して、音もたてない方がいい」(第三章) と忠告を受ける。だが彼は、火をつけたまま、しばし書物を読んでいた。後に蝋燭の火を消してはいるが、窓に映ったその光をキャサリンが認識していなかったとは断言し難い。窓の内側に光を感知し、窓を突き抜けようとする彼女にとっての生の空間とは、光の存在する場所とも換言できる。窓を経路とした「嵐が丘」の外から内への進入は、彼女にとって死の空間から生の空間への進入であり、そして闇から光への進入である。内と外、生と死、そして光と闇といった対立概念を構築する役割を果たすのは、「窓」をおいてほかならない。というのも、光の通路である「窓」は感覚器官と深く関係し、魂や精神の通路を象徴するものだからである。またそれは、知識や構想の出入り口でもあり、種々の理解、意思疎通、交流の可能性をも暗示する。そして、「死人のいる部屋の窓は、その魂が出ていけるように開け放たなければならない」[7]という民族信仰がいまだ根強く残っているように、肉体を離れる死者の魂のために窓を開ける習慣もある。さらに、恋人たちは窓辺に佇み、窓越しに愛を語る。「お前の窓から五ヤードとは離れないからな」（第一五章）と、ヒースクリフ（Heathcliff）が愛するキャサリンに断言するように、「窓」は、「死」や「愛」へと通じる入口とも言えるのである。

この「窓」という引き金により、内と外、生と死、そして光と闇といった対立的状況を抱え込むキャサリンの助力となるのは、やはりヒースクリフである。というのも、彼が窓を開けて、彼女を「嵐が丘」の室内へ呼び込もうとする場面も見られるからである。「〈奥深くに設置された〉窓は、ヒースクリフの〈奥まった目〉に反映する」[8]とロバート・ウァイスバック（Robert Weisbuch）が述べるように、ヒースクリフと窓もまた密接な関連をもつ。キャサリンが窓ガラスを叩いていたことをロックウッドから聞かされたヒースクリフは、窓をねじ開け、「キャシー、入っておいで」（第三章）と彼女に懇願する。人はなぜか、窓から外へ向かって願いの心を放つものだが、この場面のヒースクリフはまさにその典型である。そして、彼が窓から放ったその願いの心が実を結び、キャサリンが窓から進入してくるかのようにわれわれに強く印象づけている。彼が窓を開いて内側からキャサリンに呼びかけることにより、彼女は「嵐が丘」への進入を達成し、と同時にそれは、死から生、闇から光への進入という意味をも内包するのである。

ヒースクリフにとって「窓」という存在は、何ら魅力に富むものではない。というのも、「窓」が存在することで、鑑賞者である彼自身と、その対象物であるキャサリンとの間に隔たりが生じるからである。隔たりがあるがゆえに、彼が窓を通していかに彼女を見つめようとも、彼女は意思疎通を図ることの不可能な存在と化す。窓ガラスのなかを見入ることは、一見そこに存在するものへの所有意識を生じさせることとなるのだが、人間の欲求とは常にその先を求め続けるもので、彼にはその傾向がことさら強く感じられるのである。魂や精神の通路であり、愛や死へと通じる「窓」は、彼にとってはキャサリンへと通じる「窓」であり、彼は常に窓を開け放っておかねばならない。キャサリンの死後、「おれはいのちなしじゃ生きられない！　おれは魂なしじゃ生きられない！」（第一六章）とまで語る彼には、彼女と距離を置くことなど耐え難いことである。窓を開け放つヒースクリフには、そうした意味が隠されている。

だがただ一度、窓によってキャサリンとの隔たりが、彼に生じたときがある。それは気ままな散策がてら、彼女とともに「グレインジの明かりがちらっと見えた」（第六章）ときであった。グレインジの住人リントン（Linton）一家の窓から客間を覗き込んだ彼らは、そこで、これまでに見たこともない輝きに遭遇する。

「おれたち……応接間の窓の下の植木鉢のうえに乗っかったんだ。明かりがそこから射してたからな。……窓の出っ張りにしがみついて中を見ることができたよ。おれたち、見たんだ……深紅の絨毯を敷いたすばらしい部屋だった。……金色の縁取りがしてある純白の天井、真ん中から銀の鎖で吊り下がっていて、小さな柔らかい蝋燭が灯ってちらちらしている雨みたいなたくさんのガラス玉。……」（第六章）

彼らは暗闇のなか、窓を通してリントン家の外から内を覗き込む。そこは素晴らしい装飾で、赤や白、金や銀色に彩られて暖かみが感じられ、さらに蝋燭の発する柔らかな光が、シャンデリアをよりいっそう輝かせている。荒涼とした荒野の闇のなかから窓を通じて眺めたその光景は、まるで一枚の絵画のごとき繊細さを放つ。そのなかでちらちら揺らめく蝋燭の光は、ほんの微かな光ではあるものの、キャサリンにとっては計り知れない生命の光に感じられたはずである。そして彼女は、リントン家の住人によって屋敷に連れ込まれてしまう。もし彼女に嫌がる気配があれば、「窓ガラスを粉々に叩き割ってやるつもりだった」(第六章) とヒースクリフは語る。だがリントン家の人びとの視線を一身に集めている彼女は、彼らに何の嫌悪感も抱かない。外から内へと進入したキャサリンは、闇から光の空間へとわが身を移し置くこととなるからである。闇の空間で「気分が悪くなってた」(第六章) 彼女は、光の空間へ進入した途端に「きらっとする生気を灯らせた」(第六章)。闇から光への移動とともに、生気が彼女の内に灯り始め、彼女自身が人びとを魅了するほどの光を放っていると感じたヒースクリフが、彼女をリントン家から連れ出せなかったのも当然と言える。パチパチと音を立てて光を放つ暖炉のかたわらで、自分を気遣う人びとの優しい視線に取り囲まれるキャサリン。ヒースクリフの目がとらえた彼女の生気に溢れた様子や、さらに彼女の鳶色の巻き髪や、しずしずと歩く様子は、まさに理想的な良妻賢母型のヒロインである「家庭の天使」像と結びつき、その姿はわれわれに、彼女の結婚を暗示するものである。だがこの結婚を機に、彼女に燃え立つ生命の火は次第にその輝きを弱め、光から闇へと逆行し始める。

リントン家の長男エドガー (Edgar) との結婚は、キャサリンにとって一時的な幸福でしかなかった。リントン家にある「光」は、彼女にとっての安楽の光でも、生命を感じさせる光でもなかった。彼女が欲するのは、シャンデリアなどのきらびやかな装飾品を伴う蝋燭の焔ではなく、暗闇の中窓を通してぼんやりと浮かび見える蝋燭の焔なのである。そこには、「半永久的に輝きを放つシャンデリアの光」と「いつ消えるかわからない蝋燭の光」という対比、つまり各々の光が有する永遠と瞬間という対比が浮かび上がり、彼女の価値づけはその二者のうち、後者に下されたことがうかがえる。

エドガーとの口論が原因で精神錯乱状態に陥ったキャサリンは、「窓をもう一度広く開けて」（第一二章）とネリー（Nelly）に訴えかける。だがその要求に躊躇するネリーを見た彼女は、みずから窓を開け、そこから身を乗り出して、見えるはずのない「嵐が丘」の光を見出す。

「見てごらん！」彼女は熱心に叫びました。「あれがあたしのお部屋よ、中に蝋燭が灯っていて、その前で木々が揺らいでいるわ……」（第一二章）

開け放たれた窓から見渡せるどの民家からも、一点の光も見出せない。月もなく闇が一面に充満しているにもかかわらず、ネリーには見ることの不可能な「嵐が丘」の光が見えるとキャサリンは断定する。ここで彼女が窓に見出す光とは太陽の自然光ではなく、「嵐が丘」の内部にひっそりと佇む、いまにも消えそうな蝋燭の焔である。窓を通して初めて光となりえる蝋燭の焔を眺めることで、その光は彼女の心に、よりいっそうの力強い光を放つのである。

蝋燭の焔というものは、ほんのひと吹きで消え、一つの火花でまた点る。その焔は光と闇の区別を容易にし、さらにはそれ自体が生まれるのも容易、死ぬのも容易という性質をもつ。これらが意味するのは、「蝋燭の焔」という一つの概念を軸にして、生と死がまったく同じ基準で立ち並んでいるということである。「窓」が生と死との対極を際立たせる境界線であれば、「蝋燭の焔」においてもまた、生と死は互いに恰好の反対物であることを強調している。存在と無という二者間の対極的立場を作り上げる「窓」、そして瞬時に生まれ死ぬ「焔」の前では、生命は劇的なまでによりいっそう具体的なものとなるのである。

このように、生命の存在をも揺らめかせる焔の生成こそは、あらゆる生成のなかでも最も劇的で、最も生き生きしたものとなる。そして光と闇は、その両極を蝋燭の焔を通して顕著にし、人間の生死を示唆する働きをなすのである。

「火と熱ほど変化に富んだ領域の中に様々な説明方法を提供するものはないだろう。……火はこうしてすべてを説明することのできる特権的現象となるのである」[9]とガストン・バシュラール（Gaston Bachelard）も述べるように、焔には、どんなあからさまな矛盾をも、どんなあからさまな対極物の価値づけをも、受容するに足るだけの要素が備わっている。

蝋燭の焔には、生死間に活気を漲らせ、それをより具体性を帯びたものにする働きがある。そしてキャサリンの目は、窓に映し出されるその光に焦点を当ててきた。その彼女の思いが極みに達したのが、以下の台詞である。

……彼女は考えに耽りながら、付け加えました。「あたしをいちばんいらいらさせるものは、結局、この肉体というがたがたの牢獄なのよ。あたしはここに閉じ込められているのがいやになっちゃった、飽き飽きしちゃったのよ。あたしはあの輝かしい世界に逃げ込んで、そこにいつまでもいたくてたまらないの。……」（第一五章）

キャサリンはこう叫んだ後に、死にいたる。己れに肉体が備わるかぎり、彼女は対面を構う上流階級夫人――リントン夫人であり、己れの意志による行動を妨げられる。そのため肉体は、魂への通路を遮る、見通し不可能な「窓」ということになる。人間の精神面を司り、死後も存在し続けると信じられている魂は、人間の源泉であり、深い思考力、感性を引き出す場である。キャサリンにとって肉体の消滅とは、生きる原動力となりえる魂の活性に直結する。魂や精神の通路を象徴するのが「窓」だということからも、「窓」を通過して魂のもとに行き着くことで、彼女はいったい何を見出すというのか。それはまさに、「光を感じ取れる輝かしい世界」（第一五章）なのである。

キャサリンにとって肉体から魂への移行は、死から生への移行でもあり、そして闇から光への移行でもある。実際彼女は、二代目キャサリンを出産すると同時に、まるでわが子に己れの名と肉体をあてがうかのようにしてこの世を去る。「輝かしい世界」の住人となった彼女は、「額は穏やかで、瞼は閉じ、唇は微笑みの表情をたたえ」(第一六章)ており、平穏そのものである。だが彼女とは対照的にエドガーは、「ほとんど死んだようで、ほとんど動き」(第一六章)がない。この、死相を帯びた生者と生気に満ちた死者という二者は、両者の立場が逆転しているかのような印象をもたらし、そしてキャサリンの主張する「肉体からの開放＝生」という私論を正当化する証拠となりうるのである。

キャサリンは、絶えず「窓」に映る「光」を追求してきた。それは、時にリントン家の窓に映るシャンデリアの光であり、時にその窓から見られる、「嵐が丘」の窓に映る蝋燭の光であり、そして時に肉体の窓に遮断される魂の光であった。さらに死にいたって以降彼女は、「嵐が丘」の窓に映る蝋燭の光を求め、窓を叩く。彼女には、肉体の有無による生死の判断基準は成立しない。彼女にとってのそれは「光の有無」そのものであり、かつ、その光は「窓」というフレームを通じて、いっそうその輝きを増すものである。肉体の衰弱が著しくなるにつれ、キャサリンの魂から湧出する情念は、強大になってゆく。それらの過程には常に「窓に見る光」が付随し、それが彼女の魂による活力を高め、肉体的活力を凌駕する。キャサリンの重んじる、肉体から不滅の魂への移行は、人間の原点に立ち返る遡源的行為である。肉体があるがゆえに生じた現世的苦痛をかい潜り、輝かしい永遠の世界へ行き着いた彼女は、まさに原始的生還を果たした女性なのである。そして「窓」は、彼女の原始的生還を可能にする、端緒を開く入口と言えるのである。

〔注〕

(1) 作品の引用は中岡洋訳『嵐が丘』（みすず書房、一九九六）による。

(2) Edward Chitham, *A Life of Emily Brontë* (Oxford : Blackwell, 1987), p. 151.

(3) Christine Alexander and Jane Sellars, *The Art of the Brontës* (Cambridge and New York : Cambridge University Press, 1995), p. 370.

(4) Christine Alexander and Jane Sellars, p. 10.

(5) Kenneth Clark, *Landscape into Art* (London: John Murray, 1949), p. 147.

(6) Christine Alexander and Jane Sellars, p. 10.

(7) Emily Brontë, *Wuthering Heights* (Oxford and New York : Oxford University Press, 1995), p. 360.

(8) Robert Weisbuch, *Atlantic Double-Cross* (Chicago and London : The University of Chicago Press, 1986), pp. 114-15.

(9) ガストン・バシュラール『火の精神分析』（前田耕作訳、せりか書房、一九九九）、一八ページ。

# 第一二章　『ワイルドフェル・ホールの住人』
## ——アン・ブロンテが描く「女の一生」——

増田　恵子

### (一)　執筆動機

アン・ブロンテ（Anne Brontë, 1820-49）の処女小説『アグネス・グレイ』（*Agnes Grey*, 1847）は、「道徳的で、おとなしく、従順な末娘のアン」と評される彼女に似つかわしい作品となっているのに対し、二作目にして最後の小説となった『ワイルドフェル・ホールの住人』（*The Tenant of Wildfell Hall*, 1848）は、作家の品性まで問われるほど世間を震撼させた問題作であった。

ページじゅうに力強さと影響力、自然の摂理さえもが、極端ではあるが漲っている。しかし作者には、下品とまでは言わないが、粗野なものに対する病的な偏愛があるようだ。それゆえ、あからさまな主題は読者を惹きつけるというよりも、下劣で好色の堕落しきった根幹のために、不快感と反感を与えているのである。……しばしば見聞きすることだからといって、主題として選ぶ理由にはならない。……けれども、容認できない一因は、この小説の主題だけでなく、その扱い方にもある。[1]

アン・ブロンテ

評者が問題としている主題とは、放蕩、酒乱、悪行、情事などの不品行であり、上品を旨とするヴィクトリア朝時代においては、たとえ現実であっても口にすべきことではなかったのである。

　こうした批判を受けたアンは、第二版に序文を書き、世間の拒否反応に一定の理解を示しながらも、あえて不愉快なことを執筆した目的は、「軽率な若者に同じ過ちをおかさないよう警告し、浅はかな少女に、ヒロインが陥った誤りを繰り返させないようにする」[2]ことにあったと述べている。

　しかしながら、執筆意図を明かしても、この問題は容易に世間の理解を得られるような性質のものではなかった。姉妹のなかで唯一作家としての名声を存命中に享受した姉シャーロット・ブロンテ（Charlotte Brontë, 1816-55）は、アンの死後、一八五〇年の『嵐が丘』（*Wuthering Heights*, 1847）と『アグネス・グレイ』の再版に際し、「エリスとアクトン・ベルの伝記的紹介文」（'Biographical Notice of Ellis and Acton Bell,' 1850）を執筆して、妹の汚名を晴らす必要性に迫られたほどであった。

> アクトン・ベル［アン・ブロンテ］作『ワイルドフェル・ホールの住人』も同じように好意的でない迎えられ方をした。これは別に不思議だとは思えない。主題の選び方が完全な失敗であった。これ以上作者の性質に合わないものは考えられないであろう。……彼女は一生の間、そば近くで、しかも長い間、才能が悪用され、能力が乱

用された恐ろしい結果を見つめていなければならなかった[3]。

シャーロットは、主にアン自身による先の弁明を借用しながら、こうした主題について悩まずにはいられなかったアンの性質と置かれた環境を強調し、作者は小説の主題とは正反対のところに位置する人物であったと弁護している。アンは、『ワイルドフェル・ホールの住人』には放蕩者のモデルが存在していたことをほのめかし、シャーロットもそれが身近な人物であったと特定した。彼女たちの兄弟ブラウンウェル・ブロンテ（Patrick Branwell Brontë, 1817-48）が才能を浪費して非業の最期を迎えた姿は、作品中多くの男性登場人物、特に退廃的な上流階級の「紳士」たちに投影されていて、そのことはこれまでも批評家たちによって指摘されてきた。なかでも、悪のヒーローとも言うべきアーサー・ハンティンドン（Arthur Huntingdon）が、悪の限りを尽くし身をもち崩しながらも、家出から戻ってきた妻の献身的な看護と祈りのなかで息を引き取っていることから、この小説は、ブランウェルの魂の救済を願って書かれたものだと一般的に考えられている。

しかしながら、アン・ブロンテは第二版の序文で、「軽率な若者」だけでなく、「浅はかな少女」のためにも執筆したと述べている。アーサー・ハンティンドンをはじめとする悪友たちの行状があまりにひどいので、善人ヘレン（Helen）とこうした悪人たちの対比ばかりが目を引くが、ヘレン自信も悪の放つ魅力に惑わされ、間違った結婚をしているのである。

一八四五年七月三一日付の日誌に、アンは「……いまやっとそこから解放されました。……わたしはそこにいる間、人間性についてのとても不愉快な、夢にも思わなかった経験をしました[4]」と書いている。「そこ」とは、同年六月に家庭教師職を辞してきたロビンソン家のことであり、「不愉快な経験」とは、アンが同家の息子の家庭教師として推薦した兄ブランウェルとロビンソン夫人（Lydia Gisborne Robinson, 1799-1859）との情事のことである。この出来事は、アンが長年勤めてきた職を辞するまでに発展したが、アンの同家での悩み、苦しみはそれだけではなかった。

ロビンソン夫妻は、実際のところは年がかなり上の夫と若い妻という関係ではなかったが、病気がちで気難しい夫（Edmund Robinson, 1800-46）を抱えたロビンソン夫人は、アンや特にブランウェルには、抑圧され、虐げられた、哀れな女性という印象を与えていた。また、夫妻には四人の娘たちがおり、[5] 教育をまかされていた上三人の娘たちの行状は、教え子として、また同性としてアンの心を悩ました。なかでも早熟な長女のリディア（Lydia Robinson, 1825-?）は、後見人としての役割ももつアンを大いに心配させたと思われる。

アン・ブロンテは辞職した直後、「ようやく解放されました」と述べたが、その後もハワース（Haworth）で、ブランウェルの堕落と衰弱を見つめていなければならなかったように、ロビンソン夫人と娘たちの噂はハワースまで届き、心の平安は望むべくもなかった。ロビンソン夫人は夫と死別し、すぐに貴族と再婚してしまった。長女リディアは役者と駆け落ちし、次女エリザベス（Elizabeth Robinson, 1826-82）と三女メアリ（Mary Robinson, 1828-87）は、しきりに縁談を強要する母に悩まされ、元家庭教師のアンに手紙で助言を求めていたのであった。

処女作『アグネス・グレイ』は、少女が家庭教師となって世の中に船出し、経験を積んで大人の女性へと成長し、最後には幸福な結婚を手に入れるという物語である。これは典型的な教養小説であり、ジョージ・ムア（George Moore, 1852-1933）は「イギリス文学においてもっとも完璧な散文物語」と位置づけた。[6] 彼はさらに、ジェイン・オースティン（Jane Austen, 1775-1817）との比較を試みているが、ヒロインが成長を遂げ、結婚にいたるという粗筋は、ムアが指摘したとおりオースティン文学を踏襲したものである。さらに、アン・ブロンテの場合、オースティンが使う三人称の語りではなく、ヒロインによる一人称の語りを用いたうえに、ヒロインが自らの半生を振り返って総括しているため、物語は完結し、幸福な結婚生活について疑問を差し挟む余地はない。また、従来の小説ではヒロインの最終目標は結婚であり、その後の幸福を疑うことはタブーであった。

しかし、現実の結婚は幸福なものばかりであろうか。この世に生を受けてまもなく母親を失い、独身のままこの世を去ったアンは、幸福な結婚生活の存在を知らなかった。ロビンソン家で目にした結婚の現実は、さらにアンの不安に拍車をかけた。その懸念は『アグネス・グレイ』のなかで、アグネスの教え子ロザリー（Rosalie Murray）の不幸な結婚生活の描写のうちに萌芽しているように思われる。二作目の『ワイルドフェル・ホールの住人』を執筆するころには、ブランウェルの悲劇的な最期は誰の目にも明らかになっており、アンには、前作のような穏やかで着実な人生の営みを描く心の余裕は、なかったのではなかろうか。この小説には、さまざまな結婚の形態が描かれているが、そのほとんどすべてが不幸なものである。ヒロインの両親、伯母夫妻も理想的な結婚生活を送っているとは言えないし、ヒロインと二人の友人も、それぞれが一時的な熱情や、シンデレラ・コンプレックス、あるいは親の命令のままに結婚し、失敗している。

アン・ブロンテはこのテーマを、小説の構造にまで拡大している。小説の初めの三分の一には、未亡人とおぼしきヒロインが登場し、物語の中葉では、ヒロインの不幸な結婚生活と家出が回想され、最後の三分の一には、この悲劇的な結婚に終止符が打たれるまでが書かれている。

結婚は人生のゴールではない。『ワイルドフェル・ホールの住人』でアン・ブロンテは、ヒロインが結婚するまでを描く従来の小説の型を破るという、新境地を開拓している。しかも、ただ単に結婚後だけに焦点を絞るのではなく、ヒロインが娘から、妻、母、未亡人、姑となるまでの過程を追うことで、「女の一生」を描いているのである。

## (二)　漂うヒロイン

ヒロインの一生に着目するとき、女性の生涯がいかに不安定な土台の上に成り立っていたかということに驚かされる。ヒロインのヘレンには、娘時代から一日たりとも安堵できる暇がない。伯母が結婚相手に事欠かないと誉めそやした娘時代も、願いどおりの相手アーサー・ハンティンドンの妻となっても、跡取り息子のアーサー（Arthur）をもうけ母となっても、絶えずヘレンの地位は脅かされているのである。

苦悩の生涯の証であるヘレンの日記は、一八歳で社交界にデビューしたときから綴られている。この日付は、結婚市場に参加したときから、ヘレンの女性としての人生の幕が上がったことを暗示している。それは誇らしいことであったが、また同時に苦悩の始まりでもあった。ヘレンはデビュー早々、結婚相手として安全だと伯母が推薦する、二人の中年紳士の猛攻に辟易する。そして二人とは正反対の、若く魅力的なアーサー・ハンティンドンと印象的な出会いをするが、伯母は危険人物だと反対する。結局ヘレンは後者を選ぶが、アーサーとの恋愛は、ライバルのアナベラ（Annabella Wilmot）の出現もあって、終始、恋愛巧者のアーサーに翻弄され、ヘレンは自分を見失ったまま重大な判断ミスを犯してしまう。

ヘレンはアーサー・ハンティンドンの誘惑に陥るが、その結果、以外にも情婦の身分ではなく正式な妻の座を得ることとなる。しかしヘレンは、ジェイン・エア（Jane Eyre）のように「私は彼と結婚しました」と自分にも他人にも誇ることができない。ヘレンの結婚生活は、豪遊する夫の帰りをひたすら待ち続けるか、在宅中の夫が悪友たちと繰り広げる放蕩三昧を、ただ茫然と見守り耐えていくか、どちらにしても半ば幽閉生活である。また、夫はかつての恋人アナベラと交際を続け、友人の妻として家に迎えることを強行したり、息子の家庭教師という名目で別の愛人を同居させたりして、ヘレンにただ名ばかりの妻という立場を強制している。

それでもヘレンは、母親の立場に満足して結婚生活を続けるが、この唯一の砦もすぐに明け渡すことになる。夫に対して完全に失望したヘレンは、一人息子に父親と同じ轍を踏ませないように懸命に教育するけれども、それを嘲笑うかのように夫とその悪友たちが息子に飲酒や悪行を教え込み、ヘレンの日々の努力による成果は一瞬にして消滅するのであった。ブロンテ姉妹のなかで最年少にもかかわらず、最初に家庭教師の職につき、いちばん長く勤めたアンは、子どもというものは努力や忍耐を要する正しいことよりも、楽しくて魅力的な悪いことに惹かれやすいという認識をもっていた。それは、『アグネス・グレイ』のなかで動物を虐待することに快感を覚える、トム少年（Tom Bloomfield）の姿にも反映されている。そしてヘレンは、家庭教師兼愛人に息子の教育権まで奪われ、妻と母親の地位を完全に失うのである。

ヘレンは、彼女に言い寄るウォルター・ハーグレイヴ（Walter Hargrave）の誘いにのって、夫に仕返しをすることを考えるが、すぐに思い直し、息子を連れて家を出ることを計画する。しかしながら、この計画も駆け落ち同様危険な行為であることを、ハーグレイヴはヘレンに指摘している。

……あなたは彼のもとを去ろうとしている。あなたが一人で出て行くなんて誰が信じるでしょう。――世間は「ついに彼女は夫のもとを去ったけれども、驚くことであろうか。彼女を非難する者などほとんどいないし、まして彼に同情する人などいない。それにしても、彼女の逃避行の相手は誰なのだろう」と言うでしょう。このように、あなたの貞節（もしあなたが一人で出て行くことをそう呼ぶなら）は信用されないのですよ。……

（第三九章）

結婚したヘレンは、世間体だけのために妻や母親役を演じ続ける囚われの生活に甘んじるか、自由と引き換えにハーグレイヴが言うような危険を甘受するか、という究極の選択を迫られるのである。

ヘレンという人物は、つねに自己の意思を尊重する。「女性」としての歩みを始めたときから、いつもヘレンは分かれ道に突き当たるのであった。保護者や夫の言うことに従うか、自分の考えを通すか。結婚する前も後も、ヘレンはつねに後者を選んできた。どちらの行為も、失敗や後悔をともなうものである。しかしながら、ヴィクトリア朝という時代性を考え合わせると、女性が保護者や夫に逆らうことは、社会からの逸脱ともなりかねない危険性を孕んでいた。

ヘレンは最終的に家出を選ぶが、家父長の家を飛び出し、「家庭内天使」の座をなげうつのは、「堕落」への第一歩と見られかねない行動であった。夫による捜索、そして世間の疑惑の目から逃れるために、ヘレンはワイルドフェル・ホールと呼ばれる荒廃した屋敷に住まうが、この館の名前である「荒野館」は、これまでの生活を捨ててきたヘレンの立場を暗示するのに十分である。またこの名称は、「無法者の堕落した館」と解釈することも可能で、家父長制度の枠組みからはみ出てしまったヘレンの置かれた状況をも、暗示しているように思われる。

家出をしても、財産がないうえ氏素性を隠し続けなければならないヘレンに、自立した生活など望めるはずもなかった。避難先のワイルドフェル・ホールは、亡くなった父親から兄の手に渡った家である。また、ヘレンはそこで画家として生計を立てているといっても、画商との交渉に当たるのは彼女の兄にほかならない。ヘレンは家父長を夫から兄に変えただけで、決して家父長制度からの脱出を図ったわけではない。

しかし、この事実を知らないワイルドフェル・ホール周辺の村人は、謎につつまれた未亡人風の人物の登場に好奇心を覚え、教会になかなか姿を現わそうとしない事実から、その素性を疑い始めるのであった。謎が新たな謎を呼び、ヘレンはワイルドフェル・ホールの家主と借家人ということになっている、実の兄ロレンス（Frederick Lawrence）との関係まで疑われ、「堕落した女性」の烙印を押されかねない状況に追い込まれる。しかしながら、ヘレンに疑惑の目が向けられるのは、束の間のことである。彼女は決して「無法者の堕落した館」の主人《オーナー》になったのではなく、一時的な借家人《テナント》になったにすぎない。この小説のタイトルは、ヒロインが一時は「堕落」の危機に遭遇しながらも、その危険を乗り越えていくことを予言している。

当時の社会のタブーを犯しながら、ヘレンは「堕落した女性」とならなかったのはどうしてであろうか。また、家出してきた避難先でも醜聞に悩まされ、新たな避難先が必要になったヘレンは、どのようにして安住の地を見つけたのであろうか。

## ㈢　救済への道

妻が子どもを連れて夫のもとを去るという行為は、貴族でもないかぎり、社会通念上許されないことであった。ヘレンの場合、社会的地位も財産も保障された夫のもとに留まり続け、息子が父親と同じ轍を踏んでいくのを黙認するか、すべてを捨て、お金も名乗るべき身分もないまま息子を正しい道へ導くかという、きびしい選択肢を突きつけられ、やむなく後者を選んでいるが、ハーグレイヴが指摘したとおり、その選択が社会的に容認されないのは明白である。

未亡人とその息子として、ヘレンと幼いアーサーは、ギルバート（Gilbert Markham）をはじめとする村人たちに迎え入れられるはずであったが、秘密が疑惑を呼び、ヘレンは実の兄である家主ロレンスの愛人、アーサーは、その罪の子どもと見なされる。夫の影響下から逃れたことで、息子アーサーは、父親に教え込まれた数々の悪癖が取り除かれ、心のまっすぐな少年へと成長していく。しかしその代償として、名家の跡取り息子のはずが、「罪の子」の烙印を押されるのであった。

それでもヘレンは、後悔して家に戻ることはせずに、新しい避難先を探す。そもそも、息子の教育にかける彼女の情熱にはすさまじいものがあった。ギルバートから子どもに対する過保護と過干渉を指摘されたヘレンは、次のように主張して周囲の人びとを驚かせる。

ヘレンの人生を象徴する花「クリスマス・ローズ」（罪の浄化のシンボル）

……もしもこの子が成人して、あなたが言うような世慣れた人間――つまり「世間を見て」、自分の経験を得意がるのであれば、経験から学習し、社会に役立つ立派な構成員となる可能性があっても、明日死んでくれたほうがましです！――何千倍もいいでしょう！　（第三章）

　夫アーサー・ハンティンドンの堕落の原因は、彼の愚かな父親と無責任な母親にあるとヘレンは考えていた。これは作者アン・ブロンテ自身の考え方とも重なり、家庭教師として他家に長年暮らし観察した彼女が導き出した結論であった。それゆえ「過ち」の連鎖を断ち切るために、ヘレンは社会のタブーを犯してまで、子どもを手放さずに守り続けるのである。

　息子に寄り添う母親の姿は、聖母子像を想起させる。ヘレンと息子アーサーを聖母マリアとイエス・キリストになぞらえるならば、ギルバートはさしずめ聖母子を守ったマリアの夫、キリストの養父となったヨセフと言えよう。ギルバートも最初ヘレンに疑惑を抱くが、神の啓示のかわりにヘレンの日記を読むことで、すべてを理解し、「聖家族」の一員となるのである。

　しかしながら、本質的にはそうであっても、世間においては、外見上ヘレン親子は「聖母子」どころか、「堕落した母子」としか見なされない。社会から容認されるためには、ヘレンは放棄してきた社会的立場を取り戻さなくてはならない。その機会は、ヘレンにとってあまりにも都合よく訪れる。それは、『ジェイン・エア』（*Jane Eyre*, 1847）

におけるバーサ（Bertha Mason）の死のような機械仕掛けの神によるものではなく、より現実的な、ヒロインの努力を要するものであった。

ギルバートがヘレンの日記を読み、二人の間のわだかまりが解けても、それ以上の進展は望みようもなかったとき、ヘレンの夫アーサーは落馬し、寝たきりとなる。夫が死んでしまったのでは、夫を捨て息子を連れ出してきたヘレンの罪は贖われない。戻ったら二度と自由になれない危険性があるのに、ヘレンは迷わず看病に赴く。そもそも家族に対する看病は、ヴィクトリア朝時代の「家庭内天使」の重要な役割の一つであった。愛人や悪友たちが見捨てた夫の最期を一人で看取ることで、息子アーサーは跡取りとして認知され、財産を受け継ぎ、母親ヘレンは息子の後見役として活路を見出すのである。

ギルバートとヘレン

さらに、ヘレンには、息子の地位と財産に依存して残りの生涯を送る代わりに、別の道が開ける。彼女は、伯母の反対を押し切ってアーサーと結婚したため、彼との生活が破綻しても援助を求めることができずにいた。夫の最期を見届けたヘレンは、彼女の浅はかな結婚と家出に心を痛め、臨終の床にあった伯父をも看病し、残された伯母に孝心のかぎりを尽くしたことで、膨大な財産を相続し、再び結婚する条件を獲得するのである。

『ワイルドフェル・ホールの住人』は、ゴシック的要素とバイロニック・ヒーローが混在する、ロマンティシズムで彩られた作品である。この小説のもつ情熱や激しさは、『ジェイン・エア』や『嵐が丘』に匹敵する。

しかしながら、小説の内容は現実的である。姉妹のなかで家庭教師としていちばん長く他人の家庭で暮らしたアンは、否応なく現実を直視せざるをえなかった。そのアンが描いた「女の一生」は、情熱に浮かされた夢物語ではなく、当時の女性が置かれた状況認識においても、そこからの救済策においても、しっかりと現実を見据えたものとなっている。家父長制からの脱却を試みながら、その価値観を踏襲しているのである。

〔注〕

(1) An unsigned review, *Spectator*, 8 July 1848, xxi, 662-63. Miriam Allott (ed.), *The Brontës : The Critical Heritage* (London and Boston : Routledge & Kegan Paul, 1974), p. 250.

(2) 'Preface to the Second Edition' (1849.7.22). Rpr. Oxford: Clarendon Press, 1992, p. xxxviii.

(3) 「エリスとアクトン・ベルの伝記的紹介文」(中岡洋訳『嵐が丘』みすず書房、一九九六)、五七五ページ。

(4) 一八四五年七月三一日付のアンの日誌(芦澤久江訳)(中岡洋訳『嵐が丘』みすず書房、一九九六)、五五九ページ。

(5) 一八四〇年五月八日(金)、アン・ブロンテがロビンソン家の家庭教師として赴いたとき、長女リディアは一四歳、次女エリザベスは一三歳、三女メアリは一二歳、長男エドマンド(Edmund Robinson, 1831-69)は八歳、四女ジョージアナ(Georgiana Robinson, 1838-41)は二歳になっていなかった。

(6)　George Moore, *Conversations in Ebury Street* (London: Heinemann, 1924), p. 221.

# 第一三章　『サイラス・マーナー』
## ――過去からの贈りもの――

前田　淑江

一八五八年に処女作『牧師たちの物語』(*Scenes of Clerical Life*) で作家として出発したジョージ・エリオット (George Eliot, 1819-80) は、その後『アダム・ビード』(*Adam Bede*, 1859)、『フロス河の水車場』(*The Mill on the Floss*, 1860) を執筆し終えると、イタリアに旅し、そこでルネッサンス期を題材にした歴史小説を着想する。[1] だが帰国後、短編の「ジェイコブ兄貴」('Brother Jacob,' 1860) を書き終えた後も、その執筆には着手せず、その前にイングランドを舞台にした物語『サイラス・マーナー』(*Silas Marner*, 1861) を書き始める。[2]

最初の三作品には、作家自身が生まれ育った田園地帯を舞台にした、古き良き時代の「メリー・イングランド」[3] が描かれているが、産業革命を経た一九世紀中葉の大変革期に生きる作家自身は、それらの作品でも新旧せめぎあいの葛藤を通して、新時代の生き方を模索している。イタリアで歴史小説の着想を得たのも、古いものと新しいものとが相克するルネッサンス期に、ヴィクトリア朝時代の苦悩に通じるものを感知し、そこに新時代を生きるための活路を見出そうとしたからであろう。

だが、その歴史小説『ロモラ』(*Romola*, 1863) を生み出す前に、もう一度「メリー・イングランド」に目を向けて、過去の真価を再評価しようとする。その試みが、『サイラス・マーナー』執筆の意図であろう。そして、これ以後は都市を舞台に新時代の諸相を描く作品に一変していくので、これが前期の小説の集大成と位置づけられるものともなる(4)。

前述のとおり、ジョージ・エリオットは『サイラス・マーナー』にとりかかる前に、短編ではあるが「ジェイコブ兄貴」を書いている。これは、知恵遅れの兄ジェイコブが、ずる賢い弟デイヴィッドとの知恵比べに勝つ道徳的寓話として書かれているのだが、その実、旧態依然とした封建的な町グリムワスと、そこに新時代の職業を持ち込むよそ者のデイヴィッドとの、激しい相克が提示されてもいる。新しい時代を持ち込むデイヴィッドの存在は、それまで安穏としていたグリムワスの伝統的秩序を脅かしはするが、結局打ち壊すことはできずに、彼は撤退せざるをえなくなる。知恵遅れの兄の未知の脅威が、弟の小賢しさを打ちのめし、新時代は大敗する。この作品では、旧時代を震撼させる新時代と、さらにその新時代が遭遇する未知の脅威を警告するものの、ではそれにどう対処するのかということは明示されていない(5)。

そこで、続く『サイラス・マーナー』で再度その命題に取り組み、過去を再評価することから、新時代における活路を見出そうとする。この作品も前作と同様に、サイラスとゴッドフリー・カスの二重のプロットによる勧善懲悪を描く、道徳的寓話の形式をとる。そしてサイラスはデイヴィッドと同様に、産業革命後の新しい職業を携えて、伝統的秩序に守られた村ラヴィロウによそ者として侵入する。だが、当初は村人たちから疎外されるものの、ついには同化して、幸せな人生をつかむ。デイヴィッドはグリムワスに新時代の価値を強要したがために追い出されるが、サイラスはラヴィロウの伝統を従順に受け入れたがゆえに、享受される。ラヴィロウの伝統がサイラスに生の活路を開いたのであるならば、そこに作者が過去を再評価したメッセージを読み取ることができる。さらに『サイラス・マーナー』が前期の作品を締めくくるものと位置づけされる由縁をも、探ることができるであろう。

＊　　＊　　＊

一九世紀初頭のラヴィロウは、「本街道から馬でたっぷり一時間はかかり、馬車の角笛も聞こえてこなければ、世間の噂も伝わってこないような」、町からは遠く離れた、いまだ「新しい時代の声にも消されず、多くの古い昔の面影が残っている村」（第一章）である。地主のカスを筆頭とした数名の小地主、聖職者、医師などの上層階級と、村人たちの下層階級という明確なヒエラルキーのもとに、封建的な秩序が健全に保持されている一方、地主たちはサロンに、村人たちはバーにという違いはあるものの、同じ酒場レインボーに集まってともに楽しむという、共同体としての一体感も存在する。

ラヴィロウは「産業熱や清教徒運動の思潮からはまったくかけはなれた」（第三章）村であったが、そこに産業革命の洗礼を受けた町から、村にとっては新種の職業であるリンネル織工として、サイラスがやってくる。しかも、そこに来る以前彼は、ランタン・ヤードという場に集う「狭い宗派」（第一章）の熱狂的な信徒でもあった。産業革命後、都市に住む貧しい労働者階級は、日々の苦しい生活から救済される道を来世の幸福に求めて、さまざまな新しい宗教を信仰した。彼が信奉していたのもこうした新しい宗派の一つであり、職業、宗教ともに新しい時代をラヴィロウにもち込むことになる。だが、すべてが伝統的な秩序や因習によって整然と保たれているラヴィロウに、異質なよそ者が入り込む余地はまったくなく、一五年間もの長きにわたって、彼は疎外されたまま、村のはずれで機を織り続ける。

ところが、じつはサイラスの疎外感は、新旧のせめぎあいという外的状況にのみ起因するのではなく、彼の「内的生活」（第一章）に、より重大な原因がある。ランタン・ヤードでの彼は、神への信仰と、仲間との信頼関係を心の拠り所として生きてきたにもかかわらず、その神と仲間に裏切られ、絶望のあまりランタン・ヤードを捨てて、やむなく知らない土地に移り住むはめになる。貧しい者たちが苦しい現世において唯一望みを託していた来世の幸せをも彼は奪われて、精神的にも流浪の民となってしまう。新しい土地に移り住んでも、空虚な心を満たしてくれる神も仲間もいない。村人たちが集うレインボーに足を踏み入れる気にもなれずに、人間社会からは疎外されて生きる。

人間に代わって、彼の空虚な心を満たしてくれるのが金貨である。地主の妻たちのために織り上げた布の代価として得た金貨を貯めて、夜ごと取り出しては「一枚ずつかぞえ、きちんといくつにも積み上げて、その丸い輪郭を指でさわりながら、まだ織機にかかっているけれども、もう半分は自分のものとなったも同様な金貨のことを、まるでこれから生まれてくる子であるかのように、楽しい空想にふける」(第二章)ことにのみ、彼は「内的生活」の意味を求める。ランタン・ヤードで「狭い宗派」に注がれていた彼の熱い心は、孤独に追いやられた小屋のなかでは、それに代わる金貨にそのはけ口を見出す。

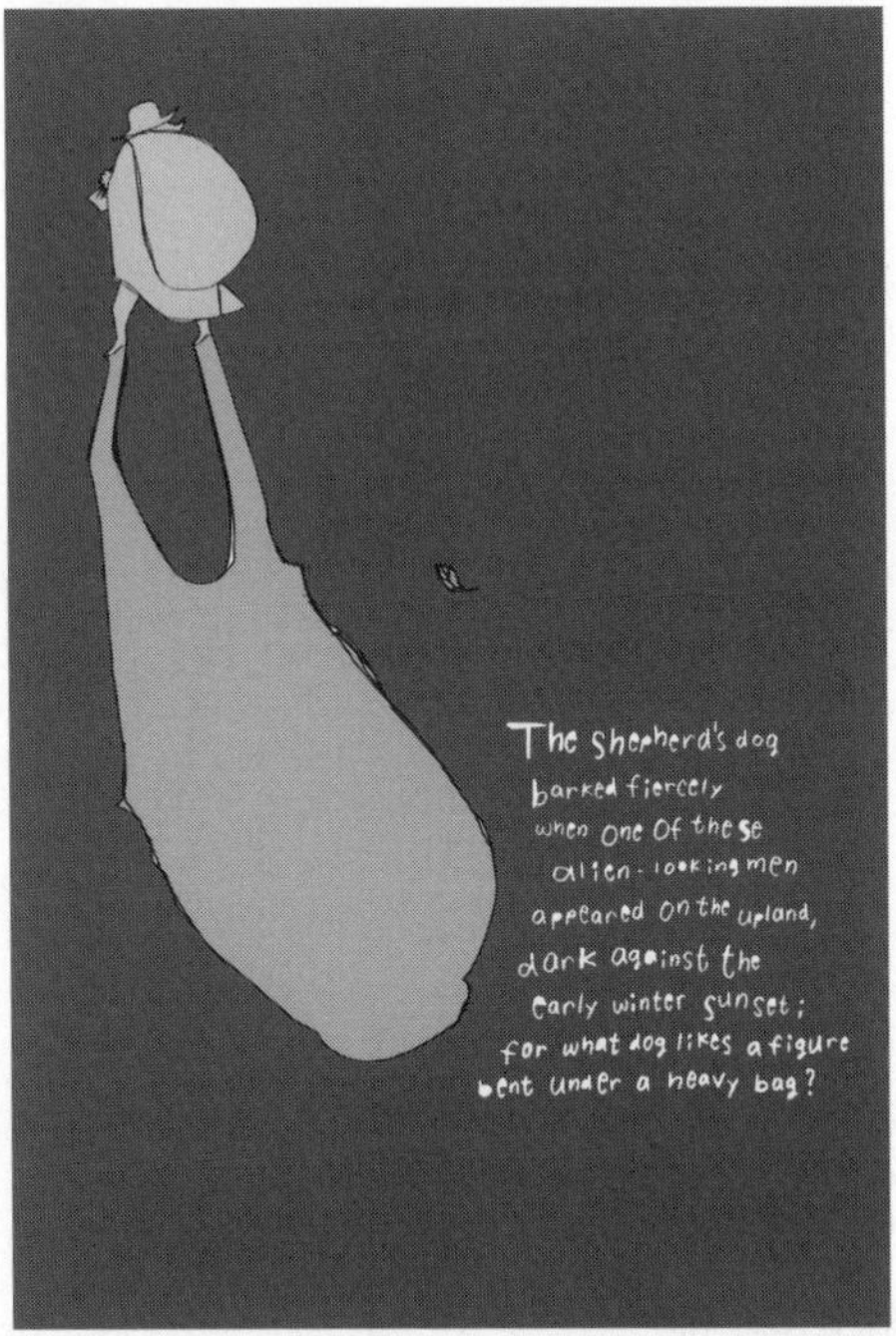
The shepherd's dog
barked fiercely
when one of these
alien-looking men
appeared on the upland,
dark against the
early winter sunset;
for what dog likes a figure
bent under a heavy bag?

できるかぎり生活を切りつめ、金貨を貯め、夜ごとかぞえては喜ぶ姿は、まさに守銭奴そのものであるが、彼が金貨を愛する心は、本質的には守銭奴のそれとはまったく異質のものである。ランタン・ヤードで彼が求めたものは、神への信仰と同時に、仲間との結びつきであり、収入の大半は信仰と慈善に費やされた。偏狭とはいえ、ランタン・ヤードはそれでも一つの共同社会であり、その一員であることに彼の「内的生活」の喜びはあった。神と仲間を愛することに心の充足感があった。今度はその対象が金貨に代わっただけである。金貨を愛の対象にしたということは、彼の「内的生活」にとって愛が不可欠のものであり、したがって、それが彼の本質でもあるということになる。水を汲んでいた土がめが割れてしまっても、長年使っていたものだからと大切にとっておく逸話が、「愛情の生気が枯渇してしまったわけではない」(第二章) ことを物語る。

金貨を盗まれたとき、彼はただちに村人たちが集まるレインボーに駆けつけて、助けを求める。ランタン・ヤードで仲間に裏切られ、人間社会に絶望してはいたものの、心の奥底では他者との絆を求める願望は脈打っていたのだ。わが子同然の金貨を奪われて悲嘆にくれながらも、「もし助けの手がさしのべられることがあれば、それは外部から来るにちがいない」(第一〇章) と期待しながら、小屋の扉を開けては外を眺めていた。愛の対象を内から外に向けたからこそ、エピーが扉から入ってきて、「破滅の町から……輝かしい土地へと導く……幼児の手」(第一四章) をさしのべることになる。エピーが扉から入ってきて、どこから来たのかと考える前に、本能的に優しく抱きしめている。彼女を受け入れることは、愛する心をもつ彼の本質からは必然のことであったのだ。

エピーがサイラスの小屋に入ってきたのは、そこからもれてくる光にひかれてであるし、そのエピーを抱いた母親のモリーが小屋近くにやってきたのも、その光に誘われてである。サイラスの愛の炎は、孤独な小屋のなかでも絶えず燃え続けていたので、その光が子どもを彼のもとに引き寄せたことになる。愛する金貨を盗まれて傷心のうちにある彼のもとに子どもがもたらされたのは、単純素朴なドリー・ウィンスロップ夫人が言うように、「神さまがお心にかけられて、この子を連れてきて下さった」(第一四章) のでもなければ、たんなる偶然でもない。サイラスの人間性の本質、すなわち他者を愛する心と、愛する他者を求める心に起因する、必然的結果としてもたらされたのである。

そして、この必然性がさらに、彼の「内的生活」の展開の転機となる。エピーを育てるため、彼はそれまでは拒絶し続けた村の伝統や習慣に素直に従い、村人たちの生活のなかに溶け込んでいき、その結果、ついにはラヴィロウの共同体の一員になることができる。心の奥底に潜在していた「愛情の生気」が顕在化することで、外的生活も一変し、共同体の一員として、さらには愛ある家庭の一員として生きる人生を手に入れる。

　サイラスよりも一世代後に生きる作者にとっては、産業革命後の近代社会のなかで、個としての人間がいかに生きるかが重要課題となっている。過去の再評価からその活路を見出そうとするとき、サイラスという個を蘇生させるのはエピーという子どもの愛であり、ラヴィロウという共同体の絆であるということに意味を読み取ることが重要であろう。

　エピグラフには、ワーズワス（William Wordsworth）の詩「マイケル」（'Michael'）の一部、「幼子こそ、老いゆく人にとりて、この世の与ういずれの賜にもまさり、希望と明日の日待つ思いをもたらすものなれ」という語句が引用されている。『サイラス・マーナー』の最初の一〇〇ページの暗さを嘆く出版者のジョン・ブラックウッド[6]（John Blackwood）に対して作者は、これはただまったくの悲しい物語になっているのではなく、「純粋で自然な人間関係がもたらす救済の力に光をあてる」[7]ことを意図したものである、と説明する。ワーズワスが「希望と明日の日待つ

思いをもたらすもの」という幼子こそ、もっとも「純粋で自然な」存在であり、その「人間関係がもたらす救済の力」こそが、作者が過去の古き良き時代に見出した真価であろう[8]。ラヴィロウの象徴ともいえるドリーは、金貨を盗まれたサイラスのところにクリスマスのケーキを持ってきて慰めたり、孤児となったエピーを育てる彼に、助けの手をさしのべたりする。こうして幼子は「彼の生活と村人たちとの生活の間に、日増しに新しいつながりをつくっていく」(第一四章) ことになる。

エピーとラヴィロウが与えた「純粋で自然な人間関係」によって、サイラスの「内的生活」は癒され、生来の人間性をまっとうしうる幸福な生を手に入れる。「純粋で自然な人間関係」とは、個と個のつながりからなる人間社会のあるべき姿であり、近代社会が過去の共同体に見習うべき理想である。そして、そのなかで彼が幸福を手に入れたのは、彼の「内的生活」が愛を本質としたものであったからこそだ。「純粋で自然な人間関係」をもつ共同体にあっても、幸せをつかめない者もいる。「せっかくの神の恵みを戸口から追っ払って」(第一九章) しまったゴッドフリーからは、幸せは逃げていく。

こうした二者の対比から、作者は社会に生きる個のありよう、すなわち「内的生活」の重要性を指摘する。この作品を構成する二重のプロットは、共同体というロマン主義的世界のなかで道徳的勧善懲悪を描きながらも、そこからは近代社会における個の重大な意義が浮き彫りにされてくる効果を生み出す。自然の愛を基調にするサイラスの個は、ロマン主義的世界のなかで慈しまれるが、近代的な自我を主張するゴッドフリーの個は、ロマン主義的な世界とは齟齬をきたし、その世界の住人とはなりえない。物語の最終章で、サイラスは結婚したエピーとエアロン、そしてエアロンの母親のドリーと一緒に、花咲く庭に迎え入れられるが、ゴッドフリーは「特別な理由で出かけなければならなかった」(結びの章) ために、結婚式からも姿は消えている。このようなゴッドフリーのプロットは、近代社会における個のありようを警告するものと読み取ることができるであろう。

サイラスのプロットが、ロマン主義的世界での「純粋で自然な」人間の理想像を描くならば、ゴッドフリーのプロットは、現実世界でのたうち回る人間のあるがままの姿を描き出す。彼の性格的特徴は「道徳的臆病さ」（第三章）と自己中心的思考であり、そこから彼の悲劇は生まれる。酒場女のモリーと結婚するのも、みずから望んでというわけではなく、意志の弱さからつい関係してしまった末の致し方ない行動であり、隠し妻にしておくのも、地主の息子として自堕落に生きてきた彼にとっては、勘当されても「みずから鋤をとって働く力もなければ、物乞いをするのも恥ずかしい」（第三章）からである。わが子のエピーがサイラスに抱かれて出現したときも、恋人の「ナンシーのことはあきらめようと考えるだけの道徳的な勇気」をもつことができずに、「父がその子を自分の子として認知しないほうが幸福であるのならば、おそらくその子供にとっても、そのような父親に認められなくても、けっこう人生は幸福であるだろう」（第一三章）と自己中心的な判断を下して、「せっかくの神の恵みを戸口から追っ払って」しまう。ところが一六年後には、財産を相続させ、炉端を暖めてくれる子どもに恵まれなかったからと、得手勝手にも親としての権利をあらたに主張する。だが、「神の恵みはそれを快く迎える人のところに落ち着く」（第一九章）ものだから、「以前、子供なしでやっていくことを欲した、……望むところではないけれど、これからは子供なしで暮らしてゆく」（第二〇章）

We shall take
the furze bush
into the garden
it'll come into the
corner, and just against
it I'll put snowdrops
and crocuses...

という皮肉な、しかしながら当然の結末をむかえる。
ゴッドフリーのプロットに見られる、この性格的欠陥に起因する因果応報は、一見サイラスのプロットで描かれている寓話的勧善懲悪と同義であるように思えるものの、ゴッドフリーの心理を克明に描写することで、作者はその差異の著しさを明確にしている。モリーを冷遇したり、エピーを見捨てたりはするが、そこにはつねに良心の呵責が伴う。「良心と愛情が、［ナンシーを］あきらめることを彼に許さぬ気の弱さに押さえられて、彼をいつまでも不安にさせているのであった。」「子供の小さな心臓の鼓動が、彼自身の胸のうちの、嫉ましい羨望の気持ちに少しも応えるところがないという、悔恨と喜びとの、妙に矛盾した気持ちを覚えるのであった。」（第一三章）彼は「良心と愛情」をもつがゆえに、不安になったり、やましさに悔恨を覚えるのであり、弟のダンスタンのように完全な悪の権化では決してない。それどころか、彼の「道徳的臆病さ」とは、性格的な弱さとやさしさがないまぜになったものであり、それこそが実に人間らしいものと言える。しかも、その弱い存在である人間が、いかに改心しようとも幸福にはなれない悲劇に、人間存在の悲しさが描かれている。わが子のエピーに拒否されたのは、わが子を捨てた「自分に加えられた罰」（第二〇章）であると深く自省し、罪深い身であるにもかかわらず妻のナンシーがそばにいてくれることに、感謝の念を抱く。それでも、彼の家庭では彼を迎えてくれる「賑やかな子供の声」（第一七章）が聞かれることはなく、「立派な家と、持っているすべてのものを受け継がせていく者もない」（第一九章）ままに、寂しく老いていくしかない。

古き良き時代の共同体では、人びとは昔からの伝統的秩序に支えられているので、同じ言葉を話し、同じ物を食べ、同じような人生を送ることに、なんら不都合もなければ疑問ももたずに、受動的に生を享受する。よそ者であったサイラスも従順に、「ラヴィロウの生活の型であるところの、習慣や信仰の形式をも、みずから用いるようになった」（第一六章）ことで、共同体の一員となりうる。ところが、異質なものたちの集合体である近代社会では、個々の価値観も異なれば、伝統的秩序という共通の基盤もないので、そこでの人間関係を堅固なものにするための要素を、他に求めねばならない。そこで作者が重視するのが、人間としての個の確立ということになる。ゴッドフリーの性格的欠陥が、自身のみならず、周囲の人たちの運命にも多大な影響を及ぼしていくプロットに、作者は社会における個の存在の重要性と、個の人間形成の課題を織り込んでいる。

＊　＊　＊

サイラスは、新時代の「産業熱や清教徒運動の思潮」が流布した社会で生きることに敗れると、人生への絶望感を背負いながらも、生きる場所を求めて新たな地に移住する。前作の『フロス河の水車場』では、マギーは新旧の軋轢に苦悩しながらも、過去に執着して故郷を離れることはしないため、活路は開かれず、救済は死によってしかもたらされない。サイラスは重荷を背負いながらも、新時代を生きるために、新たな場所に移動する。前作との相違点はここにあり、これが後期の作品へと進展していく出発点となる。

サイラスは新時代を生きるための活路を、封建的な共同体に見出し、そこでの「純粋で自然な人間関係」に癒されて、そこに同化することで幸福な生を手に入れる。したがって、これはたんなる過去による救済ということではない。過去に執着しているだけでは、マギーの結末しかない。果敢に前進することによって、彼は旧時代のなかから自分の生きる道を選び出したのである。彼を蘇生させた「純粋で自然な人間関係」こそが、新時代を生きるのに必須の条件として選択した、過去の再評価の結論である。

ラヴィロウの「純粋で自然な人間関係」によって蘇生したサイラスは、ランタン・ヤードで負わされた「重い荷」(第一章)を下ろして、現実世界で幸福に生きていく道を見出す。巻末でランタン・ヤードが消滅していたのは、苦しい現世での救済を来世に求めるのではなく、現実世界で誠実に生きていく道を見出そうとする作者の宗教観の表れである。「ラヴィロウの真の宗教は、人の心のなかにその聖所をもつ。(9)」

こうしてサイラスによって選択された「純粋で自然な人間関係」は、新時代に継承されるべきものであるが、崩壊していく過去もある。サイラスとゴッドフリーの二重のプロットは、エピーを介して、彼女を受け入れた前者の生は受け継がれ、拒否した後者の生は消えゆく運命にあることを物語る。サイラスが同化したラヴィロウの生活は労働者階級のものであり、ゴッドフリーは封建社会を支配する地主階級の代表として描かれている。老地主の死後、遺産は分配されてしまったので、地主の尊称スクワイアは、嫡子ではあるもののゴッドフリーには継承されずに、ラヴィロウの村からは消えてしまう。さらには彼自身にも子供がいないため、家系は断絶することになる。同じく地主階級のラメター家も、娘のプリシラが独身を通しているので、同様の運命にある。「大昔からラヴィロウの医者といえばキンブルであった」（第一一章）が、彼にも男子がいないため、伝統あるキンブルを名のる医者もいなくなるだろう。近い将来、ラヴィロウからは封建社会の支配者たちの姿が消えていくことが予測される。

また、エピーはゴッドフリーが与えようとするレイディの地位を拒否して、労働者の妻になることを選ぶ。「いろんな着物を着たり、馬車に乗ったり、教会で特別席にすわったりすること」よりも、「働いて稼いでいる人たちの食べ物や暮らし方が好きなのだ」（第一九章）と言う。彼女が有閑階級の地位を捨て、みずからが働いて生きていく労働者階級の生を選んだということは、「小地主や自作農階級は、ぜいたくな習慣や、へたくそな経営のため、下り坂で車にたっぷり油をそそぎかけたような状態」（第三章）にあるので、やがては勤勉な階級に取って代わられる新時代が到来することを予測させる。

こうして、サイラスの生はゴッドフリーの生を凌駕することには成功したものの、彼のプロットはやはりロマン主義的世界での物語である。結末はエピーの結婚によるハッピー・エンドではあるが、幸せな彼らを迎える花咲く庭は、「一方には石で垣がめぐらされてあるが、正面は間垣になっている」（結びの章）ので、彼らの幸福は完全に守られているものではない。サイラスが心配したように、「ロバなんかが入ってきて、何もかもめちゃめちゃに踏みつけてしまう」(第一六章) かもしれない。エデンの園の外には厳しい現実世界があり、ランタン・ヤードに取って代わった「暗くて醜い」(第二一章) 工場が、正面の垣根越しに垣間見える。

「暗くて醜い」形相の新時代から幸福な家庭を守るために、サイラスは、「純粋で自然な人間関係」という垣をめぐらせたエデンの園を造る。そしてその垣をいっそう堅固にするためには、個の人間としてのありようが重要だということが、作者のメッセージであろう。これ以後の後期の作品では、近代社会に生きる個の人間としてのありようを探ることに焦点が移されていく。したがって『サイラス・マーナー』は、これまでの執筆活動で得た結論と今後の著作の方向性を指示する、意義ある作品として位置づけられるであろう。

〔注〕

(1) J. W. Cross (ed.), *George Eliot's Life, as Related in Her Letters and Journals* (Edinburgh and London : William Blackwood and Sons, 1885), Vol. 3, p. 295.

(2) J. W. Cross (ed.), p. 339.

(3) 第一章。以下、本文からの引用は章のみを記す。日本語訳は土井治訳『サイラス・マアナー』(岩波文庫、一九八七) を参照した。

(4) たとえばレズリー・スティーヴンは「『サイラス・マーナー』はジョージ・エリオットの作品の方向性において重要な変

化を印した」と述べ（Leslie Stephen, *George Eliot*, London : Macmillan, 1902, p. 112）、ジョーン・ベネットは「ジョージ・エリオットの創作活動の第一期は『サイラス・マーナー』で終わる」と言う（Joan Bennett, *George Eliot : Her Mind and Her Art*, Cambridge: Cambridge University Press, 1948, p. 131）。

（5）「ジェイコブ兄貴」に関しては拙論「ジョージ・エリオットの『ジェイコブ兄貴』再考」（近畿大学『文学・芸術・文化』第一二巻第二号、二〇〇一）を参照。

（6）J. W. Cross (ed.), Vol. 3, p. 379.

（7）J. W. Cross (ed.), Vol. 3, p. 382.

（8）ローズマリー・アシュトンはこれを「ジョージ・エリオットの意図した、穏やかなワーズワス的構成（そこでは慈悲深い外的自然が人間更正における行為者なのであろう）」と言う（Rosemary Ashton, *George Eliot*, Oxford : Oxford University Press, 1983, p. 48）。

（9）F. B. Pinion, *A George Eliot Companion* (London : Macmillan, 1983), p. 141.

# 第四部　ハーディからコンラッドへ

# 第一四章　『青い眼』の特徴

## ――継続される関係性と成立しない結婚――

渡　千鶴子

### 序

『青い眼』（*A Pair of Blue Eyes*, 1873）は、自伝的要素との関わりで読まれやすい。それは舞台が、当時建築業に携わっていたトマス・ハーディ（Thomas Hardy, 1840-1928）の訪れた、コーンウォール（Cornwall）のセント・ジュリオット（St. Juliot）教会とその周縁であることや、主人公エルフリード・スウォンコート（Elfride Swancourt）が、ハーディの妻エマ・ラヴィニア・ギフォード（Emma Lavinia Gifford, 1840-1912）の若いころと共通する点のあること、エルフリードの二人目の恋人である批評家ヘンリー・ナイト（Kenry Knight）が、ハーディにとてもよく似ていることなどからである。[1] 自伝と相まって、人物の外見や性格、言葉や考え方、作品の構成や技巧、そしてシーンやヴィジョン、テーマやプロットなどにおいて、この作品と他の作品との類似、投影、反復を扱った批評も数多くある。[2]

しかしこの小論においては、これらのことには目を向けずに、『青い眼』独自の特徴に焦点を当てて、ハーディがその特徴を価値あるものだと考え、建築家から小説家に職業を変更するきっかけの一つにしたのではないかということとを検討する。

## (一)

その特徴とは、三人の主人公であるエルフリード、ナイト、スティーヴン・スミス（Stephen Smith）の関係性が、物語の最初から最後まで、緊密に維持されることである。しかもそこに結婚は入り込んでこない。この特徴が『青い眼』だけにしかないことを、七つの主要作品の中心人物の関係性を辿って確認してみよう。

『緑樹の陰で』（*Under the Greenwood Tree*, 1872）は、物語の初めのほうで、ファンシー（Fancy）、ディック（Dick）、メイボールド（Maybold）、シャイナー（Shiner）が一堂に会して、三人の男性たちがファンシーに恋する構成や、その関係がほとんど最後まで続くのが『青い眼』と似ている。大きく違うのは、ファンシーとディックが最後に結婚することである。

『はるか群衆を離れて』（*Far from the Madding Crowd*, 1874）では、バスシバ（Bathsheba）がオーク（Oak）、ボールドウッド（Boldwood）、トロイ（Troy）と関わるが、彼女と三人の男性たちとの出会いには時間的なずれがあるので、四人が共有する時間はほとんどない。しかもバスシバは初めにトロイと、二度目にオークと結婚する。

『帰郷』（*The Return of the Native*, 1878）では、ユーステイシア（Eustacia）を挟むクリム（Clym）とワイルディーヴ（Wildeve）の関係が成立するかに見えるが、物語の初めで、ユーステイシアとワイルディーヴが逢瀬を楽しんでいるときには、クリムはパリにいて、ワイルディーヴとクリムに直接的な関わりはない[3]。ユーステイシアとクリムとの結婚後、彼女はワイルディーヴにも会っているが、ワイルディーヴとクリムの関係は何ら進展しない。三人が実際に顔を合わせて大きな事件となるのは、ユーステイシアとワイルディーヴの死にぎわであるから、三人の共有時間はないに等しい。

次に、タイトルからするとヘンチャード（Henchard）が抜きんでる『カスターブリッジの町長』（*The Mayor of Casterbridge*, 1886）を男女の関わりで見ると、二つの捉え方ができる。一つは、ヘンチャードを挟む妻のスーザン（Susan）と愛人のルセッタ（Lucetta）との関係で、もう一つは、ルセッタを挟む夫のファーフレイ（Farfrae）とヘンチャードとのそれである。前者の場合、ヘンチャードは物語の冒頭でスーザンと別れてからルセッタと出会い、ルセッタと再会したのは妻の死後である。後者は、物語の前半で二人の男性はかなり親密な関係だが、そのときルセッタの存在はない。話がかなり進んでからルセッタが現われて、ファーフレイに一目惚れして結婚するが、そのときには男性たちの関係は冷えている。

『森林地の人びと』（*The Woodlanders*, 1887）も二つの見方ができる。まずグレイス（Grace）を中心に、二人の男性ジャイルズ（Giles）とフィッツピアーズ（Fitzpiers）との関係。それからフィッツピアーズを中心に、その妻グレイスと愛人シャーモンド（Charmond）との関係である。先の場合、グレイスとジャイルズは親たちの決めたフィアンセ同士だったが、グレイスが結婚するのはフィッツピアーズであって、ジャイルズとフィッツピアーズの関係は希薄である。後のほうは三角関係には違いないが、物語の最初から三人が共有していた時間があるわけではない。

『ダーバヴィル家のテス』（*Tess of the d'Urbervilles*, 1891）の人物構成は男性二人と女性一人で、『青い眼』を踏襲している。しかしテス（Tess）は初めにエンジェル（Angel）に会い、それからアレック（Alec）と出会う。エンジェルと再会して結婚するが、別居を余儀なくされてからアレックと再会することになる。テスは二人の男性たちと交互に出会うし、エンジェルとアレックが出会うことはないので、三人が同一の時間を共有することはない。

『日陰者ジュード』（*Jude the Obscure*, 1895）では、ジュード（Jude）はまずアラベラ（Arabella）と結婚して別れた後、スー（Sue）に会って、結婚しないで子どもを持つ。ジュードを介してアラベラとスーが顔を合わせるのは、物語の後半部であるので、最初から三人の関係があったわけではない。スーを中心に二人の男性ジュードとフィロットソン（Phillotson）を考えるなら、『青い眼』と似た関係になる。つまりエルフリードを中心に二人の男性スミスとナイトがいて、その繋りはエルフリードと知り合う前からで、しかも主従関係に近いものであった。このことが、ジュードとフィロットソンが師弟関係にあり、それはスーを知る前からであったことに符合するからである。けれどもエルフリードは二人とは結婚しないのに、スーはフィロットソンと結婚するうえに、ジュードとは同棲して子どもができる。ここに大きな相違がある。もう一つ、フィロットソン、ジュード、アラベラの関係を見ておかねばならない。フィロットソンはジュードとアラベラの教師で、三人は物語の最初から知り合いである。ジュードとアラベラは、出会うと直ぐ親密になる。しかしながら、『青い眼』の三人の関係は、最初から最後まで重要な位置を占めて継続されるが、この三人の結びつきはずっと希薄である。

以上七つの作品では、必ず結婚が成立していることがわかった。また、初めから終わりまで維持される関係性がないことも把握できた。

## （二）

では、『青い眼』だけに見られる、結婚されないまま継続される三人の関係性の特徴が、物語の進展とともにどのように変化してゆくのかを、具体的に見てみよう。

スミスが教会修復の仕事でロンドンからローアー・ウェセックス（Lower Wessex）にやって来て、エルフリードと出会い、二人は急速に接近する。エルフリードの父親が二人の結婚に反対するので、駆け落ちまでするが、土壇場でエルフリードは気が挫けて父親のもとへ戻る。そこでスミスはエルフリードとの将来のために、彼女の父親の求める財産と名誉を手に入れようとインドへ赴く。これがエルフリードとスミスの関係の始まりであり、恋人同士という大変強いラインで結びついていることを念頭に置いておこう。

スミスとナイトの関わりは、スミスの少年時代にさかのぼる。ナイトはスミスの保護者気取りであって、スミスはそんなナイトを尊敬している。この二人の繋りは、スミスが青年になっても変わらない。だから、批評家であるナイトがエルフリードの小説に対して辛辣な意見を述べても、スミスは黙って退くほかにすべがない。

エルフリードとナイトの関係は、面識のない時点ですでにできている。つまり、エルフリードはナイトの書評に、抗議文を送る一方で、スミスからの愛情溢れる手紙より、ナイトからの酷評に心を寄せるのである。それは、「攻撃は和平より刺激的」[4]（第一五章）という微妙な言葉が示している。ナイトは、スミスにはエルフリードの小説を冷評したことを伝えたが、スウォンコート（Swancourt）夫人から、エルフリードがまったくの他人でないことを聞き、彼女を傷つけたと後悔して、密かに興味を持つ。このように、初めの段階ではエルフリードの小説が小道具として三人を結びつけている。

次に、ブリストル（Bristol）からカースル・ボテレル（Castle Boterel）へ航行するパフィン号に乗ったスミスを見るために、エルフリードが重い望遠鏡を持って出かけた「名もない崖」（"the Cliff without a Name"）での、三人を追ってみる。この望遠鏡は、エルフリードとスミスを繋ぐ重要な小道具である。だが望遠鏡が重いので、まずエルフリードはそばにいるナイトの肩を借りる。次にナイト自身にそれを渡して、船上のスミスを見てもらう。スミスも船上から、崖の上の二人を自分の望遠鏡で見ている。この望遠鏡を介しての崖と船の間の描写は、絶妙である。と言うのも、場所はスミスが一人離れているが、心理的にはナイトが一人孤立しているからである。なぜならナイトは、エルフリードがなぜ望遠鏡を持って来たのか、船上の男性は誰で何を目的としてこちらを見ているのか、考えてもいない。それにひきかえスミスは、エルフリードと一緒になぜ男性がいるのか疑問に思っているし、エルフリードは、

カースル・ボテレルのモデルとなったボスカースル

スミスに自分の現状を疑問に思われていることを知っているからだ。言葉を媒介とせずに望遠鏡を通しての視線だけで、読者に三人の関係性を認識させる手法は、特筆すべきではないだろうか。もちろんタイトル『青い眼』からも、ハーディが視線に重点を置いていたことは容易にうかがえる。

だが、こともあろうにエルフリードは、望遠鏡を崖から落としてしまう。ここにいたって、エルフリードとスミスを繋ぎ留めていた恋愛の糸は切れてしまう。その直後、ナイトも崖から宙吊りになる。あっという間に奈落の底に消えた、スミスとの関わりを象徴する望遠鏡と違って、エルフリードの気の遠くなる悪戦苦闘が功を奏して、ナイトが助け出される。それは、二人の恋愛感情が熟していくことを予測させ、エルフリードとスミスの間の最も太い線が彼女とナイトへ移動したことを意味する。

納骨堂のシーンでは、三人を結ぶラインはどのように描かれるのであろうか。スミスからナイトへ移ったはずの最強ラインが、ここではエルフリードとスミスの間にも再現される。そのため、彼女を中心とした二本のラインが拮抗する。だからハーディは、「三人の生涯において消すことのできない跡を残す場面」（第二七章）と、強い表現を使ったのではないだろうか。

エルフリードとナイトは恋人同士で、彼の腕と彼女の手が触れ合っているので、心理は一致しているはずである。しかし、二人から距離を置いて一人立っているスミスの存在が際立ち、ナイトの存在は滑稽にさえ見えてしまう。本来なら、スミスの存在が小さくて、滑稽に見えるとすればエルフリードの過去の恋人スミスのはずである。そうでないのはなぜであろう。ナイトは、今では地位も財産も自分とほとんど同等のスミスを、いまだに以前のままの若僧だと思い、かつひたむきに従うエルフリードの気持ちを理解していない。自分の決めた枠の中だけで物事を判断する偏狭なナイトは、事実を客観的に判断したり、人に謙虚に接したりはしない。自信家のナイトは、社会的にも経済的にも力があり、自分は他の二人より人生を長く経験豊富に生きていると思い込んでいる。しかしもっとも経験不足な人物は、ナイトなのである。

ハーディは経験について次のように書いている。「人生はその実際の長さではなく、経験の強さによって測られるものである。」（第二七章）経験は想像力や洞察力を高め、相手の気持ちや考えを推し量る力を人に与える。経験によって自身の器も大きくなり、人を受け入れる許容範囲も広くなる。インドで多大な経験を積んだスミスは、エルフリードの一瞬の訴えかける視線の動きで、彼女の心が自分から離れ、ナイトに移ったことを察する。同時に、自分との過去をナイトに知らせたくないという心理まで素早く感知して、彼女に心ある配慮をしている。この場面も先の場面同様に、視線の動きが重要な小道具として巧みに描写されている。スミスとエルフリードは、視線だけで「シーンの背後にある何か」（第二七章）を伝え合うことができるが、ナイトはそのやりとりを見抜けない。ナイトには「シーン」そのものしか見えないので、エルフリードの顔色の悪さと表面的な言葉しかつかめない。なぜ気分が悪いのかを考えようともしないし、彼女の内面を物語る態度や、ほんとうの気持ちを見抜く能力もない。その結果、ナイトだけが浮いてしまい、それが滑稽さを生み出すことになる。

ナイトの経験の未熟さは、恋愛観にも表われている。彼はキスを躊躇するので、彼の愛は一見、プラトニック・ラヴのように見える。しかし、「あなたの揺籃期から、僕はあなたを僕のものだと思いたかった」（第三二章）と言うナイトには、経験を積んだ女性を拒否する男性像が浮かび上がる。彼は、自分と同じように未経験の女性を望む。経験不足は、「潔癖症」（第二九章）と結びついて、自分以外の男性の手には触れていない、無垢のままの真っ白なエルフリードを求めることになる。これは、自分の鋳型にはまる女性を求めていることを示唆する。そんな非現実的な女性と、現実に存在している生身のエルフリードが一致するはずはなく、結局、彼は彼女を失ってしまう。

最終段階では、今までもっとも弱かったスミスとナイトの関係が、もっとも強くなり、緊迫する。なぜなら、再会したスミスとナイトがライバル意識を剥き出しにして、エルフリードとやり直そうとするからである。では、「利己的な愛と情け容赦のない嫉妬心」（第三九章）の渦巻く描写を見てみよう。それは、エルフリードをモデルとしたマリアのスケッチを、ナイトが見つけたことで始まる。

スミスは無意識のうちにエルフリードを描いてしまっていたが、ナイトの心は穏やかではない。そんなナイトに、スミスはエルフリードとの過去を初めて明かす。これに続く二人は、表面は冷静沈着を装いつつ、その実、相手を騙し、腹のなかを探りあう。その迫真に満ちた欺瞞のやりとりは、スミスとナイトの対立関係に効果を与えている。スミスは、ナイトがまさか演技をするとは思いもしないので、すっかり騙されてしまう。ナイトは今まで、他人はおろか、自分さえごまかしたことはなかった。その彼が、これまでの生き方や信条に反する行為をしても、自責の念を覚えるどころか、満足感に浸るので、その演技の迫力は言うに及ばない。スミスも、ナイトと張りあえる社会的地位や経済的基盤が確立している今、受けて立つ姿勢には自信が溢れている。

このように対立する二人の男性たちと比較すると、エルフリードの存在感はとても弱い。ここでは彼女は、スケッチ画のなかや、男性たちの過去の思い出と、将来の期待のなかにしか現われない。タイトルから判断すると、エルフリードが中心の物語であるはずなので、最後まで彼女に光が当たるのが自然ではないのか。この疑問に答えることが、結婚について語ることになる。しかしその前に、以上の考察から三人の関係性の最強ラインの移行をまとめておこう。

第一段階のエルフリードとスミスの間の太いラインが、第二段階でエルフリードとナイトに移る。第三段階では、エルフリードとスミスの間に隠れていたラインが復活するので、彼女を挟んで二本の太いパイプラインが形成される。しかし第四段階では、反動であるかのようにそのパイプは消滅して、代わりに男性同士の間に今までにない強いラインが生じる。このような三人を結ぶ太い線の移動は、始まりから終わりまで登場人物たちが同じであるという単調さを拭い去る。また強いパイプラインの動きがテンポのよい物語展開を可能にして、人物描写を興味深いものにしている。

㈢

では、三人のなかでもその要となるエルフリードが、薄れて見える終わり方になっているのはなぜなのかを探ってみよう。

主要作品では、必ず中心人物の間で結婚が成立したが、この作品では、エルフリードはスミスともナイトとも結婚しない。もしどちらかと結婚していたら、最後の段階でエルフリードはもっと強い存在として描かれ、二人と強い関係を保持したであろう。

しかしながら、彼女は結婚しないで終わるのではなく、スペンサー・ヒューゴ・ラクセリアン（Spenser Hugo Luxellian）と結婚するのである。ラクセリアン卿は、エルフリードにとってのスミスやナイトと比肩できる人物ではないし、その結婚生活が語られるのは最後の章になってからであり、召使いのユニティ（Unity）の口を通じてである。このことから、この結婚は、物語のなかでは軽く扱われていると言っても過言ではない。エルフリードがラクセリアン卿と結婚した理由は、「家族のため」(第四〇章) である。そして、母を亡くした幼子たちの新しい母を捜していたラクセリアン卿のためであり、エルフリードを「小さいママ」(第五章) と呼び、なついていた、彼の幼子のためである。決して自分のためではないし、彼を愛していたわけでもない。この時代の女性の立場からすれば、周囲の人のために結婚するのは珍しいことではなかったので、彼女は特別な道をとったわけではない。

それにしても、彼女はあまりにも人生を駆け足で歩んだのではないだろうか。彼女は妻になると同時に、母になっている。しかも二人の幼児の母にである。これは急ぎすぎである。妻になって、胎内に生命を宿し、文字どおり一心同体の時期を経て母になり、その子とともに生きてゆくのが順序である。もっとも、彼女も順序どおりに歩み出そうとしていたが、流産が引き金になって亡くなってしまう。これでは駆け足どころか、疾走である。出産で死亡するケースの多い時代背景を考えると、よくあることだと片づけられるかもしれない。それでも結婚後、たった五カ月で命を落としてしまうことを思うとき、ラクセリアン卿との関係を、ハーディは希薄に描いたと言わざるをえない。つまりは、結婚生活を軽いタッチで描写したのだ。

ハーディが序文で書いた、「三人の人間の想像上の物語」という言葉の意味するところは、ハーディ文学ではたいへん重要な位置を占める結婚が、三人の主人公の関係性のなかでは描かれないということである。このことは、ハーディがすでにこの時期に結婚への懐疑を持っていたことを示唆する。それをこの小説のなかでは、主人公たちの結婚を成立させないことで示した。結婚前の若きハーディが結婚を疑問視していたとは、当時の読者は思いもしなかったであろう。この作品が『ティンズレーズ・マガジン』誌に連載されたのは、一八七二年九月号から七三年七月号までで、七三年五月には三巻本で出版されている。[5] ハーディはエマと一八七四年九月に、パディントン (Paddington) のセント・ペトロ (St. Peter's) 教会で結婚式を挙げている。[6] このことを考え合わせると、なおさらのことである。本心をうまく作品に秘めながら、小説家として身を立てていこうとした彼の意気込みは、この作品に初めて本名を冠したことに如実に現われている。こうしてハーディは、自信をみなぎらせて小説家への道を歩んでいくのである。

〔注〕

（1）Florence Emily Hardy, *The Life of Thomas Hardy 1840-1928* (Connecticut : Archon Books, 1970), pp. 73-74.

（2）その一部として以下を参照。Beat Riesen, *Thomas Hardy's Minor Novels* (New York : Peter Lang, 1990), pp. 71-84 ; Bert G. Hornback, *The Metaphor of Chance* (Ohio : Ohio University Press, 1971), pp. 48-51 ; Lance St John Butler, *Thomas Hardy* (Cambridge : Cambridge University Press, 1978), pp. 142-46 ; Michael Millgate, *Thomas Hardy : His Career as a Novelist* (London : Macmillan, 1971), pp. 66-76 ; Peter J. Casagrande, *Unity in Hardy's Novels : 'Repetitive Symmetries'* (London : Macmillan, 1985), pp. 85-95 ; Rosemary Sumner, *Thomas Hardy : Psychological Novelist* (London : Macmillan, 1986), pp. 120-46.

（3）Thomas Hardy, *The Collected Letters of Thomas Hardy* Vol.1 : *1840-1892*, ed. by Richard Little Purdy and Michael Millgate (Oxford : Oxford University Press, 1979, p. 53) には、トマシン (Thomasin) とヴェン (Venn) がワイルディーヴより重要人物であり、ヨーブライト夫人 (Mrs Yeobright) も見逃せないとあるが、本稿では便宜上この三人は省いている。なお、このことに関しては、拙論「*The Return of the Native*——VennとThomasinの役割」(『関西外国語大学研究論集』第五七号、一九九三、一〇一—一一三ページ) 参照。

（4）Thomas Hardy, *A Pair of Blue Eyes*, The New Wessex Edition (London : Macmillan, 1986). 以下この作品からの引用

には章のみを記す。

（5）Florence Emily Hardy, p. 93.

（6）Florence Emily Hardy, p. 101.

# 第一五章 『帰　郷』
## ――クリムとユーステイシアの創造――

筒井香代子

(一)

トマス・ハーディ(Thomas Hardy, 1840-1928)の『帰郷』(*The Return of the Native*, 1878)は、雑誌『ベルグレイヴィア』(*Belgravia*)に、一八七八年一月から一二月にかけて連載された作品である。この小説の主人公としては、題名のthe nativeその人であるクリム・ヨーブライト(Clym [Clement] Yeobright)がまず考えられるが、ユーステイシア・ヴァイ(Eustacia Vye)もまた彼同様、たいへん重要な人物であり、こちらを主人公と見なす批評も少なくない。この二人に悲劇をもたらす要因は、彼らが生きたヴィクトリア朝時代の社会と密接に関連している。その関連性は、発表当時物議をかもしたハーディの別の作品『ダーバヴィル家のテス』(*Tess of the d'Urberville*, 1891)、そして『日陰者ジュード』(*Jude the Obscure*, 1895)(以下『テス』『ジュード』と略す)が示すほど明確ではないにしても、確実にうかがうことのできるものである。ただ『テス』の場合、労働者階級に属する人びとの苦悩が主たるテーマになっているのに対し、『帰郷』においては、中産階級特有の価値観、思想が、クリムとユーステイシアに絶えずつきまとい、そのために彼らは苦しみ、不幸へと追い込まれる様子が描かれている。さらにこの作品において注意を促されるのは、二者の人物構成には、ある種の矛盾、あるいは不調和が見られるということである。そしてこのことは、作品を論じるうえで社会と悲劇との関連性同様、きわめて重要であると考えられるのである。

本稿では、この二人の人物像に見られる、矛盾また不調和を中心に考察することで、作品が提示する新たな側面を明らかにしたい。

㈡

まずクリムから見てみよう。副牧師の娘である母を持つ彼は、将来を期待されパリの宝石商として成功をおさめた人物として、生まれ育った地であるエグドン・ヒース (Egdon Heath) に帰郷する。母親のヨーブライト夫人 (Mrs. Yeobright) は、前途洋々であると信じて疑わなかった息子が、突然、宝石商の職を投げ捨て、あらたな志を抱いて故郷に帰ってきたのだと聞き、激しく動揺する。彼女は必死に説得してパリへ返そうとするが、息子は頑として、もとの職業に戻ってほしいという母親の願いを聞き入れようとしない。その彼が抱いていた思い、そして今後の計画とは以下のようなものである。

クリム・ヨーブライトは、同胞を愛していた。彼には、多くの人に欠けているものは、富よりも智恵をもたらすような知識であるという確信があった。彼は、階級を犠牲にして個人を高めるよりも、個人を犠牲にして階級を高めたいと望んでいた。そればかりではない、すぐにも身を挺して最初の犠牲者となる覚悟があった。

（第三部第二章[1]）

この同胞とは、エグドンに住む、労働者階級に属する貧しい村人たちのことである。またこの場合の知識とは、人びとをあらゆる迷信から解放するような科学的知識であると考えてよい。それは、ユーステイシアを魔女と信じ込み、彼女に傷を負わせたヒースの住民であるスーザン・ナンサッチ（Susan Nunsuch）による事件の話をしながら、クリムが「そういったいやな蜘蛛の巣をとり払うために僕は帰ってきた」と言っているところからも判断できる。彼は、できるだけエグドンに近いところに学校を一つ開いて、知識を普及させることに心身を注ぐことで、みずから同胞の犠牲になろうとしたのである。

一方、当時の著名なイギリスの著述家であり、また社会改良家であったサミュエル・スマイルズ（Samuel Smiles）が、一八四五年リーズ（Leeds）で行なわれた労働者の会合で語った言葉のなかに、「労働者階級の教育は、その理念として、数人の賢い才能ある人々を上の階級に上げる手段としてではなく、階級全体を向上発展させる――すなわち、労働者の生活状態全般を高める手段と見なされるべきなのです。目指すべき遠大な目標は、大衆を高潔な、知的で、博識な、品行方正な人々にすること、そして彼らに喜びと幸福の新たな源を開いてやることなのです。知識はそれ自体最高の楽しみのひとつなのです」という箇所がある。[2]『帰郷』は、その年代設定を一八四〇年から五〇年としているが、ちょうど時期も重なっており、クリムの思想――労働者階級に属する人びとに対する考え、また知識の捉え方――には、スマイルズの、また彼と同様の目的により一八二六年に設立された有用知識普及協会（the Society for the Diffusion of Useful Knowledge）の影響が、反映されているように思われる。異なるのは、有用知識普及協会が功利主義的傾向を帯び、教育をただ一つの目的、すなわち、社会および個人の物質面での進歩を得るための手段と見なしていたことである。そのことに関するかぎり、富よりも知恵が欠けていると認識し、ほかの人が誰も教えないようなことを教えてみたいとする、精神面における知識の重要性を強調したクリムの意図は、これら協会の目的を一段高いレベルに引き上げ、あるいはさらに一歩進めたものと言えるかもしれない。

ところがクリムは、みずからの志を最後まで貫こうとはしない。それどころかひどく落胆した母親を見て、「最下層の人びとに、自分の口から直接初等教育を施すという計画には、もう固執しないことにします」と言ってのけ、この州でも有数な学校の長になるという計画に修正するのである。実際この計画修正には、母親だけでなく、彼の恋人で後に妻となるユーステイシアの存在も関わっている。彼女と結婚後、クリムは早速、教師の資格取得にむけて勉学にいそしむが、不幸にもその過労がたたり眼炎を患って、以後そのような仕事を諦めるよう医者に言われると、本来彼自身が救うはずだった貧しい村人にまじってエニシダ刈りを始めるのである。その際、ユーステイシアが落ちぶれた夫の状況をどれだけ嘆こうとおかまいなしに、今働けることそのものに喜びを見出す。あげくの果てに母と妻の両方に死なれ、すべてを失ってしまったクリムは、巡回野外説教師を天職として生きていくのである。

彼が物語を通して示す一貫性のない矛盾に満ちた言動は、どのように考えられるであろうか。またハーディは、いかなる意図をもってクリム像を造型したのであろうか。これらを考察する際、クリムの容貌に示される特異性に目を向ける必要がある。以下の記述は、彼の容貌がいかに独特なものかを示している。

> 彼はすでに、思想が肉体の病いであるということを示しており、理想的な肉体美も、心情の発達や苦しみの絶えない世のなかに対する認識とは両立しがたいということを間接的に立証していた
> （第二部第六章）

一九世紀は激動の時代であったと言える。リチャード・D・オールティック（Richard D. Altick）は『ヴィクトリア朝の人と思想』（*Victorian People and Ideas : A Companion for the Modern Reader of Victorian Literature*, 1998）で、当時の混乱の様子を余すところなく伝えている。チャールズ・ダーウィン（Charles Robert Darwin）がその著書『種の起源』（*The Origin of Species*）で示した「自然淘汰の観念」は、ヴィクトリア朝時代の人びとからキリス

ト教信仰の根拠を奪ったのである。このことは、彼らに精神的苦闘をもたらした。[3]『種の起源』の出版は一八五九年であるため、小説の時代設定である一八四〇年から五〇年にはまだ知られていないことになるわけであるが、作品『帰郷』そのものが発表されたのは一八七八年であるから、当然このときハーディを含む後期ヴィクトリア朝時代の人びとは、自由思想、懐疑主義、合理主義、不可知論、世俗主義、人間主義などさまざまな反宗教的立場に身をゆだね、さまよえる魂の救い場所を求めて精神的苦闘を繰り広げていたわけである。[4]

ダーウィンの説は、社会を激変させたと言うより、その変化を決定的にしたと言ったほうがより正確であり、「進化」というものに対して、また神の存在についての懐疑は、以前から十分考えられうることであった。クリムも同様、キリスト教に対する信仰の喪失により苦悩し、「そのころ人気を博していた幾つかの倫理学体系」、すなわちフランスの哲学者オーギュスト・コント（Auguste Comte）の実証主義をはじめとした自由思想、懐疑主義、合理主義、不可知論、世俗主義、人間主義といった代替物を求めたのであろう。したがって、自らの意思を状況に応じて変化させていったクリムの行動には、当時の不安定な社会状況が反映されていると言える。彼は最初の計画を実行に移す機会を得ることができず、さらに言えば、同胞に裨益することが帰郷の最大目的であったにもかかわらず、最愛の母と妻を死に追いやるという、目的とは正反対のこれ以上ない不幸な結果を招いてしまうのである。このような彼の不幸は、当時中央の都会思想家などに決してひけをとらない立場にあったにもかかわらず、時代に先んじていたというその先行性に起因するという示唆が見られる。

彼の立場がこのように時世に先んじていた結果として、クリム・ヨーブライトは不幸だったと言えるかもしれない。田舎の世界はまだ、彼を受け入れるほど熟してはいなかったのだ。時代にわずかばかり先んじていれば無難であるが、まるっきり飛び離れた先頭を切って大望を抱くことは、かえってその人の名声を危うくしてしまうの

である。　　　　（第三部第二章）

このように時代に先んじた不幸な青年の容貌は、前に述べたように独特なものである。その顔面には、心労の痕跡を留め、人生は耐え忍ぶべきものだと諦めてかかる人生観が映し出されている。そしてこの風貌こそが、未来の人間の典型であると記されている。ヴァージニア・R・ハイマン（Virginia R. Hyman）の指摘どおり、ハーディの作品のなかで、クリムほど未来の人間像を示す人物として、微細にわたって描かれたキャラクターはいない[5]。彼の描写を考察するかぎり、時代および未来に対する悲壮感を免れない。しかし時代に先んじているということは、その時代が受け入れを拒否しているということをも示唆しており、ここに単なる悲観論のみならず、時代が生み出した社会に対する不満が見えてくるのである。クリムの計画遂行における失敗の要因は、彼自身にあると同時に時代にあり、また社会にあるとも言える。

『ジュード』では、ジュード・フォーリー（Jude Fawley）のスー・ブライドヘッド（Sue [Susanna] Bridehead）に対する、「おそらく世間は、僕らのような実験を受け入れてくれるほど啓蒙されてはいないんだろうね[6]」という言葉のなかに、より明白な、時代の、また社会の過度な狭量さに対する批判が示されている。ただクリムに関して言えば、彼の描かれ方から見えるのは、時代および社会批判以上に、彼自身が、時代に即した対応をしきれなかったことが強調されているということであろう。なぜなら、「ヨーブライトの精神は、均衡がとれていたであろうか。否である」（第三部第二章）とあるように、彼はバランスのとれた精神の持ち主でないことがはっきりと示されているからである。不均衡な精神を持ち、思想が肉体の病いであることを示す容貌の彼は、時代の産物と言えるであろうし、同時に時代に翻弄された人物であると言えよう。

## (三)

次に、この小説のもう一人の主人公ユーステイシア・ヴァイについて考察する。ユーステイシアの人物像においては、クリム以上に矛盾が多く、また一貫性の欠如が感じられるように思われる。

ここで注意しておきたいのは、『帰郷』は、ハーディがギリシア悲劇の再現を思わせるべく意識して書いた作品であるということである。それは、時と場所の統一、読者を考慮して付け加えた第六部を除けば五部構成といった物語の構成上からもうかがえるが、何よりもギリシア悲劇にふさわしい、豊富でさまざまなアリュージョンがそのことを示している。そしてこのアリュージョンが多用されているのが、ユーステイシアなのである。彼女がいかなる人物かを説明するためにのみ、ハーディは一章を割いている。第一部の第七章「夜の女王」がそれであり、まさにありとあらゆるアリュージョンで埋め尽くされている。一例を挙げてみよう。

薄明かりのなかに立って、髪の結い方を少し変えさえすれば、総じて彼女の風貌は、地位高いギリシャ女神の誰かの姿を代表していると言ってよかったであろう。古代のヘルメットを置くとか、額にふとこぼれかかる瓔珞《ようらく》にまがう露の玉を描けば、それらは皆それぞれにアルテミス、アテナ、ヘラといった女神の風格を打ち出すに十分な景物となって、数多い世の名画に劣らないほど古代世界に密接な親近性を持つことになったであろう。

(第一部第七章)

このように、ユーステイシアは髪の結い方一つで、「アルテミス、アテナ、ヘラ」といった地位の高いギリシャ女神の誰かを代表するような風貌をもっていると描写されており（第一部第七章）、彼女がそのような描写にふさわしい、つまり女神の素材を持つとされるその最大の理由は、普通の女性には見られない女神特有の情熱と衝動があったからであるとされている。

ハーディはユーステイシアを、現代のギリシア悲劇とも言うべき作品のヒロインにしたてあげようと苦心したが、そのような描写と一見不一致な、彼女の言動に対する批判は少なくない。J・I・M・スチュアート（Stewart）は、「彼女はただ無知でわがままな娘であり、激しい情熱でもってままごとをし、自分の空想がエグドンの冷たい空気のなかに消えていくのを見ているのだ」[7]と述べており、レナード・W・ディーン（Leonard W. Deen）は以下のように指摘している――「ユーステイシアの描写は、われわれの彼女に対する印象を非常に複雑なものにし、壮大な人物となるよう意図されているということ以外、彼女についての首尾一貫したイメージを形成することはほとんど不可能である」[8]。またハイマンは、ユーステイシアの本質的な「受動性」を示し、あれほどエグドンからの脱出を願っていた彼女が、ヴェン（Diggory Venn）からバドマス（Budmouth）での働き口を持ちかけられて拒絶した際の反応を、ほとんど「滑稽」であるとしている。ユーステイシアは、金持ちの未亡人の話し相手になってはどうかという彼の誘いに、「働かなくてはならないんでしょう？」と尋ね、相手の気に入るようにしようとすれば彼女自身をすり減らすことになるから、行きたくないのだと言って断ってしまう。また、華やかな都会に貴婦人のように住んで、自分の道を歩いて好きなことをしていられるのなら、その生涯を半分棒にふってもかまわないと言うのである。

またユーステイシアは、かつての恋人デイモン・ワイルディーヴ（Damon Wildeve）に、一緒にエグドンを出て行かないかと二度にわたって誘われている。一度目は彼女が結婚する前であり、ワイルディーヴをそれほど愛していないという理由で断る。二度目は、結婚後で、夫であるクリムとの生活も破綻し、精神的にも極度に追い詰められていたため承諾する。しかしワイルディーヴを待つ間、所持金がまったくないことに気づき、彼に金銭上の援助をしてもらうためには、その情婦とならなくてはならないという屈辱感で、今度こそ本当に絶望するのである。彼女は、「あの人のために結婚の誓いを破るなんて」と泣き叫ぶ。そして最後には、おそらくみずから川に身を投げて死にいたるのである。

ハイマンが言うように、ユーステイシアに「受動性」が見られることは確かであり、また他の多くの批評家たちが批判するように、ギリシア悲劇にふさわしい主人公とはかけはなれた、怠惰で利己的な女性と感じられるふしがある。ただここで注目したいのは、ユーステイシアを装飾するさまざまなアリュージョンに満ちた描写と、物語における彼女の言動との不一致には、当時の時代背景が深くかかわっているということである。女神のようなたぐい稀なる美しさと衝動、そして情熱を持ったユーステイシアが越えられなかったもの、そして彼女の持つ美しさが、「恩恵」ではなくむしろ「呪い」（第四部第三章）にしかならなかった原因は、時代、および時代が生み出した社会、さらに詳しく言えば、彼女が属する中産階級社会という壁だったのである。ここで中産階級層の価値観および生活について考察すれば、関連性がよりいっそうはっきりする。

ふたたびオールティックの言うところを見てみよう。彼によると、当時の大衆小説やジャーナリズムは、上流社会の夫人たちの生活を伝え、彼女たちの生活様式は、それより下に属する中産階級の女性たちが持つ野心に影響を与えたのである。すなわちその野心は、有用性を至高の価値とする考え方に支配されていた男性世界とは逆に、上流社会の女性の判断基準となる女のたしなみという名の、無益に向けられたのであった。(9) それゆえ、何もしないということそれ自体に重きをおき、働きもせずに華やかな都会で貴婦人のように住みたいというユーステイシアの願いは、まさに中産階級社会を支配する価値観から生じたものと言えるのである。いくら彼女が、音楽、詩、情熱や、戦争など、世界の大動脈のなかで起こる鼓動や脈搏のすべてを人生であると感じ、またそれらを渇望しようとも、クリムとの結婚後、彼女が現実社会において求めたものは、「たとえ小さくても、パリの並木通りに近い、小ぎれいな家の主婦として、ともかく華やかな世界の片隅に加わって日を送る」（第四部第一章）ことであった。

D・H・ロレンス（Lawrence）は、ユースティシアについて次のように述べている。「彼女は何を求めているのか？　彼女もそれを知らない。しかし、何らかの自己実現であることは明らかだ。すなわち彼女は、本来の自分になることを欲し、また真の自分というものを手にいれたいのである。しかしどうやって、またはどういう手段でかはわからない。そこでこう夢想するのだ。パリ、上流社会がそれである、と」[10]。彼の指摘どおり、ユースティシアは、いわゆる自己実現と言うべきもの、言い換えれば彼女の情熱を心ゆくまで満足させようとしたが、結局彼女の夢、またそれをかなえるため考えられうる最善の方法をもってしても、中産階級社会の既成価値の枠組みを超えることができないのである。したがって彼女の父親が、大佐である岳父から学費を援助してもらってまで、彼女に受けさせた教育であっても、その目的は、彼女を社会の価値観に沿うような女性に仕立てあげるためであったということは容易にうかがえる。クリムも、母からユースティシアとの交際を非難されたとき、彼女がりっぱな教育を受けた女性であることを強調する。ただしここで彼が言う「りっぱな教育」とは、寄宿学校の寮母になるのに最適なそれである。進歩的なはずのクリムが望む女性像も、同様に社会の既成価値の枠組みに留まっている。したがって彼女およびクリムが越えなくてはならなかったもの、それもまた時代という壁であり、それが生み出した社会であり、教育であり、思想だったわけである。それが、二人を不幸に導いた最大の原因であったと言える。

㈣

クリムとユースティシアの人物描写の検討をとおして、彼らは、自分たちが属する社会の枠組みにはおさまりきれないもの、すなわち「典型的な女性にはなれそうもない」情熱や、「時代に先んじた」思想を持ち、それらを人生において発揮、または実現しようとするも社会によって阻まれ、またそれに屈してしまった人たちであった、ということがわかる。アン・Z・ミケルソン（Anne Z. Mickelson）が指摘しているように、彼らは社会の犠牲者であるには相違ない(11)。しかし、彼らから、さらに見出されるのは作品の最大のテーマであると言える、人生において“What is doing well?”（第三部第二章）という問いに対する二つの試みであった。クリムが母親に対して尋ねたこの問いは、レイモンド・ウィリアムズ（Raymond Williams）が述べているように、「よく知られたものではあるけれども、今なおこれほど問題とされた、またこれほど根本的な問いは存在しない」のである(12)。そして、クリムとユースティシアを結びつけたのはエグドン・ヒースという荒涼とした土地であったが、完全に人間味を帯びた場所であり、人間のように侮辱されてはじっとそれに耐えていたというこのヒースは、彼らを不幸にした原因などでは決してなく、彼らそのものの姿であったと言えよう。一見、不一致や矛盾を孕んでいるかに思われる彼らの人物像には、彼らが“What is doing well?”という永遠の問いに対してみずからの解答を求め、そして苦闘した姿が見られるのではないであろうか。

〔注〕

(1) テクストは、Thomas Hardy, *The Return of the Native* (New York : W. W. Norton, 1969) を用いた。なお、日本語訳については、大澤衛訳『帰郷』（新潮文庫、一九九四）を参考にさせていただいた。

(2)　リチャード・D・オールティック『ヴィクトリア朝の思想』（要田圭治・大嶋浩・田中孝信訳、音羽書房鶴見書店、一九九八）、二五三ページ。
(3)　同書、二五三ページ。
(4)　同書、二五六ページ。
(5)　Virginia R. Hyman, *Ethical Perspective in the Novels of Thomas Hardy* (Port Washington: Kennikat Press, 1975), p. 72.
(6)　Thomas Hardy, *Jude the Obscure* (New York : W. W. Norton, 1978), p. 279.
(7)　J. I. M. Stewart, *Thomas Hardy : A Critical Biography* (New York : Dodd, Mead, 1971), p. 103
(8)　Leonard W. Deen, 'Heroism and Pathos in the Return of the Native,' in *Thomas Hardy : The Tragic Novels*, ed. by R. P. Draper (Hong Kong : Macmillan, 1975), p. 120.
(9)　リチャード・D・オールティック、六〇ページ。
(10)　D. H. Lawrence, 'Study of Thomas Hardy' : *The Return of the Native, Modern Critical Interpretations Thomas Hardy's The Return of the Native*, ed. by Harold Bloom (New York : Chelsea House, 1987), p. 7.
(11)　Anne Z. Mickelson, *Thomas Hardy's Women and Men : The Defeat of Nature* (N. J. : Scarecrow Press, 1976), p. 70.
(12)　Raymond Williams, *The Country and the City* (New York: Oxford University Press, 1973), p. 202.

# 第一六章　『塔上の二人』
## ――帝国主義とユートピア――

津田香織

トマス・ハーディ（Thomas Hardy, 1840-1928）の小説『塔上の二人』（*Two on a Tower*, 1882）は、彼の他の多くの作品同様ウェセックスが舞台となっているが、その田園地方とは別世界に感じられるエピソードが挿入されている。主人公ヴィヴィエット（Viviette）の夫サー・ブラント・コンスタンタイン（Sir Blount Constantine）は、彼が「地理上の発見」と呼ぶライオン狩りのために中央アフリカに出かけ、その地方の王女と密かに結婚し、次第に酒に溺れて自殺したことが判明するのだ。これまで、このエピソードが特に論じられたことはないようであるが、[1] この挿話は単なる読者の興味を引くためだけの、いわゆる「珍しい話」とは思えない。なぜなら、ヴィヴィエットの恋人となるスウィジン・セント・クリーヴ（Swithin St Cleeve）も、天文観測のために南アフリカのケイプに出かけ、さらに彼の大叔父もケイプで療養しており、アフリカがこの作品でなんらかの意味を持つと思われるからである。以下、サー・ブラントのアフリカ探検の意味を探っていきたい。

㈠

『塔上の二人』は、アメリカの雑誌『アトランティック・マンスリー』(*Atlantic Monthly*) に一八八二年五月から一二月にかけて連載され、連載終了前の一〇月に三巻本で出版された。[2] 一八八〇年代は、ヨーロッパ列強が、アフリカを領土として政治的に支配する経済的利点を認め始めた時期である。[3] 一般に一八七〇年頃を境に、イギリスは帝国主義の道を歩むことになったとされる。それ以前は自由貿易制が支持され、直接統治には莫大な費用がかかるため植民地無用論の風潮があった。[4] しかし、アメリカ合衆国やドイツがイギリスの覇権に迫ってくると、植民地を商品市場、原料の輸出地として独占する必要が唱えられ始めた。[5] 地図の空白を埋めるために科学的関心をもって始められた探検は、植民地化に加担することになり、一八七〇年代から一八八〇年代には、どの探検家も植民地獲得の大義に夢中になり、探検と帝国主義の連携が明白になる。[6] 大航海時代、安全な航海のためには天文学が必要であり、デイヴィッド・リヴィングストン (David Livingstone) は内陸部探検の前に、ケイプの王立天文台長から天文学を学んでいる。[7]

このような歴史的背景を考えると、サー・ブラントやスウィジンの行き先にアフリカが選ばれたのも不思議ではない。サー・ブラントの探検や王女との結婚、スウィジンの、ケイプからさらに金星観測のためのメルボルン、アメリカ合衆国への旅を可能にした背景には、イギリス帝国の権威があったと言えよう。サー・ブラントが情熱を注ぐアフリカ探検と、スウィジンが専心する天文学は、植民地化とは無縁ではなく、この小説は帝国主義の時代を反映している。

スウィジンの大叔父は星空を鉱山にたとえて、北半球ほど手がつけられていない南半球の星の研究を勧めている。彼の言葉は、南アフリカが資源豊かな開かれた場所であることを示唆している。南アフリカでは、一八六七年にオレンジ自由国でダイヤモンドが、次いで一八八六年にトランスヴァールで金鉱が発見され、南アフリカで必要なのはケイプだけだというそれまでの南アフリカ放棄論から一転し、イギリスは一八七一年にオレンジ自由国のダイヤモンド埋蔵地帯を領土に加える。さらに南ア戦争（1880-81, 1899-1902）を経て、一九一〇年にケイプ、ナタール、トランスヴァール、オレンジの四州からなる南アフリカ連邦が成立する。原住民は鉱山を掘る労働力となったが、そこから莫大な利益を得たのはイギリスであり、ロンドン塔には、南アフリカで発掘された世界最大のダイヤモンド「アフリカの星」で飾られた、王杓と王冠（the Imperial State Crown）が展示されている。スウィジンのケイプ出発を前にして、塔からドームや赤道儀を取り外す労働者たちは、スウィジンが「他の国々の栄光やそこで見つけられた黄金や宝石」を見た後にこの塔から月を覗いたら、首をくくりたくなるのではないかと噂する。また、ケイプから戻ったスウィジンに、村人は「偉大な航海士」、「インド帰りの大金持ち、ダイヤモンド掘り、ライオン・ハンター」を期待している。これらの言説が示しているのは、植民地は本国に利益を与える場所だという認識である。

スウィジンはケイプの空を、未知のもののなかでもさらなる未知の広がりと見なし、「この空間は故郷の頭上に広がる空ほど、長い歴史にわたって人の思いが取り憑いている場所ではないので、荒涼たる寂寞が浸透している」と言う。人や都市に興味を示さないスウィジンに、「人間や植物の新奇な生活形態」が目に入らないのは当然かもしれないが、南アフリカはあたかも人間不在の空間のようであり、その歴史は植民地化とともに始まったかのようである。彼は、空は荒涼とした虚空で、そこに隠れている恐ろしい怪物たちが「洞察力に富む人によって発見されるのを待っている」と言い、アフリカの土地も空も「発見」されるのを待つ空間と見なされている。

サー・ブラントが地理上の発見で名をあげようとアフリカを探検するように、スウィジンは天体観測による発見で名声を獲得するために、南半球の天空を旅する。スウィジンは「ハーシェルによって部分的に着手されたにすぎない南天のあの特徴を観測し、作図し、理論化する大仕事」のためにケイプへ出かけ、アフリカは西洋の基準で観察され分類される知の対象となる。ハーシェルというのは、アマチュア天文学者から王室天文学者になったウィリアム・ハーシェル（Sir William Herschel）の息子ジョン・ハーシェル（Sir John F. W. Herschel）のことで、彼は一八二〇年にケイプに王立天文台を設立するときに尽力している。(8)

一七世紀に南アフリカに航海したフランス人は、自分が持っている南半球の星図が実際の星の位置とずれているだけでなく、あるはずの星が描かれていないことに気づいたが、それはちょうど、アフリカの地図の空白を埋めるために村や動物などが適当に描き込まれていたのと似ている。北半球の星座には、ギリシア神話にちなんだ名がつけられているが、南半球の星座は主に一五世紀から一八世紀にかけて、ヨーロッパの天文学者によって、航海に使われた「コンパス」、「羅針盤」、「六分儀」、あるいは新大陸の珍しい動植物などの名がつけられた。南天の多くの星座を命名したフランスの天文学者ラカイユ（Nicholas de la Caille）は、ケイプで見たテーブル・マウンテンも星座として天に上げている。「名づける」という行為は、所有権の主張にほかならない。ウィリアム・ハーシェルは、発見した惑星（天王星）に「ジョージの星」と名づけ、当時、北アメリカの植民地を失ったばかりのジョージ三世（George the third）は、さらなる遠方に自分の名を冠した星を持つことになり、喜んだという。一八八一年は天王星発見一〇〇周年にあたり、ハーシェルの墓に新しい献辞がおくられている。(9) 探検家も、自分の発見した場所に王室にちなんだ名をつける者が多く、たとえばリヴィングストンは、アフリカで「発見」した滝をヴィクトリア・フォールと名づけている。

この小説の主要な舞台となる塔は、古代ローマ軍のキャンプだったと思われる場所に、アメリカ独立戦争で戦死したサー・ブラントの曾祖父を記念して建てられたもので、支配と侵略の歴史を物語っている。今は、スウィジンがこのサー・ブラント所有の塔を無断で占拠しており、塔に上ったヴィヴィエットは、「まちがいなく自分の所有物と思っている建物の上で完全にくつろいでいる」彼を見つける。彼女は自分が誰か告げずに、「あなたはこの塔をすっかり手に入れたの」と尋ね、「すっかり」と答えるスウィジンに「でもこれは私の塔よ」と辛辣に言うが、科学のために使用し続けることを許可する。スウィジンの夢は王立天文台長（Astronomer Royal）になることだが、ヴィヴィエットは彼のために、塔にグランド・ピアノ二台分もする高価な赤道儀を設置し、戯れに彼をレイディ・コンスタンタインの「王立天文台長」に任命し、自分は彼の「女王」となる。

この塔が立つ円形の丘は、周囲から隔離された樅の木の「島」である。それはキャリバンの島であり、クルーソーが漂着した島である。アポロンやアドニスのような美青年スウィジンはキャリバンと対比され、彼の試作の望遠鏡は「クルーソーの大きなボート」にたとえられるが、現在、キャリバンやクルーソーについて考えるとき、侵略や植民地主義の問題を完全に無視することは難しいだろう。女性に対する情熱に目覚めていないスウィジンは、「無垢の原始的エデン」に暮らしていると言われるが、この肯定的な「原始的」という言葉とは対称的に、キャリバンやフライデイの島は、「文明化」の必要がある原始的暗闇と見なされている。スウィジンは、迷信といった暗闇に科学の光をあてる科学者であり、キリスト教の光でフライデイの心の暗闇を照らそうと考えるクルーソーに似ている。この点では、科学と宗教は対比するものと言うより、コロニアル・ディスコースに加担する共犯関係にある。しかし、スウィジンが科学者として拒絶したのは、アフリカではなく故郷の迷信であり、また、ヴィヴィエットが科学にも宗教にも希望の光を見出せないことは皮肉である。

## (二)

ヴィクトリア朝のイギリス社会は、厳しい道徳観で縛られた窮屈な社会であり、「文明化された」世界の代表として中央アフリカに行った探検家は、むしろそのような社会に反発を覚えていた。たとえば、『千夜一夜』（*Arabian*

*Nights*）の翻訳家としても知られる探検家リチャード・バートン（Sir Richard Francis Burton）は、ヴィクトリア朝文化を「口先と偽善」と罵り[10]、既成の価値観にとらわれない奔放な生き方をするが、そのために世間の反発を買い、最後には誰からも忘れ去られる。サー・ブラントは、堅信礼のときに牧師に信条を問われたヘジー（Hezzy）に、「女とワイン」と耳打ちするような人物であり、ヴィヴィエットという妻がありながら中央アフリカで「古い名前を完全に捨て」、現地の王女とその民族の儀式にしたがって結婚する。この「名を捨てる」という行為は、因習への挑戦を意味すると同時に、世間体のために名を隠すという矛盾した意味を合わせ持つ。サー・ブラントは本国の社会規範からの自由を求めた探検家の一人だが、結局そこから自由になりきれずに最後は自殺しており、このことはヴィヴィエットの社会規範への挑戦と挫折に重なる。

サー・ブラントは、妻ヴィヴィエットにはヴィクトリア朝の社会規範を押しつけ、アフリカに発つ前に、「コンスタンタインの名を疑念にさらす」ことのないように気をつけるよう要求する。ヴィヴィエットは夫の考えを軽蔑し、「修道院にこもった尼僧」のように暮らすことを誓うが、ここには、妻とは情熱のない尼僧のような存在であるというイデオロギーが反映されている[11]。しかし、ヴィヴィエットには官能的なところがあり、彼女が情熱のない女ではないことが暗示されている。サー・ブラントだけでなく、ヴィヴィエット自身も含めた多くの人が、彼女が妻として正しく振る舞うことを期待している。ヴィヴィエットは自分の誓いが重荷になり、隣人の招待を受けて出かけていいものかどうか、トーキンガム牧師（Torkingham）に相談するが、彼は彼女の心情を思いやらず、杓子定規に誓いを守り続けることを期待する。彼女の女中は、奥様は「妻たるものの模範となるべき」なのに、彼女が興味があるのは天文学ではなく、美しい天文学者だという噂がたっていると非難する。

サー・ブラントが本国から離れた中央アフリカにユートピアを見つけたように、ヴィヴィエットは、世間から隔離された塔にユートピアを見出す。サー・ブラントは王女に魅惑され、「他では得られそうにない幸福を与えてくれた場所」なのでそこで一緒に暮らす決心をし、イギリスに二度と戻るつもりはないと友人に話す。一方、ヴィヴィエットは退屈を紛らわせるために四つの州が見渡せるという塔に上り、そこで暗い塔の下とは対称的に光に溢れるスウィジンを見つける。彼の金髪は太陽の光を浴びて輝き、彼の表情は、ラファエロの描く太陽の子と言われたヨハネにたとえられる。彼女は天文学について熱心に語るスウィジンに啓蒙（enlighten）してほしいと頼むが、噂どおり彼女の関心が科学ではなくスウィジン自身にあるのは明白である。ヴィヴィエットの抑圧されていた情熱は、スウィジンに出会って解放され、社会の因習に挑戦する力を与える。ヴィヴィエットは世間の目を気にし、「夫が留守中の妻にふさわしくない衝動」を抑えようとするが、スウィジンが他の天文学者に発見の先を越された絶望から、重体に陥っていると知ると、「自暴自棄の状態」になったが、たとえまちがいだとしても勇気ある行動と言ってもよいほどのもので、彼の家を訪ねていくという危険を冒す。塔上で二人は、天空を一緒に旅し、サー・ブラントが病死したという知らせが届いた後に結婚するが、ヴィヴィエットが本当に幸せだったのは、塔の下の粗末な小屋でスウィジンとともに暮らした三日間だけである。塔は完全に世間から隔離されているわけではなく、二人がその小屋で会っているとき、主教がふいにスウィジンを訪ねてくる。ヴィヴィエットはあわててカーテンの陰に隠れるが、女性の気配を感じた主教はスウィジンを破門する。ユートピアの性格上、幻想が消えた後に幻滅がくるのは避けがたいことであると言えよう。スウィジンはケイプへ去る前に、塔下の小屋の解体を命じている。

『塔上の二人』に描かれるアフリカは、ライオン、マラリヤや赤痢といった病いと死、官能的なアフリカ女性、椰子の木、盗みを犯し嘘をつく召使いなどとステレオタイプ化されており、「暗黒大陸」と「ユートピア」という相反する二つのイメージが、両方とも反映されている。新聞に掲載された、センセーションをことさらにかき立てるようなサー・ブラント自殺の絵は、事実ではなく想像に基づいて描かれたものであり、アフリカのイメージが作られたものであることを示唆している。中央アフリカ内陸部は、すでにそれほど隔離された世界ではなくなっており、サー・

ブラントの友人が彼を訪ねてきて滞在しているが、この本国からの訪問者さえなければ、サー・ブラントが「自分の立場を考えて非常に気が滅入り」、自殺してしまうこともなかったかもしれない。なぜなら中央アフリカでは幸せな結婚も、イギリス社会の考え方に照らし合わせれば、本国にヴィヴィエットという法律上の妻がいる以上、重婚の罪を犯していることになるか、あるいは現地の儀式に従った結婚であったために、法的に正式なものと認められないことになるからである。さらに、当時のイギリス社会は王女をふさわしい結婚相手とは考えなかったにちがいない。

この場合、「ふさわしい相手」というのは、本人よりも世間がどう考えるかが重要であり、当然ながら本人も世間一般の考え方に影響される。当時、中流階級の男性が下層の女性と結婚すれば、「同等の人間の社会から自分を追放するはめに」なり、そのためか、あるジェントルマンは召使いとの結婚を、死ぬまで一族の者に内緒にしていたという。(12) スウィジンの「風変わりな」父親は、牧師でありながら農家の娘と「常軌を逸した結婚」をするが、「風変わり」、「常軌を逸した」というのは、単に、身分の違う妻を選んだことをさす皮肉と思われる。上層の者が彼の妻に口をきこうとしなかったため、彼は「そんなけちな魂を救済して生活していくこと」をやめて、農業に従事するが、激しい雷雨のなかで死ぬ。村人は「神に仕えることをやめたので神様がご立腹なさったのだ」と噂するが、立腹の原因はむしろ、ふさわしくない相手を選んだことにあると言えよう。ヴィヴィエットは、「許されていることと禁じられていることの曖昧な境界を飛び越えない」ですむように、スウィジンに「似合いの」娘を見つけようと決心する。

ヴィヴィエットが、イギリスの法に則って正式にスウィジンと結婚した後も、その結婚を秘密にしておくことに心を砕くのは、身分が低く一〇歳近くも年下の、自分にはふさわしくない相手を夫に選んだことで、世間に批判されるのを恐れるからである。しかし、サー・ブラントが亡くなったとわかったとき、村の人たちはヴィヴィエットとスウィジンについて、「淑女らしく尊敬される身であってほしいが、本音を言えば、あんな美しい身体を無駄にしてほしくない」、「彼女が零落したので二人の身分が非常に近くなった」と噂し、二人の結婚を歓迎している。一方、スウィジンの大叔父はスウィジンに、父親と同じ過ちを繰り返さないよう忠告し、ヴィヴィエットは年上すぎて彼の相手としてふさわしくないうえに、年下の男性に惹かれるのは常識がない証拠だと批判する。そして、二人の結婚を阻止するため、二五歳まで結婚しないことを条件にスウィジンに遺産を残すが、ヴィヴィエット自身もこの大叔父の考え方をある程度認めている。彼女の兄ルイス（Louis）は、主教のほうが金と地位もあり彼女より「少なくとも二〇歳は年上」であるために、「すばらしい縁談」だと考える。

サー・ブラントが亡くなったのがスウィジンとの結婚後だとわかると、ヴィヴィエットはサー・ブラントと同じように、イギリスの法に則った正式な結婚をしていない状態に陥る。ハーディは、「この作品は道徳の点で不適切である」という非難に対し、序文で「法的な婚姻外の抱擁はほとんどただの一度もなく、そのようなことを意図したこともない」と答えているが、ヴィヴィエットの子どもが誕生した時期を見れば、この言葉の真偽は明白である。それにもかかわらずこのような弁解をしたことは、当時の道徳観を反映していると言えよう。ヴィヴィエットは結婚の無効を知ると、「あまりの驚きと恥ずかしさのために考えもまとまりません」と、スウィジンに一刻も早い法に則った結婚のやり直しを求める手紙を書くが、彼が大叔父の遺産でケイプへ行けるようにとそれをあきらめ、自分の社会的立場を犠牲にする決心をする。彼女は果敢にも、「私は今も変わらず、ずっとあなたの妻です。そのことを今あらためて主張するのに、法律の条文など必要ありません」と述べている。彼女が便宜的理由からサー・ブラントと結婚したことを考えれば、彼にとっても王女のほうが本当の妻と言えるのではないだろうか。サー・ブラントの自殺に王女は半狂乱になったというが、一方、ヴィヴィエットが取り乱すのはその結果、スウィジンとの結婚が法的に無効になったことがわかったためであり、サー・ブラントの死も別の女性との結婚も彼女を悩ませることはない。

サー・ブラントと同様に、ヴィヴィエットはスウィジンと「慣習に従わない結婚」をし、さらに法的結婚を拒否することによって社会に挑戦するが、最後には、世間から自分を守る手段として主教との便宜的結婚に逃げ込み、みずからを破滅に追い込む。ヴィヴィエットがスウィジンとの結婚やり直しを断念できたのは、二人の結婚を誰からも秘密にしていたために世間から非難される恐れがなかったからで、彼女自身が問題にしているのは彼女自身の良心や道徳より、世間の判断である。したがって、スウィジンの出発直前になって妊娠していることに気づくと、彼女は自衛本能にかられて彼と連絡をとろうとするが、失敗に終わる。「誰とでもいいから妻になる身体的理由がある」ヴィヴィエットは、兄ルイスが提示した、スウィジンも彼女自身と産まれてくる子どもも犠牲にしないですむ解決策、すなわち、主教との結婚を受け入れる。当然ながらこの結婚は幸せなものでなく、さらに皮肉なことに、彼女があれほど自分の体面を守ろうとしていたにもかかわらず、「サー・ブラントの自殺の知らせが届く前に、彼女と主教はほとんど了解に達していた」という噂がたち、「この不道徳な行為」がヴィヴィエットをすっかり衰弱させたと言われる。

ケイプから戻ったスウィジンは、ふたたび未亡人となっていたヴィヴィエットに、情熱からではなく道徳的理由から求婚する。彼女は歓喜のあまり息絶え、その遠景には酪農場の娘タビサ・ラーク（Tabitha Lark）の活き活きした姿が描かれる。彼女はスウィジンと同じ年頃で、彼がケイプで研究している間にロンドンで音楽の教育を受けており、彼にふさわしい相手であることが暗示されているように思われる。だが、ハーディは、亡くなるとその人のことをますます愛するようになるものだと、二人の幸せな結婚を否定するようなコメントを述べている。[13] 第二のコペルニクス（Nicholas Copernicus）をめざすスウィジンは、星がどんな理由で作られたにせよ、人間の目を楽しませるために作られたのではなく、人間のために作られたものなど何もないのだという悲観的考えを持っているが、ハーディは、幸福な結婚というものを想像できなかったのだろう。

＊　＊　＊

サー・ブラントのアフリカ探検と王女との結婚は、スウィジンの天文学研究に表われた支配と侵略のディスコースと、ヴィヴィエットの社会規範への挑戦と挫折の両方を反映している。南半球の天空は南アフリカの土地を映し、どちらも資源が豊富で人間が不在の空間として、侵略にふさわしい場所と見なされる。人がふたたび宇宙の中心になることが不可能である一方で、イギリスは世界の中心となり、アフリカはそこでの悲劇を語るための一エピソードにされている。しかし、スウィジンが天空に見つける「大きく開いた空間」は、情熱なき妻のイデオロギーやふさわしい相手との結婚という社会規範から自由になろうとするヴィヴィエットの挑戦のような、「暗黒大陸」からの抵抗の声が聞こえる裂け目となるだろう。

〔注〕

（1）Norman Page (ed.), *Oxford Reader's Companion to Thomas Hardy* (Oxford : Oxford University Press, 2000), p. 445.
（2）Richard Little Purdy, *Thomas Hardy : A Bibliographical Study* (Oxford : Clarendon Press, 1954), p. 41.
（3）Anne Hugon, *The Exploration of Africa : From Cairo to the Cape*, tr. by Alexandra Campbell (London : Thames and Hudson, 1993).
（4）村岡健次『ヴィクトリア時代の政治と社会』（ミネルヴァ書房、一九八〇）、二九ページ。
（5）鈴木正四『セシル・ローズと南アフリカ』（誠文堂新光社、一九八〇）、二〇、四二ページ。
（6）Anne Hugon, pp. 90, 158.
（7）Brian Warner, *Astronomers at the Royal Observatory Cape of Good Hope : A History with Emphasis on the*

*Nineteenth Century* (Cape Town: University of Cape Town, 1979), p. 70.

(8) Brian Warner, Ch. 1.

(9) 斉田博『近代天文学の夜明け——ウィリアム・ハーシェル』（誠文堂新光社、一九八二）、七〇、八六、一二〇ページ。

(10) 度会好一『ヴィクトリア朝の性と結婚——性をめぐる二六の神話』（中央公論社、一九九七）、五三ページ。

(11) 同書、一二九ページ。

(12) 同書、四九ページ。

(13) Richard Little Purdy and Michael Millgate (ed.), *The Collected Letters of Thomas Hardy*, Vol. 6 : *1920-1925* (Oxford : Clarendon Press, 1987), pp. 44-45.

# 第一七章　『ある貴婦人の肖像』
## ――男たちの空間とイザベル――

林　奈美子

ヘンリー・ジェイムズ（Henry James, 1843-1916）の『ある貴婦人の肖像』（*The Portrait of a Lady*, 1881）[1]をめぐって、これまで膨大な数の議論がなされてきたが、そのなかでも「家」の描写については、その象徴的意味から実際の建物との結びつきにいたるまで、古くから頻繁に論じられてきた[2]。批評家のマリリン・R・チャンドラー（Marilyn R. Chandler）はその著書のなかで、さらに掘り下げて室内装飾などを含めた家の分析を行ない、アメリカからヨーロッパへ渡った主人公イザベル・アーチャー（Isabel Archer）が住む家は、ヨーロッパの文明の象徴であり、彼女の価値観に影響を与える「教育の場」だと論じている[3]。そして、夫ギルバート・オズモンド（Gilbert Osmond）とのイタリアでの結婚生活に疲れ切ったイザベルが、アメリカ人求婚者キャスパー・グッドウッド（Casper Goodwood）の腕に一瞬身を任せるが、結局その腕を振り切って家に向かって走っていく物語の結末に関して、チャンドラーは、結局イザベルはローマのオズモンドの家に戻った後、犠牲を感じつつも妥協して暮らすであろうと推測している。さらに、不満ではあるが、社会的にまともな、そして何とか我慢できる家庭生活に妥協する生活を選んだのだと述べている[4]。

最後の場面は開かれた結末であるため、これまでも多くの批評家たちに論じられてきたが、フェミニズムの観点から近年論じられたものでも、イザベルの妥協、犠牲として否定的に捉えたものが多い[5]。しかしながら、物語を通して重要な役割を果たしている「空間」に焦点をあてて捉え直すならば、曖昧な結末に何らかの新たな光を投げかけることができるのではないであろうか。筆者は、チャンドラーが主に依っているヨーロッパ対アメリカという観点よりも、むしろ、男性対女性という視点から作品内の空間を読み直し、最終的にグッドウッドの腕を逃れて家に向かって走り去るイザベルの姿に、これまでの解釈よりも積極的な意味での象徴性を見出してみたいと思う。

（一）

父親の死後、伯母のタチェット夫人（Mrs. Touchett）に連れられてアメリカからイギリスに渡ってきたイザベルが最初に訪れる家は、伯母の夫と息子の住むガーデンコート（Gardencourt）だ。イザベルが身を寄せていたアメリカのオールバニー（Albany）の家の、飾り気のない実利的な印象の家に比べて、長い歴史、伝統を感じさせるガーデンコートは、典型的旧世界を表わす建物である[6]。だが、新世界／旧世界という対立だけでなく、男／女という観点でその場面を考察するならば、興味深い事実が浮き彫りになる。

まず、読者の目に映るのは、庭でお茶を飲む三人の男の姿だ。庭は外部から完全に遮断され、「私生活が完全に守られていた」（第一章）。「まるで室内のように」、クッションを敷いた椅子や派手な色彩の敷物が置かれており、芝生は「豪華な室内の延長」のようである（第一章）。このように、屋外ではあるが室内的な空間でお茶を楽しんでいるのが、ラルフ（Ralph）とその父親タチェット氏（Mr. Touchett）、そして、貴族であるウォーバートン卿（Lord Warburton）の三人の男たちである。一九世紀ヴィクトリア朝の中・上流社会において、しばしば男性は公的空間、女性は私的空間と結びつけられるが、この場面において、室内的空間でお茶を楽しんでいるのは、「午後のお茶という儀式を熱愛しているとされる女性ではなかった」（第一章）。庭とはいえ外部から切り離されており、「室内の延長」と喩えられるその空間は、明らかに「女性の領域としての室内」という一般的結びつきとは異なる、「男たちの空間」であることをわれわれに印象づけるのだ。男性三人のいる建物ガーデンコート自体、タチェット氏と息子ラルフの住む家であり、女性不在の空間であるという点も忘れてはならない。タチェット夫人が、フィレンツェに住みながら、夫のいるイギリスと母国アメリカとの間を行き来する生活を送っているのに対して、タチェット氏は、ガーデンコートに二〇年も住み、館に対して「美的情熱」（第一章）をもって語ることができるほどだ。

このようにして、イギリスに足を踏み入れたイザベルは、同時に、男たちの空間へ身を置くことになる。[7] 父親を亡くして伯母に連れられてきたイザベルが、ラルフや伯父を慕うのは確かであるが、他者の保護を求めているわけではないことは明らかだ。「母はあなたを養女にしたのですね」というラルフの言葉に、イザベルは驚きながらも否定したうえで、はっきりと「わたしは自由がとても好きなのです」と切りかえす（第二章）。保護の対象としての女性像とは対照的な女性イザベルが、男らしさとはかけ離れた病弱なタチェット親子の空間に身を置くという、一般的ジェンダーの構図とは逆の形でもって物語は始まるのである。

## (二)

イザベルは、誰もが望むようなイギリス貴族ウォーバートン卿の求婚を、人生の自由な探求を望む自分の考えに合わないとして断るにいたり、その後出会うことになるのが、ヨーロッパに長年住むアメリカ人マダム・マール（Madame Merle）に紹介された、同じくヨーロッパ在住のアメリカ人で、後に夫となるオズモンドである。イギリス人の血が入っているにしても、イタリア人、フランス人の血が混じっているようにも思われ、「国籍を判断するのは困難」（第二二章）と語られるオズモンドのフィレンツェの家は、その根無しのイメージそのものを反映するかのように、中世の陶器から近代的な家具、一九世紀のロンドン製の机など、さまざまな骨董品が並ぶ統一性のない空間であり、否定的な意味での「文化的混成」を示している。[8] 美術品収集家のオズモンドにとって、部屋は自分の趣味の現われであり、自分の一部であるのだ。

このように、オズモンドが室内空間と結びついている様子は、タチェット氏の場合と同様、女性の登場人物に目を向けたとき、いっそう強調される。ヨーロッパを文字どおり放浪するアメリカ人マダム・マールの、家に対する愛着は希薄である。故国を離れたアメリカ人ゆえに、ヨーロッパの「居候」として「居場所がない」と述べるが、アメリカ／ヨーロッパという観点だけでなく、男性／女性の観点からも述べられた「女性はどこにも本来の居場所はないのよ。どこにいても表面上に留まって這い回るように生きなければならないのです」という台詞は、非常に興味深い（第一九章）。同じアメリカ人でも、イタリアで自分の作り上げた空間に浸って生活しているオズモンドの描写は、男と家（私的空間）の密接な結びつきを示していると言えるだろう。

それでは、オズモンドの部屋とイザベルは、いったいどのように関わっていくのであろうか。オズモンドのフィレンツェの邸は、「外界との交流を拒むような」正面、「世界との交流のためというより、外界がなかを覗くのを拒むような」窓といったように、外界から遮断された、閉じられた世界であることが示されている（第二二章）。陰鬱というほどでもないと語り手の言葉にはあるが、部屋にある中世の真鍮器や陶器などは、中世の閉鎖的な空間を彷彿とさせる。また、高い鉄格子の描写は、十分な日光が入るとはいえ、閉ざされた場である印象を強めていると言えるだろう。

第二四章で初めてイザベルは、オズモンドの家を訪れて部屋を案内され、絵や肖像画など貴重な収集品を目にする。

それぞれの部屋で珍しい美術品の数々を適切な説明とともに示され、彼女は「美と知識が蓄積している様子に圧倒」される（第二四章）。イザベルはオズモンド独自の空間に、閉鎖性よりもむしろ美と知に裏打ちされた芸術的センスを感じるのだ。

オズモンドを、繊細な知性や世間にとらわれない自由で高潔な心の持ち主と見なしたイザベルは、彼に魅了され、結婚にいたる（もちろん、予想外の遺産を手にした戸惑いから、オズモンドに対して貢献者のような気持ちになったのも事実であるが）。しかし、思い描いていたような結婚生活でないことを、イザベルの住む住居の描写ははっきり伝えている。二人の結婚後の住居、ローマのパラッツィオ・ロカネラが、オズモンドの娘パンジー（Pansy）に思いを寄せるエドワード・ロージア（Edward Rosier）の視点で、次のように描写される。

パンジーの住む家もローマの基準によると宮殿だが、心配するロージアにとっては土牢のようであった。彼が結婚したいと思っている若い女性が、懐柔するのが難しそうな気難しい父親を持ち、家という要塞に監禁されているのは、彼には不吉な兆しのように思えた。（第三六章）

りっぱな建築と美術品の描写がこの後に続くのであるが、むしろ、右の引用中の「土牢」「監禁されている」などの言葉が目をひく。パンジーに関して述べられているとはいえ、そこはイザベルにとっても檻のなか同然で、閉じ込められた、囲い込まれた空間であることは容易に推測される。

さらに、邸を訪れたウォーバートン卿とイザベルの会話は、オズモンド夫妻と空間の関係を考えるうえで非常に興味深い。邸をほめるウォーバートンに、イザベルは、すべて夫のおかげだと答える。夫は「室内装飾の才」（第三八章）があり、自分はできあがったものを楽しむが案を出すことはないと言う。当時、家を装飾するのに多大な時間とエネルギーを注ぎこむのは女性とされていたが、イザベルはまったく装飾に関わっておらず、夫の趣味を受け入れるだけであることがわかる。一見幸せを装うイザベルの台詞の影には、オズモンドの作り上げた空間に受け身的に身を置くだけの、主体性を失った姿が表わされているのである。

このように、オズモンドの支配する空間に取り囲まれるイザベルの様子は、第四二章ではっきりと内面描写の形で明かされる。結婚後、イザベルの抱いていたオズモンド像はことごとく誤っていたことが明らかになるのである。オズモンドは、世間と距離を置いた崇高な生活をおくるどころか、世間を意識して自分の優越性を認めさせるのが目的であり、彼の心は俗悪さにまみれていたのだ。

期待とまったく異なるイザベルの結婚生活が、同章で住居に喩えられている点は注目に値する。「彼女はこれまで四つの壁の間で生きてきた。そして、残りの人生も、壁は彼女を取り囲むのだ。それは暗黒の家であり、沈黙の家であり、窒息の家であった」（第四二章）。「壁」や「囲い込む」という言葉は、先に取り上げたパラッツィオの描写の囲い込みのイメージと重なり、イザベルの心理的空間がオズモンドの支配によって囲い込まれている様子がうかがえる。オズモンドにとって、イザベルは自分の統治下の一部であり、いちばん悪いのは「彼女が自分の考えを持っていること」（第四二章）なのだ。彼女の心は、公園付属の小さな庭のように自分に付属されるべきもので、彼はその庭園の土地をやさしく耕し、花に水をやり、雑草を抜きながら手入れをするだけのことだ。先に取り上げたような、男たちの場に独立心旺盛に足を踏み入れたイザベルの姿は影も形もなくなり、ただオズモンドの抑圧的かつ支配的な保護のもとで、囲い込まれた場に身を置く様子が見られるだけなのである。

では、俗悪なオズモンドとは対極にある従兄のラルフとその父タチェット氏の空間とイザベルとの関わりはどうであろうか。先に述べたように、もともとイザベルは保護よりも自由を強く望んでいるが、とはいえラルフは、父親とともに、病弱ながらいつもイザベルのことを思いやり、助けになろうとする。父親の莫大な遺産を引き継げるように取り計らったのはラルフであるし、ローマ滞在中、ラルフはウォーバートン卿に対して、結婚後のイザベルについて、たとえ弱い力であろうとも「彼女を守ってやるのが僕のつとめ」（第三九章）とまで言い切る。そのようなラルフ、そして、同じくイザベルに献身的な伯父の住むガーデンコートは、イザベルにとって重要な場であり続ける。そもそもイザベルにとって、緑に囲まれたガーデンコートの、「茶色の天井や薄暗い片隅」など旧世界の落ち着いた趣や「私空間が保たれている感じ」は、好みにぴったり合うものであった（第六章）。外部から距離を置いて私生活を守っている空間は、オズモンドの外部遮断のイメージを与える家と違って、憩いの場であるのだ。

結婚生活に疲れていたイザベルは、パンジーが実はオズモンドとマダム・マールの子どもであり、財産を持っている女とオズモンドの結婚を望んでいたマールが二人の結婚を画策したのだと知り、大きなショックを受け、危篤のラルフのもとへ駆けつける決心をする。そして、心身ともに疲れ果てたイザベルにとって、ガーデンコートは、「多くを包み込んでくれる避難所（much-embracing refuge）」であり、「聖域」であると記述される（第五三章）。“embracing”という言葉からもわかるように、ここもまた、「保護的」に「取り囲む」空間である。ただ、オズモンドに抑圧的に囲い込まれる場と違って、休息の場としてみずからをゆだねる空間である。もっとも、「避難所」と言うからには、その保護は永久的に保証されるものではなく、一時的なものであることは明らかだ。だが一時的であれ、保護や休息を求めざるをえないほど心身ともに疲れ切っているイザベルの姿を、渡欧直後の自由旺盛な様子と比べると、結婚後の否定的な意味での変化が浮き彫りになるだろう。

このように、結婚という枠のなかでも、そこからの避難の場でも、結局のところ他者の保護下に取り囲まれた場と関わりながら、イザベルは最終的にどのようになるのか。次に曖昧な結末に目を向けてみたい。

(三)

ラルフの死後、キャスパーと再会するイザベルは、ガーデンコートであらためて彼の求婚を受ける。頑強で健康的な肉体を持ち、会社経営をこなすボストン出の彼に、イザベルはかつて求婚されたことがあったが、そのときは「同じ場にいると見張られているような気がする」、「自由が好き」(第一六章)と断言して、求婚をはねのけている。しかしキャスパーは、イザベルの結婚が不幸だと確信した今、その不幸を知りながら「助けずにいることなど僕にはできない」(第五五章)と、ストレートにふたたび彼女に迫る。彼女は、「自分の求めていた助けがここにあり」、「彼の腕に抱かれるのを死の次によいことであるように感じた」(第五五.章)。ここで注意すべきは、彼に身をまかせるのが「死」の次によいこと、というふうにネガティヴなイメージで捉えられていることである。沈んでいくような気がするイザベルは、何かに足をつけようとする。そして、必死の思いで「わたしを一人にして下さい」と言った瞬間、彼女はキャスパーに抱きしめられる。

彼は暗闇のなか、一瞬彼女を見つめ、次の瞬間、彼女は彼の腕に抱きしめられ、彼の唇が自分の唇に重ねられるのを感じた。彼のキスは白い稲光のようで、一瞬ひらめき、またひらめいておさまった。彼女がこれまで気に入らなかった彼の男らしい資質の一つ一つ、顔や姿や態度の押しの強い要素が、それぞれ激しい個性を打ち出し、この所有の行為と一体化したように思えたのは驚くべきことだった。難破して水中にいる人が、沈む前に同じようにいろいろ頭に浮かべると聞いたことがあった。しかし暗闇が戻ると、彼女は自由だった。彼女は周りを見ることはなかった。ただその場から駆け去った。(第五五章)

ここでまず注目すべきは、抱きしめられた彼女は、オズモンドやラルフに作り出された場——保護的に囲い込まれた空間——にいるのと同じく、男性の腕を通して作られた「保護的に取り囲まれた場」に身を置いている、という点だ。支配的でエゴイスティックなオズモンドの空間、もしくは、傍観しながらも精神的な庇護を感じさせるラルフの場と違って、キャスパーは、その「確固とした男性性」を強く押し出した場を、腕によって作り出したと言ってよいだろう。が、彼にセクシュアルに抱擁された状態は、イザベルにとって難破した人を思い出させるものであり、抱擁の場が死へと近づくネガティヴな空間でしかないことは明らかだ。そして、暗闇が戻ると、彼女は「もう自由の身」で「その場から駆け去った」。「その場」という空間は、まぎれもなくキャスパーの作る保護的に取り囲まれた場であり、そこから飛び出すイザベルの姿が提示される。つまり、男の作る囲い込みからみずから脱する姿が、印象づけられているのである。

それでは、イザベルはその後どこへ向かうのか。

　家の窓には明かりがあった。芝生を横切って遠くまで光っていた。驚くほど短い時間に——というのはかなりの距離があったからだが——彼女は暗闇のなかをドアまで辿り着いた。そこでやっと立ち止まった。周りを見て耳をすませた。それから掛け金に手をかけた。どこへ向かうべきかわからなかったが、今わかった。真っ直ぐな道があったのだ。（第五五章）

ここで興味深いのは、光のもれる家に走っていったイザベルがドアに手をかけ、「家」に入っていこうとしている点だ。ドアは比喩的な意味で、イザベルが人生で進むべき「真っ直ぐな道」への入り口として機能する。ドアの向こうは、ガーデンコートの室内ではなく、真っ直ぐな道が続く、広がりのある空間であるようなイメージをわれわれは与えられるのだ。つまり、ドアの掛け金に手をかけるイザベルの姿は、外部から切り離された保護的に囲まれた空間である家を、囲いのない空間と捉え、そのなかを自力で進んでいこうとしている前向きな様子を提示しているのである。キャスパーの保護的囲い込みの空間を逃れ、さらにガーデンコートという私空間を、真っすぐな道の続く空間に塗り替えるかのようなイザベルの姿は、閉じられた保護の世界から脱出して、広がりのある世界へみずから歩き出そうとする積極的姿勢を示しているのだ。

もちろん、物語はあくまで開かれた結末でしかない。イザベルはローマへ帰ったと、友人ヘンリエッタ・スタックポール（Henrietta Stackpole）からキャスパーに伝えられるところで物語は終わるが、先に述べたように、この結末は妥協的、否定的意味合いで解釈されることが多い。しかしながら、もともと独立心旺盛なイザベルが、ヨーロッパで他者の保護の場――庇護的であれ抑圧的であれ――に身を置かざるをえなかった様子を鑑みつつ、最後の場面を考察するならば、他者から囲い込まれた空間から抜け出し、境界のない広がる空間のなかを主体的に歩いていこうとする彼女の姿が浮き彫りになるとは言えないであろうか。イザベルは、危篤のラルフのところへ駆けつける折に、生きていくことへの絶望を感じながらも、生への意欲は残っており、「苦しむためだけに生きるには……自分は能力がありすぎる」（第五三章）と感じている。ローマへ帰るとはいえ、これまでのように男に囲い込まれた空間で、妥協的、依存的な生活を送るのではなく、本当の意味での「独立心」をもって生きていく可能性、希望――それが結婚生活の継続であろうとなかろうと――が、結末で巧みに示唆されているのである。

＊　　＊　　＊

最後に、タイトルについて考えてみる。結婚後、ロージアの視点から描かれるローマの家でのイザベルの姿が、次のように描写される。「金箔の戸口が額縁となり、そこに立つ彼女は、青年には優雅な貴婦人の肖像のような印象を与えた」（第三七章）。ドア枠に囲まれるイザベルの姿が、「肖像」というタイトルの言葉を使って描写され、オズモンドのもとでは本来の自分ではなく、枠に取り囲まれた自由を奪われた姿でしかないことが示されている[9]。

物語最後の場面をこの描写を念頭に置きながら考えると、掛け金に手をかけ、ドアを開けて真っ直ぐな道を進んでいこうとするイザベルに意味があるように思える。ドアを越えていこうとするイザベルの姿は、他者の保護という枠に囲まれた肖像、つねに男性の庇護のもと、囲い込まれた空間に身を置いてきた女性である彼女が、その枠を越えて、囲い込みから脱していく姿を象徴していると言えないであろうか。この作品は、男性たちから保護される場所――それが支配的であれ、精神的であれ、男性的であれ――から脱出しようとする女性の話、つまり「ある貴婦人」が、その肖像画の枠、つまり囲い込みを脱して主体的に生きていこうとするところまで示唆している物語なのである。

〔注〕

（1）Henry James, *The Portrait of a Lady*, ed. by Robert D. Bamberg (New York : W. W. Norton, 1995). 作品からの引用はすべてこの版により、章を本文中に括弧で示す。

（2）たとえば、Ellen Eve Frank, *Literary Architecture : Essays toward a Tradition* (Berkeley : University of California Press, 1979) ; R. W. Stallman, *The Houses that James Built* (Athens : Ohio University Press, 1961) などを参照。

（3）Marilyn R. Chandler, *Dwelling in the Text : Houses in American Fiction* (Berkeley : University of California Press, 1991), p. 97.

(4) Marilyn R. Chandler, p. 118.

(5) たとえば、ブードローは、「イザベルがローマへ帰るのは、義理の娘パンジーに見捨てないと約束したから」(四四) であり、「自分の住む世界が嫌いでも、そこから逃れることはできない」(四八)、「個人と社会の間で妥協が必要であるということを作者は示している」(四四) と述べている (Kristin Boudreau, 'Is the World Then So Narrow? Feminist Cinematic Adaptations of Hawthorne and James,' *The Henry James Review* 21, 2000, pp. 43-53)。またヘロンは、セクシュアリティを軸に議論を展開し、「イザベルは、グッドウッドの男性的な抱擁による気持ちの高まりを犠牲にして、オズモンドの、感情を抑制した暗い世界へと戻っていく」(一三九) と述べている (Bonnie L. Herron, 'Substantive Sexuality : Henry James Constructs Isabel Archer as a Complete Woman in His Revised Version of *The Portrait of a Lady*,' *The Henry James Review* 16, 1995, pp. 131-41)。

(6) Marilyn R. Chandler, p. 101.

(7) 渡欧前にイザベルが滞在していたアメリカのオールバニーの家は、もともと女主人として祖母がとりしきる母権的空間として描かれており、男たちの空間としてのガーデンコートと対照的である点は非常に興味深い。作品中、アメリカでのイザベルの描写は少ないが、渡欧前の出発点として女性のスペースが提示されているのである。

(8) Marilyn R. Chandler, p. 113.

(9) Millicent Bell, *Meaning in Henry James* (Cambridge, Mass. : Harvard University Press, 1991), p. 118.

# 第一八章　『ロード・ジム』
## ――ロマンティシストの行方――

緒方孝文

### はじめに

道徳的色彩が一見強く見えるコンラッド（Joseph Conrad, 1857-1924）の小説を解釈するときに、「罪」と「償い」、あるいは「裏切り」と「贖い」という言葉を安易に使うことは、危険を伴う。『ロード・ジム』（*Lord Jim*, 1900）においても、このような言葉で主人公ジムのかかえる問題を図式的に解釈しても、決して作品の本質に近づくことにはならないであろう。

そもそもコンラッドの描く道徳性には、いわゆる社会的規範や行動基準に忠実であるか否かといった狭義の問題に焦点はなく、名誉の失墜とその回復といったきわめて個人的で内面的な領域が対象となっている。「問題はただ有罪になったことだけなのに、彼［ジム］は自分の不名誉を重大に取りすぎたと思わざるをえない」（第一六章）というマーロウの言葉が逆説的に要約しているように、ジムにとっては裁判の判決などどうでもよく、むしろ恥辱感、屈辱感の克服や、信頼の回復にジムの関心は終始向いている。パトナ号からの「跳び下り」はひとつの象徴的出来事にすぎず、ジムは第二、第三の「跳び下り」という経験を通して、因習的な道徳感を超越した独自の人生を突き進んでいくのである。

　しかもこの作品は、ジムという一個人のケース・スタディに留まらず、われわれに共通している宿命的で本質的な人間性の研究なのであり、そこにこそ、この小説の底知れぬパワーを見出すことができる。深遠で不可解な人間性の追究において、真実をゆがめることをことのほか嫌ったコンラッドが、写実的リアリズムではなく、印象主義的ロマンティシズムの手法を用いたことには大きな意味がある。「かすみ」や「霧」、「雲」や「月光」で包む必然性を持ったジムの真の姿とは何なのかと考えたときに、われわれは彼が徹底したロマンティシストであったという点に行き着くであろうし、そこにこの作品が持つ、主題と創作技巧のみごとな調和を読みとれるのである。

## (一) 若さとロマンティシズムへの憧憬

　主人公ジムの人生は、最初の四章を除いてマーロウという視点人物の目を通して語られるが、もともとマーロウがジムに関心を持つようになったきっかけは、ジムの外見であった。第一に、ジムは二四歳という若さであること、第二に白人であり、白づくめの衣装に象徴されているように、肉体的・精神的に清廉潔白のように見えたからである。マーロウはこうしたジムの若さと潔白さを、自分の青年時代と重ね合わせただけではなく、すべての人間が青年時代に持つ共通要素として普遍化し、出会った直後から「彼はわれわれの一人だ」という、後に繰り返されるキーワードを発する（ただし、言葉の意味や重さは場面によって違う）。

　ジムの持つ「若さ」の具象は、夢想癖であり、ロマンティックな世界への憧れである。もともと牧師の息子であったジムが、父の職を受け継がずに船乗りになったのは、冒険と危険に満ちた海の世界に、まるで本のなかのヒーローのような英雄的姿を夢見て、人びとを沈没する船から救助する空想を広げていったためであった。こうした想像力の飛躍は若さの特権であり、ジムの場合もその溢れ出るロマンティシズムが、青年時代の読書に端を発していることを考えれば、伝統的なボヴァリズムやキホーティズムの線上に位置する主人公である。

はたして練習船時代のある日、夢を実現させる待望のときが到来するが、ジムはいざというときに足がすくんで救助艇に乗り遅れてしまう。このエピソードは、後のパトナ号事件におけるジムの姿勢の基調を表わしている点で、重要である。つまり、ジムはここで、自分がひるんでしまったという事実を直視することを避け、もっぱら「もっと大きな危険にだって敢然と立ち向かえるんだ」（第一章）という自信を深めることに終始している。結局この事件は、ジムに「冒険欲における新しい確信」と「多様な勇気」（第一章）を与え、少年時代の夢をさらにふくらませる役にしか立たなかったわけである。

マーロウはまた、ジムの孤立性または孤独性に注目する。彼が湾岸事務所ではじめてジムの姿を目にしたときも、ジムは他の船員二人に背を向けて、じっと音楽堂を見つめていた。しかし、彼にこうした孤立を強いるものは、道徳的基準では決してない。ジムは、表面的には船長たちの道徳的腐敗を理由に、彼らと距離を保とうとしているが、実際に彼が接触を拒否しているのは、「あえぐ肉の塊」、「ごろごろいうつぶやき」、「汚らしい言い草」（第三章）といった、ロマンティックな世界に不釣り合いな、醜悪な外面的姿であるにすぎない。

あの連中は、英雄的冒険の世界には無縁である。でも悪い奴らではない。……これらの連中の性質など、問題ではなかった。自分は彼らと肩をすり合わせてはいるが、彼らは自分に触れることができなかった。自分は彼らと同じ空気を吸っているが、別の人間なのだ……（第三章）

ジムが彼らを「別の人間」と言う意味は、みずからが英雄となるべき冒険的ロマンティシズムの世界に、彼らの現実性が障害になるというだけのことであり、そこにはきわめて幼稚でエゴイスティックな響きが感じられるのである（ジムを形容する「子供のような」「少年のような」に類する言葉は、“childlike”だけではなく“childish”の意味合いで使われていることも多い）。実際、「何ものも僕に指ひとつ触れられない」（第二三章ほか）という言葉は、船長たちに対してだけではなく、後にパトゥーサンの善良な村民を対象に再三繰り返される。

　こうしたジムの孤立性は、みずからの能力を過信することから生まれたものであり、優越性と言い換えることもできるだろう。しかしその優越性も、何ら現実的・経験的視野に立ったものではなく、ロマンティシストとしての憧れの域を出ていない。練習船でのジムの持ち場が、船のなかでいちばん高く見晴らしのきく前鐘楼であったように、彼はつねに人の上に立つ英雄としての自分であり続ける。それは自己の英雄化であり、偶像化であり、神格化（パトゥーサンにおけるジムの姿などは、こう言っても過言ではあるまい）でさえある。

　この作品は、タイムシフトによって、パトナ号事件以後にジムが水上事務員として働いている場面から始まるが、数々の経験を経ているにもかかわらず、マーロウの目にはジムが、「突進してくる牡牛」を思わせるほど「強情な自信」に満ちていて、「一点のしみもないほど清潔」に映っている（第一章）。冒頭に出てくる描写なので、いかにも読者のジムに対する印象をよくし、しかもパトナ号事件以前のジムの姿なのではないかと読者に錯覚させかねないが、後に明らかになるジムの経歴との時間的関係を考えると、むしろ不自然な感じをまぬがれない。事実、マーロウが、肉体的にも精神的にも何の問題もなさそうに見えるジムに興味を持ち始めたのも、かえってそうした潔癖性のなかに何かうさんくさいもの、つまり「一ポンド金貨」のなかに「卑金属のまざりもの」（第五章）があるのではないかと疑ったためである。

## (二) アナロジーとしての脇役たち

コンラッドは、視点人物であるマーロウの口を通してジムの人間性を断定的に批評させることを、控えている。マーロウはあれだけジムを直視し、その一挙一動を克明に描写する資格を与えられながら、核心部分になると、「私は彼を理解したふりはしない」（第五章）、「彼は私にはハッキリ理解できない人物であった」（第一六章）、「私は一度でも、彼の正体をハッキリ見たとは言えない」（第二一章）などと言って、結論的判断にヴェールをかけてしまう。裁判所で真実を求められたジムが「もう言葉なんか俺には何の役にも立たなくなってしまった」（第四章）と感じるように、マーロウは、言葉のクリシェによってジムの人間性を解明することは不可能であると、最初からわかっているようである。コンラッドにとって、言葉は決して現実を正確に写しとる鏡ではなく、むしろ現実の大敵なのである。

読者がジムの本質を見極めるのは、マーロウの微細にわたる外面的描写よりも、むしろジムを取り巻く脇役たちが示す、いわば印象派的な暗示やアナロジーによるところが大きい。たとえば、マーロウがジムの人間性の理解者として助言を求めた昆虫学者スタイン[1]は、みずからも非常なロマンティシストであり、ジムの本質的性格の一面を表わしている。スタインは若い頃に（ちょうどジムと同年齢の頃だろう）、セレベスの奥地で数々の偉業のヒーローとなり、波瀾に富んだ冒険をする。彼の冒険や結婚は、ジムのパトゥーサンでの冒険やジュエルとの恋愛を思わせるほど、ロマンティックな雰囲気に満ちている。しかし、彼の妻と一人娘が熱病で死んだときに、「彼の人生の前半で冒険的な部分は終わり」（第二〇章）、後半の人生はより現実的なものになる。

スタインがジムと違うのは、ジムのようにロマンティシストで終始しなかったことである。ちょうど、蝶と甲虫の標本を鑑賞する能力を持ち合わせているように、そしてまた、美しい姿形の蝶のなかにも「滅びやすくもなお滅亡に挑むものの象徴」（第二〇章）を見ることができるように、彼はロマンティシストであると同時にリアリストでもあり、だからこそジムのような人間性を洞察する適任者であると言える。ロマンティシズムの至上性を謳歌しながらも、同時にその限界を知っているスタインは、ジムについて、「彼はロマンティックなのだ――ロマンティックだ……そしてそれは悪い――ひどく悪いことだ……大変よいことでもあるのだが」（第二〇章）と、一見矛盾しているようだが核心に迫った判断を下すのである。

ジムのロマンティシズムのもう一人のよき理解者は、法廷で補佐人を務めたブライアリー船長である。金のクロノメーターが象徴しているように、生涯着々と昇進して輝かしい名誉と栄光を思うままに獲得するブライアリーは、まさにジムがみずからに求めている理想像にほかならない。ブライアリーの自殺の原因は最後まで謎のままだが、われわれはブライアリーとジムの生き方のアナロジー（双方とも自己の優越性を強く主張し、名誉や信頼を非常に重視するなど）に注目することによって推察することができる。つまり、ブライアリーは、現在の順境の下に潜んでいる暗黒の世界を己れの内部に垣間見たときに、己れに対して有罪の判決を下したわけである。ジムに判決を言い渡すべき立場のブライアリーが、逆にジムによって死という判決を受けるとは、何という皮肉であろう。言い換えれば、ブライアリーがロマンティシストとしての己れの限界をジムのなかに読み取って自殺したときに、すでにジムの死という運命（ジムの場合も一種の自殺行為である）は決定されていたのである。

裁判などに立ち向かわずに、「二〇フィート地下にもぐりこんで、そこにいればよい」（第六章）と忠告するブライアリーにしろ、「破壊的要素に身をまかせろ」（第二〇章）と言うスタインにしろ、さらには、人間には「自分自身への恐れがつきまとう」（第一三章）と言うフランス士官にしろ、ジムのようなロマンティシストに残された道は、あくまで己れの夢を追い続けること以外にはないことを、そして果ては徹底したロマンティシストとしての死をまぬがれないことを、的確に感じていたのである。

## (三)　パトナ号からの「跳び下り」の意味

第七章から、ジムはマーロウに向かって、パトナ号の衝突直後から跳び下りるまでの行動を説明する。ここで注意すべきことは、ジムは衝突直後の自分の行動を非常に詳細に、しかも明確に覚えているのに反し、隔壁が今にもふくれあがり、いよいよ沈没すると悟った最後の瞬間において、彼の記憶が急に曖昧になっているということである。一方では、躍起になって己れの命を救おうと救命ボートを下ろす船長たちの姿があり、また一方では、単なる義務感からであるにしろ、舵にへばりついて持ち場を離れないマレー人水夫たちの姿があり、その間にあって茫然と立ちつくしているジムの姿が印象的である。ジムのこの棒立ちの姿、そして後の記憶の曖昧さは、彼がロマンティシズムの世界に入っていったことを意味しているのである。八〇〇人の人びとにたった七隻のボート、そして時間がないと考え、自分の運命も船と一緒に沈むしかないと悟ったときに、このうえジムが望むことは、いかにして静かで美しくロマンティックな死を遂げるかということであった。

彼はその身を死にゆだねたかもしれないが、もはやこれ以上恐怖が加わることなく、静かに、一種の平和な恍惚状態のなかで死にたかったのではないかと思う。（第七章）

ジムは後に、「僕は逃げなかった」と何度も繰り返し（ジムはマーロウとの会話のなかで、「跳び下り」を「逃亡」という言葉と明確に区別して使っている）、船長たちとの相違を強調する。しかし逆に船長たちから見れば、不動の姿勢でロマンティックな最後を夢見ているジムの姿は、結局「受け身のヒロイズム」（第九章）以外の何ものでもないのである。たしかに船長たちの積極的な逃げの姿勢は、ジムの場合とは一線を画するが、ロマンティシズムの世界へ「跳び下り」ることによって、現実への直視を避けようとするジムの姿勢も、結局は一種の「逃避」、または「逃亡」であると解釈することもできるだろう。

結果的にパトナ号は沈没もせず、またジムは補助機関士のジョージと間違われて、救助ボートに誘い込まれたという皮肉も加わって、ジムの「生きて償いをしなければ」（第一一章）という宣言は、何と空虚な響きを帯びていることか。しかも彼の言う「償い」とは、英雄的なロマンスの世界でチャンスを取り戻すという、エゴイスティックなものにすぎない。

ああ、彼は想像力に富むやつだった！　彼は想像にふけり、没頭したにちがいない。私［マーロウ］は夜に向かって投げられた彼の視線のなかに、彼の内なる全存在が大胆不敵な英雄的野心の夢の世界に猛然と突進していくのを見た。彼は失ったものを悔む暇はなく、獲得しそこなったものに完全に、そして自然に心が向いていたのだ。……一瞬一瞬、彼はロマンティックな功績という、ありえぬ世界に深く深くはまり込んでいった。彼はついにその中心に行き着いた。（第七章）

ジムはここで、「自分の失ったものを悔む」代わりに、夢想の世界に、栄光に満ちた虚像でしかないみずからの姿を垣間見、満足感にひたっている。つまり、彼は夢想の世界に逃避することによって幻滅や失望を味わうことなく、自己の絶対性への自信を維持し続けるのである。一時は自殺の決意をしたジムが、その衝動を抑えてどんなことがあっても堪え忍んでゆこうと決心するのは、英雄的自己実現の可能性を将来に期したからなのであった。

ここで問題なのは、ジムが「跳び下り」の意味を、日常的な世界の次元でしか考えようとしていないことである。

「深い穴」、「地獄の穴」、「深い淵」といった言葉に象徴されている、日常世界の下に隠れている「深遠な現実」[2]に目を向けないかぎり、いかに社会的に立ち向かい制裁を受けたとしても、ジムの心の問題は解決しない。しかもそれは、罪の意識というよりも、むしろ屈辱感や恥辱感という形でしか残らない。それはまた、自己の内部に信じて疑わなかった絶対的自己像が、皮肉にもみずからの行為によって裏切られたという絶望感にほかならない。ジムにとっての「裏切り」がこのように皮肉な意味を帯びているところに、この作品のおもしろさがあるのである。

結局のところ、ジムのパトナ号からの「跳び下り」は想像の世界への「跳び下り」であり、それはまた自己の内部にあるエゴイズムが渦巻く、暗黒の世界への「跳び下り」にほかならない。読者がジムの「跳び下り」を非難できない理由は、この中心的行為が、底なしの暗い穴に跳び込むというイメージを使った一つのシンボルになっているからであり、宿命的とも言える人間の本質的な性《さが》の表出にほかならないからである。アルベルト・ゲラード（Albert J. Guerard）は「われわれはほとんどすべての者が、何らかのパトナ号から跳び下りている」[3]と述べているが、まさにジムの「跳び下り」はコンラッドのそれ[4]であるとともに、読者のそれでもある。

## ㈣　パトゥーサンへの「跳び下り」とその行方

この作品を失敗作と見なす批評家[5]の多くは、前半部（パトナ号事件）と後半部（パトゥーサン部分）の断絶感を主な理由に挙げている。技巧派のコンラッドならば、パトゥーサン部分を付け加えることによって作品全体の統一感が損なわれる危険性があることぐらいは、当然感じていたであろう。しかし、プロット的にパトゥーサンが、パトナ号事件で取り逃がした信頼を取り戻す「第二のチャンス」の場として設定されていることを考えると、あえてコンラッドが後半部を付け加えた理由もうなずけるのである。

パトゥーサンにおけるジムの詳細は省略するが、要するにジムは、この文明社会と隔絶した未開の地において支配者としての地位を築きあげ、チュアン・ジムという呼び名の示すとおり（Tuan は英語の Lord に当たる敬称）、住人たちから神格化されるにおよんで、かつてから夢見ていた理想的自己の姿を現実のものにするわけである。そして何よりもジムを満足させるのは、パトナ号事件以来ずっと熱望し続けてきた信頼が、今や住民たちの尊敬、デイン・ワリスの友情、タム・イタムの忠誠、ジュエルの愛情という形で現実に一身に集まっていることであり、ジムのロマンティシズムはここにいたって、このうえもない陶酔感にひたるのである。しかし、この土地と人びとを結局は「一種の熱烈なエゴイズム」と「傲慢な優しさ」（第二四章）でしか愛せないという、利己的なロマンティシズムの世界の域を出ないジムの成功も所詮は一時的なもので、運命はジェントルマン・ブラウンという悪玉をジムに送ってくるのである。

このブラウンの出現に関して注意すべきことは、彼が決して偶然にパトゥーサンに侵入してきたのではなく、いわば来るべくして来た侵入者であるということである。ジムが結局ブラウンの思うつぼにはまってしまうのは、「共通の血への一脈の微妙な言及」や「共通の経験を持っているのではないかという仮説」（第四二章）をはじめとするさまざまな暗示により、パトナ号事件における汚辱的な過去、つまり、ジムにとってもっとも弱い部分が刺激されたためである。言い換えれば、ジムにとってブラウンという人間は、過去の影を背負って忍び寄ってきた現実主義者であり、過去の世界からの手先きである。さらに言えば、結局のところブラウンはジムのオルター・エゴなのであり、ジムの内なる闇の世界からの使者である。ジムの敬称「チュアン」がそうであるように、「ジェントルマン」とは何という皮肉な響きであろう。そしてちょうどブライアリーが、ジムのなかに自分のアイデンティティを見たように、ジムが最後にいたってブラウンのなかに自己を見たということは、容易に想像できることである。

ジムの絶対的自己像は、またも底なしの穴に落ちた。ジムの死は、三たび絶対的自己像に裏切られた絶望感の行く末なのであろうか。いや、周囲の反対を押し切ってみずからドラミンの前に進み出て死を選ぶ姿からは、そのような絶望感や悲愴感はうかがえない。さりとてそれは、死という安住の地への逃避などという生やさしいものでもない。彼の死はむしろ、最後まで絶対的自己像を確立しようとする、徹底したロマンティシストの死ではなかったろうか。練習船時代の事故やパトナ号事件において、ジムが本能的に無意識のうちに恐れていた死、その恐れゆえに、自分に課していた絶対的自己像を瓦解させた死、その死の恐怖をも克服してみせることによって、ジムは最後まで夢を見続けていた理想的自己像を確立しようとしたのではないだろうか。ジムの死は、理想的自己像の確立という目的のために、自己の実体を拒否し続けるロマンティシストの、壮絶な戦いの証しなのである。

少なからぬ批評家が言うように、たしかに後半部のジムには冗漫さが伴っていないではないが、それらはすべて、最後のジムの毅然とした姿勢で救われてはいないだろうか。ジムが最後に見せた「誇らしげな断固とした視点」(第四五章)は、最後までロマンティシストとして自己に忠実であろうとした、ひるむことのない姿勢と満足感を表わしているように思われる。ジムは最後まで雲に包まれ、このうえなくロマンティックにこの世を去っていったのである。

## おわりに

コンラッドは『個人的記録』(*A Personal Record*, 1912)のなかで「創造の目的は、倫理的なものでは決してありえないのではないかと思うようになった(6)」と述べているが、事実『ロード・ジム』の中心にあるものは、彼の道徳的関心ではない。彼が扱ったのはそれ以前の不条理な部分、人間誰しもに共通する本能的な性《さが》をありのままに写し出すことで、われわれが単純にジムを非難できないのも、そのためである。われわれは現実世界に生きながらも、つねに夢のなかに落とされるように宿命づけられている。スタインはそれを次のように表現する。

われわれは本当にさまざまな違った生き方を望む。……しかし、人間は決して泥の山の上にじっとしてはいない。こうなりたいと思い、さらにああもなりたいと思う。……人間は聖人になりたがり、悪魔になりたがる――そして、目を閉じるたびに、このうえなくすばらしい自分を見る――とてもなりえないほどすばらしい――夢のなかで――　(第二〇章)

人間が求める「夢」とは、自己の理想像にほかならない。そして「夢」が人間にとって「破壊的要素」になるのは、理想的自己像にすがりつくことによって、現実の行為、つまり現実の自己像から目をそむけることになるからであり、己れの限界を限界として受け入れられなくなってしまうからである。そこには、道徳的考慮など、いっさい入り込む余地もない。その底には、本人が気がつかない暗黒のエゴイズムがうごめいているからである。このエゴイズムもまた、人間の持つ宿命である。マーロウが言うように、「自己認識のぞっとする暗影から逃れるために、自分自身が巧みに現実の己れを知ることをごまかし、回避しているのを、みずから完全に理解している人間は一人もいないだろうから」(第七章)。しかしそうと知ってか知らずか、人間はやはり夢のなかに落ち込む。ジムの悲劇は決してジムだけのものではなく、われわれ自身の悲劇なのである。何と言ってもジムは「われわれの一人」なのであるから。

〔注〕

※ 本稿は『杉野女子大学紀要』第一九号に掲載されたものに加筆訂正し、再構成したものである。

※ テクストは、Joseph Conrad, *Lord Jim* (London : Penguin Books, 1986) を使用した。本文中の日本語訳は蕗沢忠枝訳『ロード・ジム』(新潮文庫、一九六五) を用い、若干の修正を加えた。

(1) ジムの観察者としてのスタインの重要性は、Tony Tanner, 'Butterflies and Beetles: Conrad's Two Truths' (*Chicago Review*, XVI, No. 1, Winter-Spring 1963) に詳述されている。

(2) R. A. Gekoski は『ロード・ジム』における「現実」を次のように二つに分けている。「われわれはこのように二つのまったく対照的な現実観を持っている。まず、光や言葉や『二、三の素朴な概念』と結びついた日常的な世界がある。しかしそのような『因習的な』世界の下に隠れて、暗黒や孤独や完全なエゴイズムと結びついた『深遠な』現実が存在している。」(R. A. Gekoski, *Conrad: The Moral World of the Novelist*, London: Paul Elek, 1978, p. 97)

(3) Albert J. Guerard, *Conrad the Novelist*, Cambridge, Mass.: Harvard University Press, 1979, p. 127.

(4) Jocelyn Baines のように、コンラッドの祖国放棄による罪意識を「跳び下り」のなかに読みとる批評もある (Jocelyn Baines, *Joseph Conrad: A Critical Biography*, London: Penguin Books, 1971, p. 309)。

(5) Frank Raymond Leavis は、この作品の前半は「よいコンラッド」であるが、それに続くロマンスはもっともらしく書かれてはいるが「必然性」がなく、中心的興味を発展させるものではないため「きわめて薄っぺら」に見えると述べ、この小説に否定的な見方をしている (Frank Raymond Leavis, *The Great Tradition*, London: Chatto and Windus, 1948, pp. 189-90)。この点について Guerard はさらに詳しく分析し、後半の「冒険」が本質的なジムと何の関係もなく、「肉体的な危機」が強調されすぎているため、読者は「道徳的な問題と主題」を忘れてしまいがちであると述べ、しかし同時に、あまり断絶という事実にこだわりすぎる必要もないと、Leavis よりは柔軟な見方をしている (Guerard, pp. 167-68)。また Frederick R. Karl は、このように断絶感をあげてこの作品の失敗の理由にする批評家たちを非難し、むしろ問題なのは、「スタインの十全性がジムを曇らせ、単に補足的な説明をするどころか、彼をのみこんでしまっている」ため、ジムが悲劇に足る「充分に力強い中心人物」になっていないことだと述べる（Frederick R. Karl, *A Reader's Guide to Joseph Conrad*, New York: Noonday Press, 1960, p. 127)。

(6)　Joseph Conrad, *A Personal Record*, New York: Harper and Brothers, 1912, p. 150; *A Personal Record*, London: Penguin Books, 1979, p. 713.

# あとがき

このたびの『楽しめるイギリス文学――その栄光と現実』という本は、およそ一六世紀末から二〇世紀初めにわたる作家の作品を論じたもので、これによってイギリス文学の特色が浮彫りになったと思う。

本書は四部から成る。まず第一部の流れを追っていくと、シェイクスピアの『ソネット集』は、本人と青年とダークレイディの三角関係を現実とみるならば、そこから脱出して一種の中庸の精神という栄光らしきものへ進んでいったと考えられるであろう。またジョン・ダンの『唄と小曲』は、コンシートという知性の現実性から脱皮して、特異な理知性なる栄光を求めたのかもしれない。次のブラウンの『俗信論』も、誤謬という現実を見据えつつ、それを学問の進歩のために論駁することに自己の栄光を感じとっていたように思える。そこに、現実から栄光への姿勢があるようである。

第二部では、オースティンの『エマ』は、エマの精神的成長を通して人間味ある真実を示そうとしている。これに対し、ディケンズの『ピクウィック・ペイパーズ』は、ピクウィックの真実を求める実証性と同時に笑いを提供し、また『オリヴァー・トゥイスト』翻訳本の解題からは、事実と事実を越える魅力の共存が示されている。このように、文学には事実だけでなく真実を求める姿勢がみられるといえよう。

第三部に入ると、まずシャーロット・ブロンテの『ジェイン・エア』は、ロチェスターがジェインを待つという、いわゆる伝統的ロマンスの枠を越えたことと、これとは別にジェインに自己を守ってくれる人物を求める孤児意識があって、ついにロチェスターの妻として家庭に引きこもるということも、ある意味で現実味を帯びてくる。またエミリ・ブロンテの『嵐が丘』は、人間の尊厳と精神の自由を主張したものの、現実には彼女は、ひとり取り残されたような不安と生活に頓着しない性格の持ち主であり、また『嵐が丘』の表象風景は「ゴンダル」の詩と関わるが、心象風景はそれ以外の詩と関わるという点では、表象と心象が一体化した真実があるように思えるし、さらに窓に映る蝋燭の光に、肉体から不滅の魂への移行が考えられているとすれば、これは真実を求める心であろう。このようにエミリには栄光もしくは真実と現実とが存在するように思える。またアン・ブロンテの『ワイルドフェル・ホールの住人』は、従来の教養小説とは異なり、ヒロインの結婚から始まる「女の一生」において、情熱とはげしさはあっても現実的なところに落着くものになっている。一方ジョージ・エリオットの『サイラス・マーナー』は、サイラスの愛を本質とする自然な人間関係に重点をおいて、産業革命後の近代社会における個の存在を示しており、ある意味で現実的であろう。

第四部の流れはどうであろう。ハーディの『青い眼』では、女性のエルフリードと男性のスミスとナイトは、結婚しないままで男女の関係性を保つことに重点をおき、これは結婚への懐疑を暗示しているようであり、『帰郷』では、クリムとユーステイシアの二人は社会の犠牲となるが、その結びつきは、侮辱されてもじっと耐える人間味をおびたエグドンの土地そのものとなっているし、『塔上の二人』では、当時のアフリカにおけるイギリス帝国主義の権威を背景としつつ、ヴィヴィエットとその恋人のユートピア希求を示している。次にヘンリー・ジェイムズの『ある貴婦人の肖像』では、イザベルはオズモンドと結婚するが、夫が支配的空間の持ち主のため、そこから逃れるものの、やはり夫のもとに帰り、こんどは夫に依存しない独立心の強い女となることを示している。またコンラッドの『ロード・ジム』では、ジムにはパトナ号にしてもパトゥーサンにしても自己の現実のエゴを拒否し続けて、理想的自己像を求めるロマンティシストの姿がある。このように、懐疑から人間味とユートピア、そして現実を見据えた独立性と理想ということがうかがえる。

以上のように第一部から第四部への流れは、現実から栄光へ、真実の希求、栄光と現実性、懐疑から理想へというものであった。だいたいのところ、この流れには栄光と現実とが互いに深く関わっているように思える。

およそ文学の研究では、研究する者がそれぞれテキストとその関係資料を帰納法的に収集分析し、想像力を駆使して論を組み立てるのである。今日、文学研究に求められているのは、このような想像力であり、感性あふれる独自性であろう。

今回の本の出版にあたり、関西外国語大学教授内田能嗣氏にはいろいろお世話になった。ここに衷心よりお礼申し上げる。

終りになるが、出版事情の厳しい今日であるにもかかわらず、さまざまな点で本書の出版にご理解とご配慮をいただいた、金星堂社長福岡靖雄氏と同専務福岡正人氏、および同営業部長小笠原正明氏に心から感謝の意を表するものであります。

編者　岸本　吉孝

平成一四年七月三〇日

# 執筆者紹介（現職・専門領域。執筆順）

**岸本　吉孝**（きしもと・よしたか）
徳島文理大学教授。一七世紀イギリス文学、シェイクスピア、ブロンテ姉妹。

**赤木　邦雄**（あかぎ・くにお）
徳島文理大学大学院特別研究生（前期）。一七世紀イギリス文学。

**岡田　典之**（おかだ・のりゆき）
神戸大学講師。一七世紀イギリス文学。

**佐藤　郁子**（さとう・いくこ）
苫小牧駒澤大学教授。イギリス小説、ジェイン・オースティン、ブロンテ姉妹。

**大口　郁子**（おおくち・いくこ）
甲南女子大学講師。イギリス小説、ディケンズ、ジョージ・エリオット。

**宇佐見　太市**（うさみ・たいち）
関西大学教授。一九世紀イギリス文学。英語教育。

**芦澤　久江**（あしざわ・ひさえ）
静岡英和学院大学短期大学部教授。ブロンテ姉妹、イギリス・ロマン派詩歌、児童文学、比較文化、ヴィクトリア朝文化。

**杉村　藍**（すぎむら・あい）
名古屋女子大学短期大学部助教授。ブロンテ姉妹、イギリス小説、フェミニズム、現代コミュニケイション、ヴィクトリア朝文化。

**中岡　洋**（なかおか・ひろし）
駒澤大学教授。ブロンテ姉妹、イギリス・ロマン派詩歌、ヴィクトリア朝文化。

**山本　紀美子**（やまもと・きみこ）
大阪成蹊女子短期大学助教授。ブロンテ姉妹、ヴィクトリア朝文化。

**山中　優子**（やまなか・ゆうこ）
帝塚山大学講師。ブロンテ姉妹、イギリス小説。

**増田　恵子**（ますだ・けいこ）
駒澤大学講師。ブロンテ姉妹、聖書、現代コミュニケイション、ヴィクトリア朝文化。

前田　淑江（まえだ・としえ）
関西大学講師。ジョージ・エリオット、ヴィクトリア朝文化。

渡　千鶴子（わたり・ちづこ）
関西外国語大学短期大学部助教授。トマス・ハーディ、ブロンテ姉妹。

筒井　香代子（つつい・かよこ）
大阪市立大学講師。トマス・ハーディ、ヴィクトリア朝文化。

津田　香織（つだ・かおり）
関西大学講師。イギリス文学・文化、比較文学。

林　奈美子（はやし・なみこ）
大谷大学助手。ヘンリー・ジェイムズ、イーディス・ウォートン。

緒方　孝文（おがた・たかふみ）
駒沢女子大学教授。イギリス小説、ブロンテ姉妹、ジョーゼフ・コンラッド、ヴァージニア・ウルフ。

（二〇〇二年四月一日現在）

『緑樹の陰で』(*Under the Greenwood Tree*, 1872) 180
リントン，エドガー(Linton, Edgar) 131-2, 136, 146-7, 149
リントン，キャサリン(Linton, Catherine) 136, 148
リントン家(the Lintons) 145-6, 149

〔ル〕

ルグイ (Legouis, Pieere) 22
ルセッタ(Lucetta) 181

〔レ〕

『レイディ・ファンショーの回想録』(*Memoirs of Lady Fanshawe*, 1829) 89
レインボー亭 166-8
レオ・ハンター夫人 63
レスリー，ロドリック(Lesley, Roderic) 131

〔ロ〕

ロウ・ヘッド・スクール(Roe Head School) 115, 117
ロウジーナ(Rosina) 130-2
ロー・ヒル(Law Hill) 117
ローアー・ウェセックス(Lower Wessex) 182
ローウッド(Lowood) 89-91, 101, 109
ローウッド女学院(Lowood Institution) 89, 105, 115
ロージア，エドワード(Rosier, Edward) 219, 224
『ロード・ジム』(*Lord Jim*, 1900) 227, 237
ロカネラ，パラッツィオ 219-20
ロシア(Russia) 75
ロス，アレグザンダー(Ross, Alexander, 1591-1654) 30, 32
ロチェスター(Rochester, Edward Fairfax) 91-7, 102, 109
ロックウッド(Lockwood) 133, 139, 142-4
ロビンソン，エドマンド(Robinson, Edmund, 1800-46) 154
ロビンソン，エリザベス(Robinson, Elizabeth, 1826-82) 154
ロビンソン，メアリ(Robinson, Mary, 1828-87) 154
ロビンソン，リディア(Robinson, Lydia Gisborne, のちサー・スコット夫人，Lady Scott, 1799-1859) 116, 153-4
ロビンソン，リディア(Robinson, Lydia, 1825-?) 154
ロビンソン家(the Robinsons) 153, 155
ロビンソン夫妻(Robinson, Mr and Mrs 154
『ロモラ』(*Romola*, 1863) 164
ロレンス，D. H.(Lawrence, D. H., 1885-1930) 200
ロレンス，フレデリック(Lawrence, Frederick) 158-9
ロンドン(London) 72, 80, 182

〔ワ〕

ワーズワース，ウィリアム(Wordsworth, William, 1770-1850) 169
ワイルディーヴ，デイモン(Wildeve, Damon) 180, 198
ワイルドフェル・ホール (Wildfell Hall) 157
『ワイルドフェル・ホールの住人』(*The Tenant of Wildfell Hall*, 1848) 117, 124, 151-3, 155, 161
「若者たち」('The Young Men') 130, 137
「別れ（嘆くのを禁じて）」('A Valediction: forbidding mourning') 17
ワザリング・ハイツ(Wuthering Heights) 135, 139-44, 147

「マイケル」('Michael') 169
マルクス (Marx, Karl, 1818-83) 76
マレー，ロザリー (Murrey, Rosalie) 155
『マンスリー・レポジトリー』(*Monthly Repository*) 88
マンチェスター (Mancheter) 128-9

〔ミ〕

ミケルソン，アン・Z (Mickelson, Anne Z.) 201
『ミセス・アリス・ソーントンの自伝』(*Autobiography of Mrs. Alice Thornton,* 1875) 89

〔ム〕

ムア，ジョージ (Moore, George, 1852-1933) 154
ムア・ハウス (Moor House) 91, 96-7
ムアシーツ (Moorseats) 91

〔メ〕

メアリー 68
メイソン，バーサ (Mason, Bertha) 95, 97, 161
メイボールド (Maybold) 180
メーテルリンク，モーリス (Maeterlinck, Maurice, 1862-1949) 114
メルベリ，グレイス (Melbury, Grace) 181

〔モ〕

モートン (Morton) 109-10
モリー 168, 171-2
『森の中の森』(*Sylva Syivarum*, 1627) 30-1

〔ユ〕

有用知識普及協会 (the Society for the Diffusion of Useful Knowledge) 193
ユニティ (Unity) 187
「夢」('The Dream') 20

〔ヨ〕

ヨーク (York) 129
ヨークシャー (Yorkshire) 141
ヨーブライト，クリム (Yeobright, Clym〔Clement〕) 180, 191-201
ヨーブライト，ミセス (Yeobright, Mrs) 192
ヨーロッパ (Europe) 19, 75

〔ラ〕

ラーク，タビサ (Lark, Tabitha) 212
ラヴィロウ 165-6, 169-70, 172-3
ラカイユ (la Caille, Nicholas de) 206
ラクセリアン，スペンサー・ヒューゴ (Luxellian, Spencer Hugo) 187-8
ラクタンティウス (Lactantius, c. 240-c. 320) 38
ラドック (Ruddock, Dr. William) 118
ラファエロ (Santi, Raffaello, 1483-1520) 209
ラメター家 174
ランタン・ヤード 166-8, 173-5

〔リ〕

『リア王』(*King Lear*, 1605-06) 112
リーズ (Leeds) 95, 193
リード，ジョージアナ (Reed, Georgiana) 101
リード，ジョン (Reed, John) 101-2
リード，ミスター (Reed, Mr) 101
リード，ミセス (Reed, Mrs) 89-90, 100-6, 110
リード家 (the Reeds) 89, 102-3
リヴァーズ，セント・ジョン (Rivers, St. John) 91-3, 97
リヴィングストン，デイヴィッド (Livingstone, David, 1813-73) 204
リジャイナ (Regina) 130

『フロス河の水車場』(*The Mill on the Floss*, 1860) 164, 173
ブロックルハースト師 (Brocklehurst, Rev.) 89-90, 106, 108
ブロットン 59-60
ブロンテ，アン (Brontë, Anne, 1820-49) 117, 119, 123-4, 127-30, 151-5, 157, 160, 162
ブロンテ，エミリ・ジェイン (Brontë, Emily Jane, 1818-48) 112, 114-24, 126-30, 140-2
ブロンテ，シャーロット (Brontë, Charlotte, 1816-55) 87, 93, 98, 112, 116-23, 126-9, 141, 152-3
ブロンテ，パトリック (Brontë, Patrick, 1777-1861) 115-6, 118-9
ブロンテ，パトリック・ブランウェル (Brontë, Patrick Branwell, 1817-48) 116, 118-9, 128, 153-5
ブロンテ一族 114
ブロンテ三姉妹 (Brontë sisters) 113-4, 116-8, 124, 127, 141, 157
『分別と多感』(*Sense and Sensibility*, 1811) 46

〔へ〕

ベイコン，フランシス (Bacon, Francis, 1561-1626) 29-32, 34-6, 38
ベイツ，ミス (Bates, Miss) 48, 50, 52-5
ペーソス (pathos) 76
ヘジー (Hezzy) 208
ベッシー (Bessie) 102, 110
ペトラルカ (Petrarca, Francesco, 1304-1374) 25
ペニストン・クラッグズ (Penistone Crags) 134
ベネット，エリザベス (Bennet, Elizabeth) 47
ヘンチャード，スーザン (Henchard, Susan) 181
ヘンチャード，マイケル (Henchard, Michael) 181
『ベントリーズ・ミセラニー』(*Bentley's Miscellany*) 81
ペンブルック伯 (Herbert Willliam, third Earl of Penbroke) 5
ヘンリ・コールバン社 (Henry Colburn) 127, 129

〔ホ〕

ポータル家 46
ボールドウッド (Boldwood) 180
ポウガーニー，ウィリー (Pogany, William Andrew, 1882-1955) 90
『牧師たちの物語』(*Scenes of Clerical Life*, 1858) 164
ボスカースル (Boscastle) 184
ボックス・ヒル (Box Hill) 46-7, 49
ポンデン・カーク (Ponden Kirk) 134

〔マ〕

マーカス，スティーヴン (Marcus, Steven) 58
マーカム，ギルバート (Markham, Gilbert) 159-61
『マーガレット・キャヴェンディッシュの生まれ、育ち、人生の真実の物語』(*The Relation of the Birth, Breeding and Life of Margaret Cavendish*, 1814) 89
マーティノウ，ハリエット (Martineau, Harriet, 1802-76) 93
マーティン，ロバート (Martin, Robert) 49, 51
マーナー，サイラス (Marner, Silas) 165-6, 168-75
マール，マダム (Merle, Madame) 217-8, 221
マーロウ (Marlow) 227, 233-4, 238
マーロウ，ジェイムズ・E (Marlow, James E.) 60

1850)　77
ハワース (Haworth)　128-30, 134, 137, 154
ハワース司祭館 (Haworth Parsonage)　118
ハンティンドン，アーサー (Huntingdon, Arthur)　153, 156, 160-1
ハンティンドン，アーサー (Huntingdon, Arthur) ［息子］　156, 159-60
ハンティンドン，ヘレン (Huntingdon, Helen)　153, 156-61
ハンプシャー (Hampshire)　45-6
バンブル (Bumble)　77

〔ヒ〕

ヒースクリフ (Heathcliff)　112, 130-4, 136, 144-6
ヒースコート，ウィリアム　46
ヒースコート家　46
『日陰者ジュード』(*Jude the Obscure*, 1895)　181, 191, 196
ピカレスク小説 (picaresque)　82
ピクウィック (Pickwick)　58-69
ピクウィック・クラブ (Pickwick Club)　59
『ピクウィック・ペイパーズ』(*The Posthumous Papers of the Pickwick Club*, 1836-7)　58, 69-70
ピクウィック的 (Pickwickian)　59-61, 63
ビッグ・ウィザー，ハリス　46
ビッグ・ウィザー家　46
ヒューモア (humour)　76-8

〔フ〕

ファーフレイ (Farfrae)　181
ファーンディーン (Ferndean)　97
ファンキー　66
ファンシー (Fancy)　180
フィッツピアーズ (Fitzpiers)　181
フィロットソン (Phillotson)　182
フェアファックス，ジェイン (Fairfax, Jane)　48, 50-3, 55
フェアファックス夫人 (Fairfax, Mrs)　94, 109-10
フェイギン (Fagin)　65, 77
フェミニスト (Feminist)　88, 94
フェミニズム (Feminism)　88, 98, 109, 216
フェルメール (Vermeer, Jan, 1632-75)　142
フォーリー，アラベラ (Fawley, Arabella)　181-2
フォーリー，ジュード (Fawley, Jude)　181-2, 196
プラーツ，マリオ (Praz, Mario, 1896-1982)　29
ブライアリー船長　232
フライデー (Friday)　207
ブライドヘッド，スー (Bridehead, Sue 〔Susanna〕),　196
ブラウン，サー・トマス (Browne, Sir Thomas, 1605-82)　29-39
ブラウン，ジェントルマン (Brown, Gentleman)　236
ブラウンロー氏 (Brownlow, Mr)　79, 81
ブラックウッド，ジョン (Blackwood, John)　169
プラトニズム (Platonism)　22
ブランウェル，エリザベス (Branwell, Elizabeth, 1776-1842)　116, 118-9
フランス (France)　46, 75, 195
プリシラ，ラメター　174
ブリストル (Bristol)　183
ブリュッセル (Brussels)　116-7, 120
ブルームフィールド，トム (Bloomfield, Tom)　157
ブレイク，ウィリアム (Blake, William, 1757-1828)　141
ブレンザイダ，ジュリアス (Brenzaida, Julius)　130-2

82） 113
ドンウェル・アビー　48-9, 53

〔ナ〕

ナイト，ヘンリー（Knight, Henry） 179-80, 182-7
ナイトリー（Knightley, George） 48-51, 53-4
ナッシー，エレン（Nussey Ellen, 1817-97） 118
ナプキンズ　65
ナンサッチ，スーザン（Nunsuch, Susan） 193
ナンシー（Nancy）（『オリヴァー・トゥイスト』） 75, 77, 80
ナンシー（『サイラス・マーナー』） 171-2

〔ニ〕

ニコルズ，アーサー・ベル（Nicholls, Arthur Bell, 1818-1906） 123
『二都物語』（*A Tale of Two Cities*, 1859） 73, 77
ニュービー，トマス・コートリー（Newby, Thomas Cautley） 122-3

〔ネ〕

『眠れる森の美女』（*A Sleeping Beauty*） 97
ネリー（Nelly） 133, 147

〔ノ〕

ノーフォーク（Norfolk） 46
「蚤」（'The Flea'） 18-20, 22, 26-7

〔ハ〕

バーカー，ジュリエット（Barker, Juliet） 112
パーカー　61-2
ハーグレイヴ，ウォルター（Hargrave, Walter） 157, 159
ハーシェル，サー・ウィリアム（Herschel, Sir William, 1738-1822） 205-6
ハーシェル，サー・ジョン（Herschel, Sir John Frederick William, 1792-1871） 206
バース（Bath） 46-7, 49-50, 68
ハースリー・パーク　46
ハーディ，トマス（Hardy Thomas, 1840-1928） 179, 184-5, 188-9, 191, 194-8, 203, 211-2
ハーディ，バーバラ（Hardy, Barbara） 90
バーデル，ミセス　61, 63, 69
ハートフィールド　48, 50
バートン，リチャード（Burton, Sir Richard Francis, 1821-90） 208
バーンズ，ヘレン（Burns, Helen） 90, 100, 104-8
ハイ・サンダーランド・ホール（High Sunderland Hall） 135
ハイベリー村　47-8, 51-2
ハイマン，ヴァージニア・R（Hyman, Virginia R.） 196, 198-9
パウンド（Pound, Ezra Loomis, 1885-1972） 22
『爬行動物史』（*The History of Serpents, or The Second Book of Living Creatures*, 1608） 31-3
バシュラール，ガストン（Bachelard, Gaston） 148
バスシバ（Bathsheba） 180
パディントン（Paddington） 188
パトゥーサン　230-1, 235-6
パトナ号　227-8, 230, 234-7
バドマス（Budmouth） 198
バプティスト（Baptist） 91
パリ（Paris） 192, 199-200
『はるか群衆を離れて』（*Far from the Madding Crowd*, 1874） 180
バルザック（Balzac, Honorede, 1799-

〔タ〕

ダーウィン，チャールズ（Darwin, Charles Robert, 1809-82） 194-5
ダークレイディ（Dark Lady） 3, 6-7, 9-13
ダーシー（Darcy） 46
ダーバヴィル，テス（d'Urberville, Tess） 181
『ダーバヴィル家のテス』（*Tess of the d'Urbervilles*, 1891） 181, 191
タチェット，ラルフ（Touchett, Ralph） 216-7, 220-4
タチェット氏（Touchett, Mr） 216-8, 220
タチェット夫人（Touchett, Mrs） 216-7
ダッシュウッド家（the Dashwoods） 46
タップマン，ミスター 60, 65, 67
《縦仕切りの窓》（Mullioned Window） 140-1
タリヴァー，マギー（Tulliver, Maggie） 173
ダン，ジョン（Donne, John, 1572-1631） 16-9, 25, 27

〔チ〕

チェスタトン，G. K.（Chesterton, G. K., 1874-1936） 75
チタム，エドワード（Chitham, Edward） 127-8, 140
チャーチル，フランク（Churchill, Frank） 48, 50-1, 53
チャンドラー，マリリン・R（Chandler, Marilyn R.） 215-6
チョートン（Chawton） 47

〔テ〕

ディーン，レナード・W（Deen, Leonard W.） 198
デイヴィッド（David） 165
ディケンズ，チャールズ（Dickens, Charles, 1812-70） 58, 72-82, 113
ディック（Dick） 180
テイラー（Taylor, Miss） 48
『ティンズレーズ・マガジン』 188
「哲学者」（'The Philosopher'） 134
デボラ，コンドン 81
テンプル先生（Temple, Mrs） 105-6, 109

〔ト〕

ド・サマラ，フェルナンド（De Samara, Fernando） 131
ドイル，コナン（Doyle, Arthur Conan, 1859-1930） 75
トゥイスト，オリヴァー（Twist, Oliver） 75, 79
『塔上の二人』（*Two on a Tower*, 1882） 203-4, 209
撞着語法 8
トーキンガム牧師（Torkiungham） 208, 211
ドーチェスター卿 46
ドーデ，アルフォンス（Daudet, Alphonse, 1840-97） 75
トマス・コートリー・ニュービー社（Thomas Cautley Newby） 128
ドストエフスキー（Dostoevskii, F. M., 1821-81） 58, 75
トップ・ウィズンズ（Top Withens） 113, 134
トプセル，エドワード（Topsell, Edward, 1572-1625?） 31-4
ドラミン 237
ドリー，エアロン 170
トリストラム，フィリッパ（Tristram, Philippa） 136
トロイ（Troy） 180
トロッター，ジョブ 67-9
トロロープ（Trollope, Anthony, 1815-

（Sidonia, Lord Alfred） 131
シドウニア家（the Sidonias） 130
ジブデン・ホール（Shibden Hall） 135
「島人たち」（'The Islanders'） 130
ジム，ロード（Jim, Lord） 227-38
シモンズ，アーサー（Symons, Arthur, 1865-1945） 114
シャーモンド，ミセス（Charmond, Mrs） 181
『シャーロット・ブロンテの生涯』（*The Life of Charlotte Brontë*, 1857） 87
シャイナー（Shiner） 180
シュート，ウィリアム 46
シュート，エリザベス 46
シュート家 46
ジュエル 231, 236
『種の起源』（*The Origin of Species*, 1859） 194-5
『小宇宙の秘法』（*Arcana Microcosmi*, 1651） 30-1
ジョージ 234
『神学綱要』（*Divine institutiones*, 303-11） 38
ジングル 64-9
『シンデレラ』（*Cinderella*） 97
『森林地の人びと』（*The Woodlanders*, 1887） 181

〔ス〕

スウィンバーン，チャールズ（Swinburne, Algernon Charles, 1837-1909） 114
スウォンコート，エルフリード（Swancourt, Elfride） 179-80, 182-8
スウォンコート，ミセス（Swancourt, Mrs） 183
スキャッチャード先生（Scatchard, Mrs） 90
スタイン 231-2, 237
スタックポール，ヘンリエッタ（Stackpole, Henrietta） 224
スチュアート，J. I. M.（Stewart, J. I. M.） 198
スティーヴントン村（Parsonage of Steventon） 45
スノッドグラス，ミスター 60, 64
スノビズム（snobbism） 69
スマイルズ，サミュエル（Smiles, Samuel, 1821-1904） 193
スミス，スティーヴン（Smith, Stepen） 180, 182-7
スミス，ハリエット（Smith, Harriet） 48-9, 51-2, 54-5
スミス・エルダー社（Smith, Elder and Co.） 88
スモールトーク伯爵 66
スラッシュクロス・グレンジ（Thrushcross Grange） 135, 145
スラムキー 60

〔セ〕

「聖列加入」（'The Canonization'） 17, 20, 22, 25-7
『説得』（*Persuation*, 1818） 46
ゼドラ（Zedora） 130
セレベス 231
セント・クリーヴ，スウィジン（St. Cleeve, Swithin） 203-7, 109-13
セント・ジュリオット（St. Juliot） 179
セント・ペテロ（St. Peter） 188
セント・ヨハネ（St. John） 91
『千夜一夜』（*Arabian Nights*） 207-8

〔ソ〕

「創世記」（'Genesis'） 59
ソーンフィールド（Thornfield） 90-1, 93-7, 101, 109
『俗信論』（*Pseudodoxia Epidemica*） 29-31, 33-9
『ソネット集』（*The Sonnets*, 1609） 3, 5, 13

115

〔ケ〕

形而上派詩人（Metaphysical poets） 16
ゲイツヘッド（Gateshead） 89, 101-6, 110
ゲスナー，コンラッド（Gessner, Conrad, 1516-65） 31
「月曜の夜」（'Monday Night'） 128
ゲラード，アルベルト（Guerard, Albert J.） 234
ケンプショット・パーク 46

〔コ〕

「恍惚」（'The Extasie'） 17, 20, 22, 26-7
『高慢と偏見』（*Pride and Prejudice*, 1813） 46-7
コーンウォール（Cornwall） 179
『個人的記録』（*A Personal Record*, 1912） 237
ゴダート，ミセス（Goddard, Mrs） 54
『骨董屋』（*The Old Curiosity Shop*, 1841） 65
コペルニクス（Copernicus, Nicholas, 1473-1543） 212
コンシート（conceit） 16-7, 20
コンスタンタイン，ヴィヴィエット（Constantine, Viviette） 203, 206-13
コンスタンタイン，サー・ブラント（Constantine, Sir Blount） 203-6, 208-12
コンスタンタイン，ルイス（Constantine, Louis） 211
「ゴンダル」（'Gondal'） 122, 128, 130-2
ゴンダル（Gondal） 130-1, 137
「ゴンダル年代記」（'Gondal Chronicles'） 128-9
コント，オーギュスト（Comte, Auguste, 1798-1857） 195
コンラッド，ジョーゼフ（Conrad, Joseph, 1857-1924） 227-8, 231, 235, 237

〔サ〕

サージェント・イン 62
サイクス（Sikes, Bill） 77
『サイラス・マーナー』（*Silas Marner*, 1861） 164-5, 175
サウジー，ロバート（Southey, Robert, 1774-1843） 89
サッカレー，ウィリアム（Thackeray, William Makepease, 1811-63） 76, 113
ザローナ（Zalona） 130
サンダース，アンドルー（Sanders, Andrew） 68

〔シ〕

シェイクスピア，ウィリアム（Shakespeare, William, 1564-1616） 3, 5, 13, 73
ジェイコブ（Jacob） 165
「ジェイコブ兄貴」（'Brother Jacob,' 1860） 164-5
ジェイコブズ，リチャード（Jacobs, Richard） 5
ジェイムズ，ヘンリー（James, Henry, 1843-1916） 215
ジェイムズⅠ世（James Ⅰ, 1566-1625） 5
『ジェイン・エア』（*Jane Eyre*, 1847） 87-94, 98, 100, 104, 112-3, 115, 124, 160, 162
ジェラルディーン（Geraldine） 130
ジェラルド（Gerald） 131
ジェントリー（gentry） 45-7
『四足獣誌』（*The History of Four-footed Beasts*, 1607） 31
シドウニア，ロード・アルフレッド

オーク（Oak） 180
オースティン，カッサンドラ（Austen, Cassandra） 46
オースティン，ジェイン（Austen, Jane, 1775-1817） 45-7, 52, 54-6, 154
オースティン家（the Austens） 45-6
オールティック，リチャード・D（Altic, Richard D.） 194, 199
オールトン 47
オールバニー（Albany） 216
オズモンド，ギルバート（Osmond, Gilbert） 215, 217-21, 223, 225
オズモンド，パンジー（Osmond, Pansy） 219, 221
オズモンド夫妻（Osmond, Mr and Mrs） 219
『オリヴァー・トゥイスト』（*Oliver Twist*, 1838） 65, 72-82
「オリバー！」 72

〔カ〕

カースル・ボテレル（Castle Boterel） 183-4
ガーデンコート（Gardencourt） 216-7, 221-4
ガールダイン（Gaaldine） 130
ガヴァネス（governess） 48, 53
カウワン・ブリッジ（Cowan Bridge） 115, 117
『学問の進歩』（*The Advancement of Learning*, 1605） 29
カス，ゴッドフリー 165-6, 170-4
カス，ダンスタン 172
『カスターブリッジの町長』（*The Mayor of Casterbridge*, 1886） 181
カズンズ，A. D.（Cousins, A. D.） 11
『カラー，エリス，アクトン・ベル詩集』（*Poems by Currer, Ellis and Acton Bell*, 1846） 126
カリカチュア（caricature） 77

〔キ〕

『帰郷』（*The Return to the Native*, 1878） 180, 191, 193, 195, 197
ギフォード，エマ・ラヴィニア（Gifford, Emma Lavinia, 1840-1912） 179, 188
ギャスケル，エリザベス（Gaskell, Elizabeth Cleghorn, 1810-65） 87, 115, 127
キャリバン（Caliban） 207
キャンベル大佐（Campbell） 52
『教授』（*The Professor*, 1857） 126-8
ギルバート，サンドラ（Gilbert, Sandra） 106
キンブル 174

〔ク〕

クウィルプ 65
グーバー，スーザン（Guber, Susan） 106
『クォータリー・レヴュー』（*Quarterly Review*） 89
グッドウッド，キャスパー（Goodwood, Casper） 215-6, 222-4
クラーク，ケネス（Clark, Kenneth） 141
クラージー・ドーターズ・スクール（Clergy Daughters' School） 115
グリアスン（Grierson, Herbert J. C.） 22
『クリスマス・キャロル』（*A Christmas Carol*, 1843） 73-4
グリムワス 165
クルーソー，ロビンソン（Crusoe, Robinson） 207
クルックシャンク（Cruikshank, George, 1792-1878） 79
グレネデン，ダグラス（Gleneden, Douglas） 132
クロフトン・ホール（Clofton Hall）

*Literature*, 1998) 194
ウィット (wit) 17, 20
ウィニフリス，トム (Winnifrith, Tom) 127
ウィリアムズ，W. S. (Williams, W. S., 1800-75) 118
ウィリアムズ，レイモンド (Williams, Raymond) 201
ウィルソン，アンガス (Wilson, Angus) 59
ウィルトシャー (Wiltshire) 46
ウィルモット，アナベラ (Wilmot, Annabella) 156
『ヴィレット』(*Villette*, 1853) 93
ウィロビー (Willoughby) 46
ウィンクル，ナサニエル 63, 66
ウィンスロップ，ドリー 168, 170
ウィンターボーン，ジャイルズ (Winterborne, Giles) 181
ウィンチェスター (Winchster) 46
ウェイクフィールド (Wakefield) 115
ウェストン (Weston, Mr) 48
ウェストン，ミセス (Weston, Mrs) 49-50
ウェストン家 (the Westons) 49
ウェセックス (Wessex) 203
ウェラー，サム 62, 66-9
ウェラー，トニー 68
ヴェン (Venn, Diggory) 198
ウォードル，ミス 65
ウォードル家 69
ウォーバートン卿 (Warburton, Lord) 216-7, 219, 221
『ウォリック伯爵夫人メアリの自伝』(*Autobiography of Mary, Countess of Warwick*, 1848) 89
『唄と小曲』(*Songs and Sonnets*) 16-8, 20
ウッドハウス，エマ (Woodhouse, Emma) 47-55
ウッドハウス家 (the Woodhouses) 48, 50, 52, 54
ウラー，マーガレット (Wooler, Margaret, 1792-1885) 116, 120
ウルフ，ヴァージニア (Woolf, Virginia, 1882-1941) 115

〔エ〕

エア，ジェイン (Eyre, Jane) 89-98, 100-10, 156
エイハブ船長 (Ahab, Captain) 112
エイロット・アンド・ジョーンズ社 (Aylott and Jones) 126-7
エグジナ (Exina) 130
エグドン・ヒース (Egdon Heath) 192-3, 198, 201
エッジワース，マリア (Edgeworth, Maria, 1767-1849) 116
エップス，ジョン (Epps, Dr. John, 1805-69) 118
エピー 167-8, 170, 172, 174
『エマ』(*Emma*, 1816) 47, 49, 51-2, 55-6
エリオット，ジョージ (Eliot, George, 1819-80) 164-5
エリオット家 (the Elliots) 46
「エリスとアクトン・ベルの伝記的紹介文」('Biographical Notice of Ellis and Acton Bell,' 1850) 152
エルトン，ミセス (Elton, Mrs) 53
エルトン夫妻 (Elton, Mr and Mrs) 48
エルトン牧師 (Elton) 49-51
エルノア湖 (Lake Elnor) 130
エルベ卿アレグザンダー (Alexander, Lord of Elbë) 130-1
エルモアの丘 (Elmor Hill) 132
『エレジー』(*Elegies*) 16
エンジェル (Angel) 181

〔オ〕

オヴィディウス (Ovidius Naso, Pubius, 43B.C.-?17A.D.) 25

# 索　引
（五十音順）

〔ア〕

アーチャー，イザベル（Archer, Isabel）215-25
アーンショー，キャサリン（Earnshaw, Catherine）131-4, 136, 139-49
アーンショー，ヒンドリー（Earnshaw, Hindley）131
アーンショー，ヘアトン（Earnshaw, Hareton）136
アイシェンバーグ，フリッツ　105
『青い眼』（*A Pair of Blue Eyes*, 1873）179-82, 184
アグネス（Agnes）78
『アグネス・グレイ』（*Agnes Grey*, 1847）113, 126-8, 151-2, 154-5, 157
アスピン（Aspin）131
アダム（Adam）36-7
『アダム・ビード』（*Adam Bede*, 1859）164
アデール（Adele）94, 109
『アトランティック・マンスリー』（*Atlantic Monthly*）204
アフリカ（Africa）130
アボット（Abbot）101
アメディーアス（Amedeus）131-2
『嵐が丘』（*Wuthering Heights*, 1847）112-4, 122, 124, 126-9, 131-4, 136-7, 139, 141, 152, 162
『アリス・ヘイズの遺産，ないし未亡人の小銭』（*A Legacy, or Widow's Mite, Left by Alice Hays*, 1836）89
『ある貴婦人の肖像』（*The Portrait of a Lady*, 1881）215
アルコウナ（Alcona）130
アルメダ，オーガスタ・ジェラルディーン（Almeda, Augusta Geraldine）130-4
アルメドア（Almedore）130
アレグザンダー，クリスティーン（Alexander, Christine）141
アレグザンドリア（Alexandria）130
アレック（Alec）181
『アン・レイディ・ハルケットの自伝』（*The Autobigraphy of Anne Lady Halkett*, 1875）89
アンゴラ（Angora）130
アンジェリカ（Angelica）131-2

〔イ〕

イースタンスウィル（Eastanswill）60
イヴ（Eve）36-7
イギリス（England）52, 142, 193, 204
『医師の宗教』（*Religio Medici*, 1643）29, 36
イタム，タイ　236
イタリア（Italy）164
イングラム嬢（Ingram, Lady）97
インド（India）92, 130, 183, 185

〔ウ〕

ヴァイ，ユーステイシア（Vye, Eustacia）180, 191, 193-4, 197-201
ウァイスバック，ロバート（Weisbuch, Robert）144
ヴィクトリア朝　89, 93, 113, 152, 158, 161, 191, 194, 207-8, 216
『ヴィクトリア朝の人と思想』（*Victorian People and Ideas: A Companion for the Modern Reader of Victorian*

楽しめるイギリス文学
—その栄光と現実—

2002年9月10日　初版発行

編著者　中岡　洋
宇佐見太市
岸本吉孝

発行者　福岡靖雄

発行所　株式会社　金星堂

(〒101-0051) 東京都千代田区神田神保町3-21
Tel.(03)3263-3828(代表)　Fax(03)3263-0716　振替00140-9-2636
http://www.kinsei-do.co.jp　E-mail:text@kinsei-do.co.jp
印刷所・倉敷印刷　製本所・関山製本

ISBN4-7647-0892-2 C3098
落丁・乱丁本はお取り替えいたします